Elogios para
CAMINO WINDS

"Otra joya de John Grisham".

—*The Observer*

"El mejor autor vivo de *thriller*".

—Ken Follett

"*Camino Winds* tiene el habitual sello distintivo de Grisham: una trama trepidante y escenas llenas de tensión".

—*The Independent*

"La perfecta mezcla escapista de acción detectivesca, entresijos del mundo literario... e incluso un poco de romance".

—*The Mail on Sunday*

"Entretenimiento de evasión [...] con elementos de los *thrillers* más tradicionales de Grisham".

—*The New York Times*

"Una novela de intriga que juega al gato y al ratón. Grisham es un escritor irresistible. Su prosa es fluida y fantástica".

—*Pittsburgh Post-Gazette*

John Grisham

CAMINO WINDS

John Grisham se dedicó a la abogacía antes de convertirse en un escritor de éxito internacional. Desde que publicó su primera novela, *Tiempo de matar*, ha escrito casi una por año, consagrándose como el rey del género con la publicación de su segundo libro, *La firma*. Todas sus novelas, sin excepción, han sido bestsellers internacionales y nueve de ellas han sido llevadas al cine, con gran éxito de taquilla. Traducido a veintinueve idiomas, Grisham es uno de los escritores más vendidos de Estados Unidos y del mundo. Actualmente vive con su esposa Renee y sus dos hijos Ty y Shea entre su casa victoriana en una granja en Mississippi y una plantación cerca de Charlottesville, Virginia.

TAMBIÉN DE JOHN GRISHAM

El soborno

Un abogado rebelde

El secreto de Gray Mountain

La herencia

El estafador

La firma

La apelación

El asociado

La gran estafa

Los guardianes

Camino Island

CAMINO WINDS
El manuscrito

JOHN GRISHAM

Traducción de M.ª del Puerto Barruetabeña Díez

VINTAGE ESPAÑOL

Título original: *Camino Winds*
Primera edición: julio de 2021

8950 SW 74th Court, Suite 2010
Miami, FL 33156

Traducción: Mª del Puerto Barruetabeña Díez

Diseño de cubierta: John Fontana

Impreso en México / *Printed in Mexico*

ISBN: 978-1-644-73467-4

21 22 23 24 25 10 9 8 7 6 5 4 3 2 1

CAMINO WINDS
El manuscrito

1
El huracán

I

Leo empezó a girar y cobró vida a finales de julio en las agitadas aguas del extremo más oriental del Atlántico, a unos trescientos veinte kilómetros al oeste de Cabo Verde. Lo detectaron pronto desde el espacio, lo bautizaron y lo clasificaron como una simple depresión tropical.

Durante un mes soplaron fuertes vientos secos provenientes del Sáhara, que chocaron con los frentes húmedos situados en el ecuador y crearon unas masas en espiral que se desplazaron hacia el oeste, como si fueran en busca de tierra. Cuando Leo comenzó su viaje, tenía por delante otras tres tormentas con suficiente entidad como para tener nombre, que se dirigían hacia el Caribe en amenazadora sucesión. Las tres acabarían siguiendo sus trayectorias previstas y descargando fuertes lluvias sobre las islas, nada más.

Desde el principio quedó claro que Leo prefería ir adonde nadie se esperaba. Su trayectoria era mucho más errática y sus efectos, más letales. Cuando al fin perdió fuerza, de puro agotamiento, al llegar al Medio Oeste, había causado daños materiales por valor de cinco mil millones de dólares y treinta y cinco muertes.

Pero antes de eso ignoró cualquier clasificación y pasó

rápidamente de depresión a tormenta tropical y a continuación a huracán en toda regla. Cuando ya había alcanzado la categoría 3, con vientos de ciento noventa kilómetros por hora, tocó tierra con toda su fuerza en las islas Turcas y Caicos y se llevó por delante varios cientos de casas y diez vidas. Bordeó la isla Crooked, giró un poco a la izquierda y se dirigió a Cuba antes de detenerse al sur de Andros. Su ojo perdió fuerza, se debilitó y cruzó Cuba renqueante, de nuevo convertido en una depresión que traía mucha lluvia, pero vientos poco destacados. Volvió a girar hacia el sur y provocó inundaciones en Jamaica y las Caimán, pero en tan solo doce horas se recuperó, formó una vez más un ojo perfecto y viró hacia el norte, hacia las aguas calientes y tentadoras del golfo de México. Los que lo estaban siguiendo trazaron una trayectoria en línea recta hasta Biloxi, el destino lógico, pero para entonces ya habían escarmentado y no se atrevían a hacer predicciones. Leo parecía tener voluntad propia y los modelos resultaban inútiles.

De nuevo creció rápidamente, aumentó la velocidad y, en menos de dos días, consiguió su propio especial en las noticias de la televisión por cable y en Las Vegas se apostaba por el lugar donde tocaría tierra. Docenas de intrépidos equipos de televisión salieron a por Leo, a pesar del peligro. Se declararon alertas desde Galveston hasta Pensacola. Las empresas petroleras se apresuraron a sacar a diez mil trabajadores de sus plataformas petrolíferas del golfo y, como siempre y aprovechando la coyuntura, subieron los precios. Se activaron planes de evacuación en cinco estados. Los gobernadores dieron ruedas de prensa. Flotas de barcos y aviones regresaron a tierra. De categoría 4 y girando alternativamente a este y oeste, pero con un rumbo norte constante, Leo parecía destinado a hacer una entrada en el continente histórica y desagradable.

Y entonces redujo de nuevo la velocidad. A unos quinientos kilómetros al sur de Mobile fingió ir a la izquierda, después giró despacio hacia el este y perdió mucha fuerza. Durante dos días avanzó muy despacio, con Tampa en el punto de mira, y entonces de repente revivió otra vez y alcanzó la categoría 1. A diferencia de las ocasiones anteriores, mantuvo el rumbo recto y su ojo, que traía vientos de ciento sesenta kilómetros por hora, pasó justo por San Petersburgo, donde dejó inundaciones importantes, el suministro eléctrico interrumpido y derribó los edificios más endebles, pero no provocó daños personales. A continuación siguió el trazado de la Interestatal 4, causando inundaciones de veinticinco centímetros en Orlando y de veinte en Daytona Beach, antes de abandonar el continente siendo una vez más solo una depresión tropical.

Los cansados meteorólogos se despidieron de Leo cuando lo vieron adentrarse ya debilitado en el Atlántico. Sus modelos indicaban que iría perdiéndose en el mar, donde ya solo podría asustar a algún carguero.

Pero Leo tenía otros planes. A trescientos veinte kilómetros al este de San Agustín viró hacia el norte, su centro recobró el impulso y empezó a girar con ferocidad por tercera vez. Se rehicieron los modelos y se declararon nuevas alertas. Durante cuarenta y ocho horas siguió adelante sin parar, ganando fuerza según se acercaba a la costa, como si estuviera decidiendo cuál iba a ser su siguiente objetivo.

2

La tormenta era el único tema de conversación de los empleados y clientes de Bay Books, en la ciudad de Santa Rosa, en Camino Island. Por supuesto, todo el mundo en la isla y en cualquier otro lugar entre Jacksonville al sur y Savannah al norte estaba vigilando a Leo y especulando sobre lo que podría ocurrir. Para entonces la mayoría de la gente estaba bien informada y podía decir, con autoridad, que hacía décadas que ninguna playa de Florida al norte de Daytona había sido azotada por un huracán, aunque en ocasiones habían sufrido los efectos de fuertes vientos cuando los huracanes que se dirigían hacia el norte, hacia las Carolinas, les habían rozado de refilón. Había varias teorías; una decía que la corriente del Golfo, que pasaba a unos cien kilómetros de sus costas, había actuado en esos casos como barrera de protección de las playas de Florida y que también lo haría en esta ocasión con el impertinente Leo. Otra teoría aseguraba que ya se les había acabado la suerte y había llegado la hora del Gran Huracán. Los modelos predictivos eran la comidilla de todos. El centro de huracanes de Miami predecía una trayectoria que llevaba a Leo hacia el océano, mar adentro, sin que llegara a tocar tierra. Por su parte, los europeos apostaban porque tocaría tierra al sur de Savannah, con categoría 4, y provocaría enormes inundaciones en las llanuras rurales. Pero si algo había demostrado Leo hasta entonces era que los modelos se la traían al pairo.

Bruce Cable, el propietario de Bay Books, tenía un ojo puesto en el canal de meteorología mientras animaba a los clientes y reprendía a su personal por no estar centrado en sus tareas. No había ni una nube en el cielo y Bruce se creía la leyenda de que Camino Island era inmune a los huracanes peligrosos. Llevaba veinticuatro años viviendo allí y no había visto ni una sola tormenta destructiva. En su librería se hacían por lo menos cuatro lecturas cada semana, y para la noche siguiente estaba prevista una presentación importante. Seguro que Leo no se atrevía a perturbar la agradable bienvenida que Bruce había planeado para una de sus autoras favoritas.

Mercer Mann estaba en la recta final de una gira promocional de verano de dos meses que había tenido un éxito espectacular. *Tessa*, su segunda novela, estaba en boca de todo el mundo, y en ese momento era uno de los diez títulos más vendidos. Las críticas eran excelentes y se estaba vendiendo mejor de lo que nadie esperaba. Lo habían calificado como ficción literaria, que no era uno de los géneros más populares, por lo que parecía destinado a ocupar los últimos puestos de las listas de best sellers, si es que llegaba a entrar en ellas. Tanto el editor como la autora esperaban vender treinta mil ejemplares entre libro físico y electrónico, pero solo el libro en papel ya los había superado.

Mercer tenía una profunda conexión vital con la isla, donde había pasado los veranos cuando era niña con su abuela, Tessa, que era quien había inspirado su novela. Tres años antes se había quedado allí un mes, en la cabaña familiar junto a la playa, y había acabado involucrada en un embrollo local. También había tenido una fugaz aventura con Bruce, convirtiéndose así en una más de su larga lista de conquistas.

Pero Bruce no estaba pensando en revivir aquello, o al menos intentaba convencerse de que no era así. Estaba ocupado con el trabajo de la librería y centrado en reunir una buena cantidad de público para la gran presentación de Mercer. Bay Books era un referente dentro del circuito nacional de librerías gracias a que Bruce siempre era capaz de atraer a una concurrida asistencia y dar salida a los ejemplares que tenía. Los editores de Nueva York se esforzaban por llevar a la isla a sus escritores, muchos de ellos mujeres jóvenes que llevaban un tiempo de promoción y tenían ganas de pasar un buen rato. Bruce adoraba a los escritores y por eso los invitaba a cenar y a beber vino, promocionaba sus libros y les organizaba fiestas.

Mercer ya sabía cómo funcionaba todo aquello y no tenía intención de caer, sobre todo porque en su gira promocional de verano la acompañaba su nuevo novio. Pero eso a Bruce no le importaba. Estaba feliz de verla de nuevo en la isla y de que tuviera éxito con su extraordinaria nueva novela. Había leído las galeradas seis meses antes y no había dejado de hacerle publicidad desde entonces. Como siempre que le encantaba un libro, había enviado muchas notas manuscritas a sus clientes y amigos para promocionar *Tessa*, había llamado a libreros de todo el país para animarles a comprar ejemplares y había pasado horas al teléfono con ella aconsejándole qué lugares visitar en su gira, qué librerías evitar, qué críticas era mejor ignorar y con qué periodistas le convenía hablar. Incluso le pasó unas cuantas correcciones a pesar de que ella no se lo había pedido. Mercer agradeció algunas e ignoró las demás.

Tessa era su novela de consolidación, su oportunidad de oro para asentar una carrera en la que Bruce había creído desde que leyó su primer libro, que no recibió el trato que merecía. Ella, al margen de su aventura, nunca había dejado de adorar a Bruce, y él le había perdonado a Mercer que traicionara gravemente su confianza en un momento dado. Bruce era un personaje adorable, aunque un poco canalla, y una innegable fuerza de la naturaleza dentro del brutal mundo de las librerías.

3

Quedaron para comer el día antes de su presentación en un restaurante de Santa Rosa, al final de Main Street, a seis manzanas de la librería. Bruce siempre comía en algún restaurante del centro, normalmente en compañía de algún comercial o escritor, de los que estaban de visita o de los residentes a los que él apoyaba, y acompañaba la comida con un par de botellas de vino. Eran encuentros de negocios, cuyas facturas guardaba para dárselas a su contable.

Llegó con unos minutos de adelanto y fue directo a su

mesa favorita, en la terraza, con vistas al ajetreado puerto. Flirteó con la camarera y pidió una botella de Sancerre. Cuando Mercer llegó, se levantó y la abrazó. Después le dio un firme apretón de manos a Thomas, su acompañante.

Se sentaron y Bruce sirvió el vino. Era inevitable hablar de Leo, porque seguía por allí cerca, pero Bruce le restó importancia y lo calificó de mera distracción.

—Va de camino a Nags Head —afirmó con total confianza.

Mercer estaba más guapa que nunca, con el pelo oscuro, que antes llevaba largo, ahora algo más corto y los ojos marrones brillantes por todo el éxito que solo un best seller puede conseguir. La gira la había dejado agotada y estaba encantada de terminarla, pero también decidida a disfrutar del momento.

—Treinta y cuatro presentaciones en cincuenta y un días —anunció con una sonrisa.

—Tienes suerte —contestó Bruce—. Como sabes, en estos tiempos a los editores no les gusta gastar dinero. Eres un bombazo, Mercer. He visto dieciocho críticas, todas positivas menos una.

—¿Has visto la de Seattle?

—A ese gilipollas no le gusta nada. Lo conozco. Lo llamé cuando vi la crítica y le dije un par de cosillas.

—¿En serio?

—Es mi trabajo. Protejo a mis escritores. Si me lo llego a encontrar, le habría dado un puñetazo.

—Pues puedes darle otro de mi parte —dijo Thomas entre risas.

Bruce levantó su copa.

—Vamos a brindar por *Tessa*. Número cinco en la lista del *New York Times* y subiendo.

Todos bebieron para celebrarlo.

—Todavía me cuesta creerlo —confesó Mercer.

—Y, además, le han ofrecido un nuevo contrato —desveló Thomas, mirándola de soslayo—. ¿Se puede contar?

—Ya he oído los rumores —respondió Bruce—. Pero cuenta, cuenta. Quiero los detalles.

Mercer volvió a sonreír.

—Esta mañana me ha llamado mi agente. Viking me ofrece una buena cantidad por otros dos libros.

Bruce volvió a alzar su copa.

—Impresionante. Esos tíos no tienen un pelo de tontos. Felicidades, Mercer. Son unas noticias estupendas.

Por supuesto, Bruce quería enterarse de la parte jugosa, sobre todo cuánto dinero era «una buena cantidad», pero podía hacerse una idea. El agente de Mercer era un profesional con experiencia que conocía bien el negocio, y además muy duro de pelar, así que nunca negociaría un contrato para dos nuevos libros por una cantidad de menos de siete cifras. Tras años de penalidades, la señorita Mann acababa de entrar por la puerta grande en un nuevo mundo.

—¿Y los derechos para el extranjero? —preguntó Bruce.

—Vamos a empezar a ofertarlos la semana que viene —respondió ella.

El primer libro de Mercer no se había vendido muy bien dentro del país, así que no hubo posibilidad de colocar el título en otros países.

—Los británicos y los alemanes irán a por él sin dudarlo. Y a los franceses e italianos les va a encantar *Tessa* cuando lo traduzcan; es el tipo de historia que gusta allí. No será difícil llegar a un acuerdo con ellos. Te van a traducir a veinte idiomas en un abrir y cerrar de ojos, Mercer. Es increíble.

—¿Ves lo que te decía? —dijo ella mirando a Thomas—. Él conoce muy bien el mundillo.

Brindaron una vez más mientras se acercaba la camarera.

—Creo que esto merece champán —anunció Bruce, que

pidió una botella antes de que nadie tuviera tiempo de poner objeciones.

Le preguntó por la gira promocional y le pidió una lista de todas las librerías por las que había pasado. Él conocía prácticamente a todos los libreros serios del país y visitaba a los que podía. Las vacaciones para Bruce consistían en pasar una semana en Napa o Santa Fe, disfrutando de la comida y el vino mientras echaba un ojo a las librerías independientes de la zona y contactaba con sus propietarios.

Le preguntó por Square Books, en Oxford, una de sus favoritas. Bay Books estaba inspirada en ella. Mercer llevaba un tiempo viviendo en Oxford y enseñando escritura creativa en la Universidad de Mississippi. Le habían hecho un contrato de dos años, del que aún le quedaba uno, y confiaba en lograr un puesto permanente. En opinión de Bruce, el éxito de *Tessa* la colocaba en una buena posición para conseguirlo, y ya estaba pensando en cómo ayudarla en ese aspecto también.

La camarera sirvió el champán y anotó las comandas. Brindaron por el nuevo contrato como si se hubiera detenido el tiempo.

Thomas, que hasta entonces se había limitado básicamente a escuchar, comentó:

—Mercer ya me advirtió de que tú te tomabas las comidas muy en serio.

Bruce sonrió.

—Claro que sí. Trabajo desde muy temprano hasta tarde, así que a mediodía necesito salir de la librería. Y esta es mi excusa. Después suelo echarme la siesta hasta media tarde.

Mercer no le había hablado mucho de su nuevo novio. Le había dejado claro que salía con alguien y que sus atenciones eran solo para él. Bruce respetaba su decisión y se alegraba de que tuviera una relación estable con un hombre que no tenía mala pinta. Thomas parecía estar cerca de los treinta, unos cuantos años menos que ella.

Bruce empezó a sonsacarle.

—Mercer me ha dicho que tú también eres escritor.

Thomas sonrió.

—Sí —reconoció—, aunque no he publicado casi nada todavía. Soy uno de sus alumnos del máster.

Bruce rio entre dientes.

—Oh, ya veo. Si te acuestas con la profesora, seguro que sacas buenas notas.

—Oye, Bruce... —le reprendió Mercer, aunque sonreía al decirlo.

—¿Cuál es tu formación? —continuó el librero.

—Soy licenciado en Literatura estadounidense por la Universidad de Grinnell. Tres años como redactor en *The Atlantic* y colaboraciones como freelance en un par de revistas online. He escrito tres docenas de relatos y dos novelas horribles, todos sin publicar, y con razón. Ahora estoy pasando una temporada en la Universidad de Mississippi para estudiar el máster e intentar decidir qué hacer con mi futuro. Y durante los dos últimos meses he estado llevándole las maletas a Mercer y pasándomelo en grande.

—Y haciendo de guardaespaldas, chófer, publicista y asistente personal —añadió Mercer—. Además, escribe de maravilla.

—Me gustaría leer algo que hayas escrito —se ofreció Bruce.

Mercer miró a Thomas.

—Te lo dije —comentó—. Bruce siempre está dispuesto a ayudar.

—Hecho —aceptó Thomas—. Cuando tenga algo que merezca la pena, te lo diré.

Mercer sabía que antes de la cena Bruce rebuscaría en internet hasta encontrar todo lo que Thomas había escrito para *The Atlantic* y las otras publicaciones, para formarse una opinión sobre su talento.

Llegaron las ensaladas de cangrejo y Bruce sirvió más

champán. Se dio cuenta de que sus dos invitados no habían bebido demasiado. Se fijaba en eso en todas las comidas y cenas, y también en los bares; era una costumbre que no podía evitar. La mayoría de las escritoras que invitaba bebían poco. La mayoría de los escritores bebían mucho. Unos cuantos incluso estaban en rehabilitación, y cuando estaba con ellos Bruce solo bebía té con hielo.

—¿Y tu siguiente libro? —le preguntó a Mercer.

—Vamos, Bruce... Estos días estoy disfrutando del momento y no escribo nada. Quedan dos semanas para que empiecen las clases y estoy decidida a no escribir ni una sola palabra hasta entonces.

—Inteligente, pero no lo dejes demasiado. Ese contrato para los dos próximos libros pesará cada vez más según vaya pasando el tiempo. Y no puedes esperar tres años para sacar tu siguiente novela.

—Vale, vale —concedió ella—. Pero ¿puedo al menos tomarme unos días de descanso?

—Una semana, no más. Oye, la cena de esta noche va a ser un acontecimiento. ¿Estás preparada?

—Claro. ¿Estarán los de siempre?

—No se lo perderían por nada del mundo. Noelle está en Europa, te envía saludos, pero todos los demás están deseando verte. Ya se han leído tu libro y les ha encantado.

—¿Qué tal está Andy? —preguntó.

—Sigue sobrio, así que no va a venir. Su último libro es bastante bueno y se ha vendido bien. Está escribiendo mucho. Seguro que lo ves por aquí.

—Me he acordado mucho de él. Es un hombre adorable.

—Le va bien. El grupo sigue unido y todos quieren que la cena sea larga.

4

Thomas se excusó para ir al baño y, en cuanto se fue, Bruce se inclinó sobre la mesa y preguntó:

—¿Él sabe lo nuestro?

—¿Qué nuestro?

—¿Ya se te ha olvidado? Ese fin de semana que pasamos juntos. Fue muy agradable, si no recuerdo mal.

—No sé de qué estás hablando, Bruce. Eso nunca ocurrió.

—Está bien, por mí no hay problema. ¿Y de los manuscritos tampoco sabe nada?

—¿Qué manuscritos? Estoy intentando olvidar esa parte de mi pasado.

—Genial. No lo sabe nadie aparte de Noelle, tú y yo. Bueno, y los que pagaron el rescate, claro.

—Pues de mi boca no va a salir. —Le dio un sorbo al vino y después ella se inclinó sobre la mesa también—. ¿Dónde tienes todo ese dinero, Bruce?

—Escondido en un paraíso fiscal y devengando intereses. No tengo intención de tocarlo.

—Pero es una fortuna... ¿Por qué sigues trabajando tanto?

Él le dedicó una gran sonrisa y bebió un poco más de vino.

—Esto no es trabajo, Mercer. Esto es lo que soy. Me encanta este mundillo, estaría perdido sin él.

—¿Y sigues haciendo negocios en el mercado negro?

—Claro que no. Hay demasiada gente vigilando ahora mismo. Y, además, ya no lo necesito.

—¿Así que te has enmendado?

—Estoy limpio como una patena. Me encanta el mundo de los libros raros y últimamente estoy comprando más que antes, pero solo cosas legales. De vez en cuando surge algo sospechoso. Todavía hay muchos ladrones por ahí, y tengo que confesar que me tienta, pero es demasiado arriesgado.

—Por ahora.

—Por ahora.

Ella sacudió la cabeza y sonrió.

—Eres incorregible, Bruce. Un seductor, un mujeriego y un ladrón empedernido de libros.

—Cierto, y también soy el que vende más ejemplares de tu novela. Por eso me tienes que querer, Mercer.

—«Querer» no es la palabra que yo utilizaría...

—Vale. ¿Qué te parece «adorar»?

—Me quedo con esa. Cambiando de tema, ¿hay algo que deba saber sobre lo de esta noche?

—Creo que no. Todo el mundo tiene muchas ganas de verte. Surgieron algunas preguntas cuando desapareciste hace tres años, pero te cubrí: dije que tenías un drama familiar esperándote en casa, donde quiera que esté eso. Y que después te surgieron un par de contratos como profesora y no has tenido tiempo para volver a la isla.

—¿Los mismos personajes de siempre?

—Sí, menos Noelle, ya te lo he dicho. Andy seguramente se pasará a saludar y a tomar un vaso de agua. Pregunta por ti. Y hay un escritor nuevo que tal vez te resulte interesante. Se llama Nelson Kerr, antes era abogado en un gran bufete de San Francisco. Delató a un cliente, un contratista militar que estaba vendiendo ilegalmente alta tecnología militar a los iraníes, a los norcoreanos y a otros compradores por el estilo. Fue un escándalo enorme hace unos diez años, pero hace mucho tiempo que quedó olvidado.

—¿Por qué iba a sonarme algo así?

—Tienes razón. Su carrera se vino abajo, pero ganó mucho dinero por dar el soplo. Ahora está aquí escondido, digamos. Cuarenta y pocos años, divorciado, sin hijos, muy reservado.

—Este lugar atrae a los inadaptados sociales, ¿eh?

—Siempre lo ha hecho. Es un buen tipo, pero no habla mucho. Se compró un bonito apartamento junto al Hilton. Le encanta viajar.

—¿Y sus libros?

—Escribe de lo que sabe: tráfico internacional de armas, blanqueo de dinero... Son buenos thrillers.

—Suena horrible. ¿Y vende bien?

—Más o menos, pero tiene potencial. No te gustaría lo que escribe, pero seguramente él te caerá bien.

Thomas regresó y la conversación derivó hacia el último escándalo editorial.

5

Bruce vivía en una casa victoriana a diez minutos a pie de Bay Books. Tras su siesta obligatoria de después de comer en su despacho de la librería, se marchó a media tarde a su casa para prepararse para la cena. Incluso en lo más álgido del verano, prefería celebrar los eventos elegantes en la galería, bajo un par de ventiladores viejos y chirriantes y al lado de la fuente borboteante. Adoraba la cocina del sur de Luisiana, y por eso había contratado al chef Claude, un cajún de pura cepa que llevaba treinta años en la isla. Ya estaba en la cocina, silbando mientras vigilaba una enorme olla de cobre que tenía en el fuego. Bromearon unos minutos, pero Bruce sabía que no podía darle mucha cuerda: el chef hablaba mucho, y cuando se enfrascaba en la conversación se olvidaba de la comida.

La temperatura se acercaba a los treinta y cinco grados y Bruce subió a cambiarse. Se quitó el traje de sirsaca y la pajarita que llevaba a diario y se puso unos pantalones cortos gastados y una camiseta. Volvió descalzo a la cocina y abrió dos botellas de cerveza fría, le dio una al chef y salió con la otra a la galería para poner la mesa.

En esos momentos echaba mucho de menos a Noelle. Ella importaba antigüedades del sur de Francia y era una maestra en todo lo que tenía que ver con la decoración. Lo que más le gustaba era preparar la mesa para una cena. Su colección de porcelana, cristalería y cubertería vintage era impresionante y nunca dejaba de aumentar. En general compraba para su tienda, pero las antigüedades más raras y más hermosas se las guardaba para uso personal. Según el libro de Noelle, una mesa bien puesta era un regalo para los invitados. Y nadie lo hacía como ella. Hacía muchas fotos de ellos dos antes y durante las cenas, y enmarcaba las mejores para que las vieran sus clientes.

La mesa, de tres metros y medio de largo, se utilizó durante siglos en una bodega en Languedoc. La encontraron los dos un año antes, cuando hicieron un viaje de un mes en busca de material. En un arrebato, tras conseguir una indecente cantidad de dinero de forma ilegal, prácticamente vaciaron la Provenza; compraron tantas cosas que tuvieron que alquilar un almacén de Aviñón.

Noelle había dejado en una mesa auxiliar los platos perfectos para la ocasión. Doce platos de porcelana vintage del siglo XVIII pintados a mano para un conde de segunda fila. También había un montón de cubiertos, seis piezas por cada servicio, y docenas de copas para el agua, el vino y licores.

Las copas de vino muchas veces habían supuesto un problema. Estaba claro que los antepasados franceses de Noelle no bebían tanto como los escritores estadounidenses colegas de Bruce; en las copas antiguas apenas cabían cien mililitros, y eso si las llenaban hasta arriba. En una cena especialmente bulliciosa que dieron años antes, Bruce y sus invitados se sintieron muy frustrados por la necesidad de tener que rellenar las delicadas copas cada diez minutos o menos. Después de aquello, Bruce insistió en utilizar unas versiones más modernas en las que cupiera casi un cuarto de litro de vino tinto y algo menos de blanco. Noelle, que apenas bebía, accedió y encontró una colección de copas provenientes de Borgoña que habrían impresionado a un equipo de rugby irlandés.

Junto a los platos había un diagrama muy detallado con la manera adecuada de disponerlo todo, que ella había preparado tres días antes, cuando salió de viaje. Bruce colocó los mantelitos de lino, los caminos de mesa de seda, los candelabros y después los platos y las copas. Entonces llegó la florista, que empezó a dar vueltas a la mesa mientras recolocaba cosas y discutía con Bruce. Cuando la florista consideró que la mesa estaba perfecta, Bruce le hizo una foto y se la envió a Noelle, que estaba en algún lugar de los Alpes con su otro compañero. Esa mesa podría salir en cualquier revista. La habían dispuesto para doce comensales, aunque en sus cenas nunca conocían el número exacto de asistentes hasta que se servía la comida. Muchas veces aparecía en el último momento algún descarriado y se unía a la diversión.

Bruce fue a la nevera a buscar otra cerveza.

6

Habían quedado a las seis de la tarde para tomar un cóctel, pero los invitados eran escritores y ninguno se atrevería a presentarse antes de las siete. Myra Beckwith y Leigh Trane fueron las primeras en llegar y entraron sin llamar. Bruce fue a su encuentro en la galería y preparó un ron con soda para Leigh y una cerveza negra para Myra.

Las dos eran pareja desde hacía más de treinta años. Como

escritoras, tuvieron dificultades para pagar las facturas hasta que descubrieron las novelas románticas un poco subidas de tono. Habían escrito un centenar bajo una docena de pseudónimos diferentes y con ello habían ganado suficiente dinero como para retirarse en la isla, en una pintoresca casa antigua a la vuelta de la esquina de la de Bruce. Ahora, a sus setenta y pico años, escribían poco. Leigh se veía a sí misma como una torturada artista de la literatura, pero su escritura era impenetrable y sus novelas, las pocas que se habían publicado, apenas se habían vendido. Siempre estaba trabajando en una novela, pero nunca la terminaba. Aseguraba sentirse avergonzada por la basura que habían publicado las dos, pero disfrutaba del dinero. Por otro lado, Myra estaba orgullosa de su trabajo y echaba de menos sus días de gloria escribiendo tórridas escenas de sexo con piratas, jóvenes vírgenes y cosas por el estilo.

Myra era una mujer corpulenta que llevaba el pelo muy corto y teñido de color lavanda. En un pobre esfuerzo por ocultar algo de su corpachón, se vestía con túnicas chillonas y sueltas que podrían servir como sábanas para una cama de tamaño extragrande. Leigh, por el contrario, era diminuta, con rasgos oscuros y el pelo largo y negro perfectamente recogido en un moño. Las dos mujeres adoraban a Bruce y a Noelle y los cuatro cenaban juntos a menudo.

—¿Has visto a Mercer? —le preguntó Myra mientras bebía su cerveza.

—Sí, he comido con ella y con Thomas, su actual guardaespaldas.

—¿Es guapo? —preguntó Leigh.

—Tiene buena pinta, unos años más joven que ella. Es alumno suyo.

—¡Esa es mi chica! —exclamó Myra—. ¿Te has enterado de cuál fue la verdadera razón por la que se marchó tan de repente hace tres años?

—La verdad es que no. Un asunto familiar, creo.

—Bueno, ya se lo sacaremos esta noche, eso seguro.

—Myra... —le reprendió Leigh—. No deberíamos meternos donde no nos llaman.

—Y una mierda. Meterme donde no me llaman es lo que mejor se me da. Y quiero enterarme de los cotilleos. ¿Va a venir Andy?

—Tal vez.

—Tengo ganas de verlo. Era mucho más divertido cuando le daba a la botella.

—Pero bueno, Myra. Ese es un tema delicado.

—En mi opinión, no hay nada más aburrido que un escritor sobrio.

—Él necesita estar sobrio —aportó Bruce—. Ya hemos tenido antes esta conversación.

—¿Y ese tal Nelson Kerr? Me aburre hasta cuando no está sobrio.

—Por favor, Myra...

—Nelson sí va a venir —aclaró Bruce—. Creí que podría ser un buen partido para Mercer, pero ella no está disponible en este momento.

—¿Y quién te ha nombrado a ti casamentero? —replicó Myra justo cuando vieron cruzar la puerta a J. Andrew Cobb, o Bob Cobb como le llamaban ellos. Llevaba sus habituales pantalones cortos rosas, sandalias y una chabacana camisa con estampado floral. Sin cortarse en absoluto, Myra lo saludó con un «Hola, Bob. No hacía falta que te vistieras así para la ocasión» y lo abrazó mientras Bruce se acercaba al bar para prepararle un vodka con soda.

Cobb era un expresidiario que había cumplido su condena en una cárcel federal por unos delitos de los que no sabían demasiado. Escribía novelas de misterio que se vendían bien, pero que incluían demasiada violencia carcelaria, al menos para el gusto de Bruce. Abrazó también a Leigh.

—Hola, señoras. Siempre es un placer verlas —saludó.

—¿Has tenido un buen día en la playa? —preguntó Myra, buscando guerra.

Cobb tenía una piel oscura y curtida, con un bronceado perpetuo que mantenía a base de pasar horas al sol. Tenía reputación de ser un vago playero entrado en años al que le gustaban los biquinis y siempre estaba al acecho. Le devolvió a Myra la sonrisa.

—Cualquier día en la playa se convierte en un buen día, querida —respondió.

—¿Qué edad tenía ella? —continuó Myra.

—Basta —la regañó Leigh mientras Bruce le daba a Cobb su copa.

—La suficiente, rozando la legalidad —confesó Cobb y rio.

Amy Slater era la más joven del grupo, pero ganaba más dinero que todos los demás juntos. Había encontrado un filón con una saga sobre jóvenes vampiros de la que incluso estaban preparando la película. Su marido, Dan, y ella, llegaron a la galería junto a Andy Adam. Jay Arklerood apareció pisándoles los talones y consiguió esbozar una sonrisa incómoda a modo de saludo. Era un poeta melancólico que solía evitar asistir a esas cenas. Myra, la abeja reina, no le encontraba ninguna utilidad. Bruce repartió las bebidas (agua con hielo para Andy) y escuchó el runrún de la conversación. Amy no dejó de hablar de su película, aunque reconoció que había problemas con el guion. Dan se quedó de pie a su lado, en silencio. Había dejado su trabajo y ahora se ocupaba de sus hijos para que ella pudiera dedicar todo su tiempo a escribir.

La fiesta estaba en pleno apogeo cuando Thomas y Mercer hicieron su entrada. Ella repartió abrazos y presentó a su nuevo acompañante. Todos estaban encantados de verla y no pararon de hablarle de su nuevo libro, que la mayoría ya había leído. En ese momento llegó Nelson Kerr, que se preparó una copa en el bar antes de unirse al círculo que rodeaba a Mercer para que Bruce hiciera las presentaciones.

Tras unos minutos, las conversaciones tomaron diferentes direcciones. Andy y Bruce hablaban sobre la tormenta. Myra arrinconó a Thomas y empezó a bombardearlo con preguntas sobre su pasado. Bob Cobb y Nelson habían salido a pescar el día antes y necesitaban revivir sus capturas. Leigh analizaba la novela de Mercer capítulo por capítulo y parecía enamorada de la historia. Rellenaron las copas, ya que al parecer nadie tenía prisa por sentarse a la mesa.

El último invitado en llegar fue Nick Sutton, un universitario que pasaba los veranos en la isla cuidando de una bonita casa propiedad de sus abuelos. Como cada año, el matrimonio había huido del calor de Florida y recorría el país con su caravana. Nick trabajaba en la librería y, cuando no estaba ocupado, hacía surf, navegaba y buscaba chicas. Leía por lo menos una novela de misterio al día y soñaba con escribir best sellers. Bruce había leído sus relatos y creía que el chico tenía talento. Nick había insistido mucho en que le invitaran a esa cena, pero estaba un poco abrumado por el hecho de estar allí.

A las siete y media, el chef Claude informó a Bruce de que la cena estaba lista. Andy le susurró algo al anfitrión y se fue sin decir nada más. Ya era bastante difícil mantenerse sobrio en las veladas sin alcohol, y a pesar de no sentir la tentación de beber, lo último que le apetecía era una cena de tres horas en la que el vino correría a raudales.

Bruce señaló las sillas e indicó a cada uno dónde debían sentarse. Él lo hizo en un extremo y Mercer, la invitada de honor, en el otro, con Thomas a su derecha. Había once personas en total, toda la mafia literaria de Camino Island y Nick Sutton. Bruce les transmitió los saludos de Noelle, que lamentaba tener que perderse la diversión, pero que estaba con ellos en espíritu. Todos sabían que estaba en Europa con su novio francés. Hacía mucho que habían aceptado ese matrimonio abierto y a nadie le importaba ni le sorprendía. Si Bruce y Noelle eran felices así, sus amigos no eran nadie para cuestionar ese arreglo.

A Bruce no le gustaba que hubiera camareros revoloteando alrededor de su mesa y escuchando las conversaciones, así que nunca los tenía. Claude y él sirvieron el vino, el agua y el primer aperitivo, un pequeño cuenco de un guiso criollo especiado llamado gumbo.

—Hace demasiado calor para el gumbo —se quejó Myra, que estaba sentada hacia la mitad de la mesa—. Voy a sudar como un pollo.

—El vino fresco siempre ayuda —contraatacó Bruce.

—¿Qué vamos a tomar de primer plato? —preguntó ella.

—Todo tiene picante.

—Entonces —intervino Bob Cobb—, esta es la última parada de tu gira promocional, ¿no, Mercer? Y, por cierto, me ha encantado tu libro.

—Gracias. Sí, es la última parada.

—¿De costa a costa?

—Así es, treinta y tres paradas. Con la de mañana, treinta y cuatro.

—Habrá mucho público mañana —comentó Amy—. Mucha gente de aquí recuerda a tu abuela y están todos muy orgullosos de ti.

—Yo conocí a Tessa —dijo Bruce—. Pero creo que, de los que estáis en esta mesa, ninguno vivíais en la isla cuando ella murió. Fue hace doce años, ¿no, Mercer?

—Catorce.

—Nosotras nos mudamos aquí hace trece años —explicó Myra—, para huir de un grupo de escritores. Y mira dónde hemos acabado. Nos siguieron hasta aquí.

—Creo que el siguiente fui yo —añadió Bob—; llegué hace unos diez años, justo después de que me dieran la condicional.

—Bob, por favor, no nos cuentes otra historia de la cárcel —pidió Myra—. Después de tu último libro, me siento como si me hubieran violado en grupo.

—Myra, por favor...

—¿Te gustó, entonces? —preguntó Bob.

—Me encantó.

—Quisiera proponer un brindis —anunció Bruce alzando la voz—; primero, por nuestro huracán Leo. Para que se quede en el mar y después se vaya. Y, sobre todo, por nuestra amiga Mercer y su maravilloso nuevo libro, el quinto en la lista de ventas más importante, y subiendo. ¡Salud!

Todos brindaron y bebieron.

—Tengo una pregunta, Mercer —intervino Leigh—. Tu abuela, la Tessa de verdad, ¿realmente tuvo un tórrido romance con un hombre más joven aquí, en la isla?

—Esa parte es la mejor —se apresuró a puntualizar Myra—. Esa primera escena de la seducción me puso los dientes larguísimos. Muy bien hecho, chica.

—Gracias —agradeció Mercer—. Viniendo de ti, eso sí que es un cumplido.

—No me lo recuerdes. Pero claro, yo habría ido mucho más allá.

—Pero Myra...

—La respuesta es sí. Cuando tuve edad suficiente para darme cuenta de lo que ocurría, empecé a sospechar que Tessa pasaba mucho tiempo con el hombre joven cuando yo no estaba en su casa.

—¿En la vida real era Porter? —continuó Leigh.

—Sí. Porter vivió aquí durante mucho tiempo, y hace catorce años murieron juntos en una tormenta.

—Recuerdo a Porter. Y la tormenta —aportó Bruce—.

Fue una de las peores que he visto en la isla, le faltó poco para llegar a convertirse en huracán.

—¿Por qué mencionas los huracanes? —preguntó Amy.

—Perdona. Nosotros ya hemos tenido bastantes tormentas con vientos muy fuertes, pero nada terrible. La tormenta que se llevó a Tessa y a Porter fue una veraniega masa de aire caliente que vino desde el norte sin previo aviso.

—¿Dónde estaba Tessa? —quiso saber Amy—. Perdóname, Mercer. No sé si quieres hablar de ello.

—No, no pasa nada. Tessa y Porter estaban cerca de la costa, habían salido a pasar el día en su barco. No encontraron a Porter ni su embarcación. Tessa apareció en la orilla, cerca de North Pier, dos días después.

—Gracias a Dios que no la has matado en tu novela —comentó Myra—. Yo lo habría hecho.

—Tú los matas a todos —apuntó Leigh—. Después de que han dado lo mejor de sí mismos en el sexo, claro.

—Los muertos venden casi tanto como el sexo. Recuerda lo que acabo de decir cuando lleguen las liquidaciones de derechos de autor.

—¿Y qué vas a escribir ahora, Mercer? —preguntó Bob Cobb.

Ella miró a Thomas y sonrió.

—Quiero descansar durante un par de semanas, aunque Thomas y Bruce ya están insistiendo para que empiece otra novela.

—Necesito algo que vender —comentó Bruce.

—Y yo también —añadió Leigh, en broma.

—Mi último libro vendió veinte ejemplares —dijo entonces Jay, el poeta taciturno—. Nadie lee poesía.

Como siempre, fue un extraño intento de broma que apenas obtuvo un par de sonrisas lastimeras.

Myra estuvo a punto de decir algo así como: «Es que nadie puede leer esa basura que escribes».

—Ya te lo he dicho, Jay —respondió en cambio—. Deberías escribir algo de ficción picante con un pseudónimo para sacar algo de dinero, como Bob, y seguir con la poesía con tu nombre real. Aunque seguirás sin vender casi nada.

Bruce ya había visto antes cómo esa conversación acababa mal, así que intervino con rapidez.

—¿Podemos brindar por el nuevo contrato de Mercer?

Ella sonrió y accedió.

—¿Por qué no? Es imposible guardar un secreto aquí.

—Esta mañana ha firmado un contrato para otros dos libros con Viking —reveló Bruce.

Las exclamaciones se convirtieron en felicitaciones para Mercer mientras Claude recogía los cuencos. Después sirvió más vino, un Chablis frío, y empezó con el siguiente plato, una pequeña ración de ostras ahumadas. Una leve brisa procedente del este revolvió un poco el aire tórrido.

En cada viaje a la cocina Claude echaba un vistazo a la pequeña televisión colocada junto al fogón. Leo seguía ahí fuera, moviéndose, girando, confundiendo a los expertos, todavía sin destino aparente.

7

Bruce prefería las cenas largas con descansos entre los platos para beber vino y conversar. Después de que Claude y él retiraran las conchas de las ostras, rellenaron las copas y anunciaron que el plato principal consistía en corvina roja tiznada, un manjar que iba a llevar su tiempo.

Claude volvió al fogón, donde ya tenía caliente la sartén de hierro fundido. Sacó de la nevera una bandeja con los filetes de pescado marinados y colocó dos con mucho cuidado en la sartén. Luego los cubrió con su propia mezcla de condimentos cajún: ajo, pimentón dulce, cebolla y especias. Desprendían un aroma picante, delicioso.

Tarareaba mientras cocinaba, feliz como siempre de estar en la cocina, bebía vino y disfrutaba de las carcajadas que llegaban desde la galería. Las cenas en casa de Bruce siempre eran un acontecimiento. Buen vino, buena comida, invitados interesantes, y todo sin prisa ni preocupaciones.

La velada terminó a medianoche, cuando Mercer y Thomas se despidieron. Bruce y Claude recogieron la mesa y apilaron los platos sobre la encimera. Alguien los fregaría al día siguiente. Por muy tarde que se acostara, Bruce era muy madrugador e iba paseando hasta la librería todos los días a las siete de la mañana. En cuanto Claude se fue, cerró la casa, subió las escaleras, se desnudó y se dejó caer en diagonal sobre su cama. En pocos minutos estaba en coma.

Alrededor de la una de la madrugada, Leo por fin decidió moverse.

8

Nick Sutton tenía el sueño ligero, y cuando se despertaba antes del amanecer, leía una hora o dos antes de volver a la cama. Por curiosidad, encendió la televisión para ver las noticias, convencido de que todo estaría tranquilo. Pero no. Los meteorólogos estaban alarmados porque Leo había girado de repente hacia el oeste y su trayectoria actual iba directa a Camino Island. Era un huracán de categoría 3 y seguía ganando fuerza. Estaba a trescientos veinte kilómetros de allí, pero avanzaba hacia ellos a quince kilómetros por hora. Nick fue cambiando de canal y vio cómo el pánico crecía por minutos. Empezó a llamar a sus amigos para despertarlos, aunque varios de ellos ya estaban pegados al canal del tiempo.

A las cinco de la mañana llamó a Bruce para contarle las noticias. Bruce escuchó la previsión del tiempo durante diez minutos y después volvió a llamar a Nick para pedirle que reuniera al resto de los empleados y acudieran todos a la librería lo antes posible.

Al amanecer, la isla bullía de una actividad frenética. Ese terreno era una barrera, estaba diseñado para absorber lo peor de la tormenta y proteger el continente. Estaba rodeada de agua, era muy llana, con una altitud máxima de solo siete metros y medio, y era susceptible de sufrir las consecuencias de una ola de grandes dimensiones provocada por una tormenta, aunque nadie en la isla había visto nunca algo así.

A las siete y tres minutos el sol asomó sobre un mar en calma, como si ese día fuera a ser otra jornada soleada en el paraíso. Para entonces Leo había alcanzado la categoría 4 y por primera vez parecía decidido a seguir una dirección fija, sin desplazarse a derecha o izquierda. A las siete y cuarto el gobernador activó el plan de evacuación total de todas las zonas costeras al norte de Jacksonville.

—Váyanse ya —dijo, y dejó caer que estaba redactando una orden de evacuación obligatoria—. No hay tiempo para prepararse —añadió con tono serio—. Aléjense ya.

La isla tenía cuarenta mil habitantes fijos, y más o menos la mitad residían en Santa Rosa. No había otras localidades importantes. Los límites de la ciudad no estaban bien definidos, sino más bien desdibujados con el resto de la isla. Como estaban a principios de agosto, la temporada turística no estaba en pleno apogeo, como en junio y julio, pero se estimaba que había unos cincuenta mil turistas en los hoteles y apartamentos de la costa. A primera hora de la mañana les pidieron que se fueran, y rápido. Algunos abandonaron la isla de inmediato, pero la mayoría se quedaron viendo las noticias en la televisión por cable mientras desayunaban y tomaban café.

Solo un puente con cuatro carriles unía Camino Island con el continente, y a las ocho de la mañana el tráfico ya era denso en él. Cada día mil empleados cruzaban el puente para ir a trabajar a los hoteles de la isla, pero en esta ocasión los obligaron a regresar. No permitían que nadie entrara en la isla. Los dirigieron a todos al oeste. Pero ¿adónde? No importaba. Fuera de la isla.

Los minutos pasaban y la opinión de los meteorólogos sobre el rumbo previsto seguía siendo unánime. El ojo de Leo iba directo al centro de Santa Rosa.

A las ocho y cuarto el gobernador ordenó la evacuación obligatoria y activó dos unidades de la Guardia Nacional. La policía empezó a llamar puerta por puerta. Por ley, no podían obligar a marcharse a un residente, pero la policía pidió el teléfono de los parientes más cercanos a quienes decidieron quedarse y les informó de que los servicios de emergencias no iban a hacer nada por salvarlos. Estaban evacuando los dos hospitales y los pacientes críticos estaban siendo derivados a Jacksonville. Las tres tiendas de alimentación de la isla abrieron más temprano y pronto se vieron abarrotadas de compradores presas del pánico, desesperados por conseguir agua embotellada y alimentos no perecederos.

Habían avisado a los que pretendían quedarse de que no habría comida, ni agua ni electricidad durante días tras la tormenta. Y muy pocos servicios sanitarios.

Las alertas eran claras: ¡Salgan todos de la isla!

9

Bay Books tenía siete trabajadores, tres a jornada completa y cuatro contratados por horas. Estaban todos en la librería cuando Bruce empezó a gritar órdenes mientras los ayudaba a subir los libros escaleras arriba, a la segunda planta, donde los apilaban en el suelo. Apartaron a un lado las mesas y las sillas de la pequeña cafetería para hacer sitio. Envió a dos de los empleados a tiempo parcial a la tienda de Noelle para que trasladaran sus queridas antigüedades.

Un bombero se pasó por allí a las ocho y media.

—Este local está solo a poco más de un metro sobre el nivel del mar —le dijo a Bruce—, así que es casi seguro que se inundará.

El puerto está seis manzanas al oeste y la playa a kilómetro y medio al este.

—Y ya sabe que se ha dado orden de evacuación obligatoria —añadió.

—Yo no me voy —aseguró Bruce.

El bombero tomó nota de su nombre, su número de teléfono y la información de contacto de Noelle y se marchó a la siguiente tienda. A las nueve, Bruce reunió a sus empleados y les ordenó que cogieran sus pertenencias de valor y salieran de la isla. Todos desaparecieron, excepto Nick Sutton, que parecía estar emocionado por la idea de ver pasar un gran huracán. Se mostró inflexible en su negativa de no evacuar.

Las estanterías del despacho de Bruce en la primera planta estaban llenas de valiosas primeras ediciones. Bruce le pidió a Nick que siguiera metiéndolas en cajas y las llevara a su casa, a cuatro manzanas. Bruce salió en busca del coche para ir a casa de Myra y Leigh, que estaban metiendo prendas de ropa y a sus perros en su viejo coche familiar. Estaban al borde de la histeria.

—¿Adónde podemos ir, Bruce? —preguntó Myra, empapada de sudor y visiblemente asustada.

—Coged la Interestatal 10 en dirección a Pensacola. Yo vendré a ver cómo está la casa después de la tormenta.

—¿Tú no te vas? —preguntó Leigh.

—No, no puedo. Me quedo a cuidar de la librería y a vigilar el resto de las cosas. No me pasará nada.

—Entonces nosotras nos quedamos también —contestó Myra con convicción.

—No. La cosa podría ponerse muy fea: árboles caídos, inundaciones y corte de electricidad durante días. Vosotras salid de aquí y buscaos una habitación de hotel en alguna parte. Ya os llamaré cuando vuelvan a funcionar los teléfonos.

—¿No estás preocupado? —preguntó Leigh.

—Claro que lo estoy, pero no me pasará nada. —Las ayudó a cargar toda el agua embotellada que había en la casa, una caja de licor, tres bolsas grandes de comida y cuatro kilos y medio de comida para perro. Prácticamente tuvo que empujarlas para que entraran en el coche y se despidió de ellas. Las dos lloraban cuando se pusieron en marcha.

Luego llamó a Amy, que ya estaba en la carretera, cruzando el puente. Su marido tenía una tía en Macon, Georgia, así que esa sería su primera parada. Bruce le prometió echarle un vistazo a su casa tras la tormenta y llamarla. Intentó ir hasta la playa, pero la policía bloqueaba todos los accesos a la parte este. Mercer no contestaba al teléfono.

10

Tessa había construido su cabaña de la playa hacía treinta años. Cuando era pequeña, Mercer pasaba allí los veranos, lejos de unos padres que no dejaban de pelearse. Larry siempre había estado cuidando de la cabaña, discutiendo con Tessa sobre el jardín y llevándole frutas y verduras de su huerto. Él era oriundo de la isla y nunca se iría de allí, ni siquiera por una amenaza del tamaño de Leo.

Llegó temprano esa mañana con ocho gastados tablones de contrachapado, taladros y martillos, y entre Thomas y él taparon las ventanas y las puertas mientras Mercer metía todo lo necesario en el coche a toda prisa. Larry se mostró firme en que se fueran lo antes posible. La planta baja de la casa estaba cinco metros y medio sobre el nivel del mar y había sesenta metros de dunas delante para protegerla. Confiaba en que las olas no llegaran a la cabaña, pero le preocupaban las rachas de viento.

Tessa murió durante una tormenta y Mercer no estaba dispuesta a correr la misma suerte. A las once le dio un abrazo de despedida a Larry y se fue con Thomas al volante y su labrador amarillo entre ellos sobre la consola. Les llevó una hora llegar al puente. Mientras avanzaban muy despacio para cruzarlo sobre las aguas picadas e intimidantes de Camino River, el cielo se oscureció y empezó a llover.

11

Con sus libros raros a buen recaudo en la nueva cámara acorazada que había en un armario junto a su dormitorio, Bruce intentó relajarse. Si es que eso era posible. Era imposible ignorar la histeria por la tormenta de la televisión y daba miedo ver en tiempo real cómo el ojo de Leo se fortalecía sin desviar el rumbo hacia la isla. Bruce y Nick Sutton comieron unos bocadillos en la galería mientras veían llover. El ama de llaves había huido asustada, pero ya le había llamado desde Tallahassee.

La colección de Bruce valía mucho más que todo el inventario de su librería, los cuadros de las paredes o las caras antigüedades que Noelle le vendía a su clientela de alto standing. Las ediciones más valiosas estaban aseguradas, así que una parte de su valor neto estaba a salvo de cualquier catástrofe: incendios, inundaciones, vendavales y robo. Además, la mayor parte de su fortuna estaba escondida en el extranjero y nadie, excepto Noelle, conocía su existencia.

Bay Books estaba cerrada y tapiada, como todas las tiendas, restaurantes y cafeterías del centro. Nadie estaba en ese momento pensando en ir de compras o salir a cenar. Main Street estaba desierta, excepto por la policía con su uniforme amarillo para la lluvia. Se cometían pocos delitos en la isla en un día normal. Los potenciales saqueadores vivían en otros lugares. Los mayores temores allí eran las inundaciones y alguna rotura de escaparates.

A cuatro manzanas, donde las majestuosas casas victorianas llevaban un siglo viendo la vida pasar, el mayor miedo era la caída de árboles. Algunos de aquellos robles tenían trescientos años, y todas las casas se beneficiaban de la sombra de gruesas ramas cubiertas de musgo. Los árboles eran imponentes, históricos, una fuente de gran orgullo, pero en pocas horas se volverían peligrosos.

Cuando Nick volvió a la mesa con una Heineken, Bruce se sirvió otra copa de vino blanco y miró la lista que había hecho.

—Tal vez sería buena idea que te quedaras aquí hasta que pasara la diversión —dijo—. No tengo experiencia con huracanes, pero parece que es más seguro no estar solo. El viento, el agua, ramas que caen, falta de electricidad... Será mejor si estamos los dos juntos.

Nick asintió, aunque no estaba muy convencido.

—¿Cuánta comida tienes?

—Para dos personas, suficiente para una semana. También tengo un pequeño generador que servirá para lo básico durante unos cuantos días. Voy a rellenar las latas de gasolina. ¿Has venido en la bicicleta?

—Como siempre.

—Vale. Coge mi coche, ve a casa de tus abuelos y trae toda la comida y el agua que encuentres. Y llena el depósito de gasolina. Date prisa.

—¿Tienes cerveza? —preguntó Nick. Universitarios...

—En la bodega hay mucha cerveza, licores y vino. Necesitamos hacer acopio de agua. ¿Tu abuelo tiene una sierra mecánica?

—Sí, la traeré.

—Tenemos un plan. Vamos a darnos prisa.

Nick se fue y Bruce se acabó la botella de vino. Intentó echarse una siesta en la hamaca, pero el viento arreció y hacía demasiado ruido. Llenó las tres bañeras que había en la casa. Metió dentro los muebles del patio y echó los cerrojos de las ventanas y las puertas. En su lista estaban los nombres de treinta y una personas: empleados, amigos y, por supuesto, escritores. De todo el grupo se iban a quedar cinco, entre ellos Bob Cobb y Nelson Kerr. Myra y Leigh avanzaban lentamente por el tráfico denso de la Interestatal 10 bebiendo ron, calmando a sus perros y escuchando la grabación de una de sus novelas eróticas. No paraban de reírse como un par de borrachas. Amy y su familia ya habían llegado a Macon. Jay Arklerood, el poeta, iba de camino a Miami. Andy Adam había sido de los primeros en huir, en parte por miedo a que su frágil sobriedad no pudiera soportar el caos producido por un enorme huracán. Bob Cobb permanecía encerrado en su apartamento con una mujer. Nelson Kerr estaba sentado en un muelle con un mono para la lluvia, viendo las olas romper y disfrutando del alboroto, al menos de momento. Su apartamento no estaba lejos del de Bob y habían planeado estar en contacto cuando llegara Leo.

El viento ya llegaba a los doscientos cincuenta kilómetros por hora y el huracán estaba a punto de pasar a categoría 5. Las previsiones hablaban de daños catastróficos y pérdida de vidas. También había ganado velocidad y se movía a veinticinco kilómetros por hora hacia el oeste. Se estimaba que tocaría tierra sobre las diez y media de la noche, justo en el centro de la isla. A las cuatro de la tarde, cuando empezó a llegar la parte externa de la tormenta, las lluvias ya eran torrenciales, y el viento lo bastante fuerte como para arrancar ramas. Había de todo volando por todas partes y tirado por las calles. A las cinco y media un policía llamó a la puerta de la casa de Bruce y le preguntó qué demonios hacía allí. Él le explicó que ya había hablado con las autoridades y que se iba a quedar. Le preguntó por sus vecinos y el policía le dijo que todos se habían ido.

Cuando Nick volvió, a eso de las seis, la isla se había oscurecido de repente. El cielo se volvió negro cuando unas gruesas nubes empezaron a girar violentamente no muy por encima de sus cabezas.

Bruce sacó el pequeño generador y apagó toda la instalación eléctrica, excepto la del cuarto de estar y la cocina. No iban a usar la electricidad en ninguna otra parte. Tenían muchas linternas y pilas. Cenarían filetes a la parrilla y patatas fritas congeladas acompañados de una botella de pinot noir.

A las siete de la tarde, con vientos que aullaban a ciento treinta kilómetros por hora, Bruce llamó a todo el grupo por última vez. Myra y Leigh estaban en un motel en Pensacola con sus cinco perros, que estaban causándoles problemas porque estaban nerviosos y no dejaban de ladrar. Amy estaba a salvo y seca en Macon. Jay se había ido a casa de un amigo en Miami. Andy Adam estaba con su madre en Charlotte. Todos estaban preocupados por sus casas y por la seguridad de Bruce. Las predicciones que escuchaban por televisión eran peores cada hora. Bruce les aseguró a todos que Nick y él estaban a salvo y bien preparados. Prometió ir a echar un vistazo a todas sus casas en cuanto fuera posible y volver a llamar en cuanto el servicio de telefonía móvil funcionara. Después, solo le quedó darles las buenas noches.

Según el servicio estatal de catástrofes, la zona más vulnerable de la isla era el kilómetro de playa conocido como Pauley's Sound. Estaba en el extremo norte, cerca del Hilton y, como la mayor parte de la primera línea, estaba lleno de urbanizaciones de apartamentos, cabañas antiguas y nuevas, pequeños moteles familiares, bares y cafeterías de playa y altos hoteles modernos. Esa parte estaba a muy pocos metros sobre el nivel del mar y no había dunas que pudieran protegerla de las olas. Tanto Bob Cobb como Nelson Kerr vivían en esa zona, en una urbanización privada llamada Marsh Grove. Fue a los últimos a los que llamó Bruce. Bob y la mujer que le acompañaba estaban bien cubiertos para pasar la noche. Él no parecía muy preocupado, pero era obvio que había estado bebiendo. Nelson Kerr estaba sentado a oscuras, deseando haber huido de allí como los demás. Bruce lo invitó a ir hasta su casa, donde estaría más seguro, pero Nelson le dijo que la policía había cerrado todas las carreteras. Ya habían caído árboles y postes eléctricos y llovía a mares.

A las ocho de la tarde, vientos de ciento cincuenta kilómetros por hora aullaban tan alto y de forma tan prolongada que a Bruce y Nick les costaba permanecer sentados. Con las linternas, bajaron al piso de abajo y miraron con cautela por las ventanas para evaluar los daños y ver si había caído alguna rama y si la lluvia inundaba la calle. Descartaron la idea de sentarse un rato en el cuarto de estar e intentar disfrutar de un poco de bourbon ya que en cualquier momento una racha de viento podría colarse y hacer estremecer la casa. O tal vez oirían un crujido a lo lejos.

Los crujidos eran lo peor. Cuando oyeron los dos primeros, ni Bruce ni Nick estaban seguros de lo que ocurría. Después se dieron cuenta de que era el viento arrancando ramas gruesas, aunque sonaba como un disparo de escopeta hecho a poca distancia. Se encogían cada vez que oían uno y después se acercaban despacio a una ventana.

Hacía quince años que Bruce era el propietario de la mansión Marchbanks, una casa victoriana de 1890 construida del modo clásico y diseñada para soportar huracanes. En ese momento no le preocupaba perder parte del tejado o un porche, sino los dos robles vetustos que había en su terreno, con ramas lo bastante grandes para provocar daños graves.

En medio de la tormenta, por si los aullidos, los crujidos y los estremecimientos fueran poco, surgió también una extraña cadencia. El rugido era constante y crecía despacio. Cada minuto que pasaba, una racha de ráfagas todavía más fuertes lo azotaba todo, como si fuera una advertencia de que la verdadera acción estaba ahí fuera, en el agua, no muy lejos. Las rachas pasaron y volvió la tormenta, con su ruido y su fuerza constante. Bruce y Nick se tomaron un trago de bourbon y confiaron en que no hubiera más. Entonces otra rama crujió y los dos miraron por la ventana.

Justo después de las nueve, los cables eléctricos no aguantaron más y empezaron a partirse. La isla se sumió en la oscuridad total y el ruido de la tormenta aumentó.

Llevaban dos horas siendo azotados por vientos de más de ciento cincuenta kilómetros por hora y ya no podían soportarlo más. Bruce pensó en hacer una broma diciendo algo así como: «Me parece que deberíamos haber huido», pero ¿por qué molestarse? El ojo del huracán todavía estaba a dos horas de allí, lo que significaba que los vientos no habían llegado a su máximo. La calle era un río de agua provocado por la lluvia, y eso que aún esperaban la gran ola. Bruce estaba seguro de que en la planta baja de Bay Books estaba entrando agua.

Pero, por el momento, Nick y él estaban secos y a salvo. No había nada que pudieran hacer hasta la mañana siguiente. A las diez y media de la noche, la hora prevista para la llegada del ojo del huracán, Bruce estaba seguro de que la casa estaba a punto de ser arrancada de sus cimientos y volar hasta estrellarse contra la casa del doctor Bagwell, al otro lado de la calle. El suelo y el techo vibraban y las paredes temblaban, literalmente. Su mayor temor era que una rama cayera justo en el cuarto de estar y le hiciera un agujero a la casa por el que se colaran torrentes de agua y más viento. Entonces se verían obligados a huir y buscar refugio, pero ¿dónde? No tenían adónde ir.

Eran casi las once cuando los vientos cesaron y la noche quedó en completo silencio. Bruce y Nick salieron afuera y vadearon el agua hasta la calle, donde levantaron la vista para mirar al cielo. Pudieron ver las estrellas. El experto de la televisión decía que el ojo de Leo pasaría por allí dentro de unos veinte minutos, y Bruce sintió la tentación de bajar al centro a ver su librería. Pero, una vez más, ¿por qué molestarse? No podía detener la inundación, y no podrían empezar a limpiar hasta la mañana siguiente. Tenía un buen seguro que se ocuparía de todo.

Recorrieron la calle, atravesando un río de agua que les llegaba a los tobillos, y no vieron ni un alma, ni una luz. El policía tenía razón, todos sus vecinos habían tenido el buen juicio de irse. En medio de esa oscuridad era imposible ver dónde habían caído ramas, pero había escombros por todas partes.

Esa tranquilidad, junto con el bourbon, consiguió calmarles los nervios, aunque fuera solo un momento. Según fueron pasando los minutos empezó a soplar un leve viento que venía del oeste y les recordó que solo había pasado la mitad de la tormenta.

12

El reinado del terror de dos semanas que había establecido Leo llegó a su apogeo oficialmente a las 10.57 de la noche, hora de la costa Este, cuando el centro de su ojo tocó tierra en el extremo septentrional de Camino Island. Fiel a su naturaleza, al final se movió un poco, se desplazó hacia el norte y se mantuvo lo suficiente para conservar su calificación de categoría 4, con las rachas de viento alcanzando máximos de doscientos treinta y cinco kilómetros por hora, a punto de alcanzar el poco frecuente grado de categoría 5, que estaba en los doscientos cincuenta kilómetros por hora. Aunque no es que eso importara mucho. Quince kilómetros por hora no eran nada en una tormenta de esa envergadura, y los vientos huracanados azotaron la isla mucho antes y mucho después de que llegara ese ojo. Cabañas antiguas construidas décadas atrás salieron volando y solo quedaron los pilotes sobre los que se asentaban. Las más modernas aguantaron, pero perdieron ventanas, puertas, tejados y terrazas. Las olas más grandes, las que estaban cerca del ojo, alcanzaron los cuatro metros y medio en ciertas zonas, lo suficiente como para inundar cientos de cabañas, residencias, moteles y tiendas. Main Street quedó anegado por más de un metro de agua, y algunos de los edificios más antiguos de la parte histórica se inundaron por primera desde que se construyeron.

En la costa, todas las pasarelas y muelles desaparecieron. Tierra adentro, había ramas y árboles enteros bloqueando calles y entradas de casas. Los aparcamientos estaban cubiertos de tejas, basura y trozos de ramas. En las dársenas y puertos había barcos de todos los tamaños tirados como palos para hacer leña.

Aunque prácticamente todos habían huido, algunos de los pocos que se quedaron no lograron sobrevivir. Al amanecer se oyó en toda la isla el aullido de la primera sirena de los bomberos.

13

Bruce durmió dos horas en el sofá del cuarto de estar, hasta que se despertó aturdido y con la espalda dolorida. El viento había desaparecido y la casa estaba a oscuras y en silencio. La tormenta había pasado. Vio el primer rayo de sol desde la ventana. Se puso las botas de goma y salió afuera, donde vadeó quince centímetros de agua y observó su casa desde el otro lado de la calle. Faltaban unas cuantas tejas del tejado y el viento había arrancado un canalón del tercer piso, pero la casa estaba sorprendentemente bien. Las pesadas ramas del roble que le preocupaban seguían en su sitio. A cuatro puertas al oeste, la inundación se extendía hasta la casa de los Keegan, pero solo había llegado hasta los escalones que llevaban a la entrada.

Metió la mano en el bolsillo y sacó un puro. ¿Por qué no fumárselo? Lo cortó, lo encendió y se quedó allí, en el agua llena de barro, en medio de Sixth Street, viendo cómo se iluminaba el cielo y llegaba la mañana. Las nubes se disipaban según ascendía el sol; el día iba a ser cálido y húmedo y no había electricidad para refrescar las casas. No se oía nada ni había ninguna otra persona a la vista. Caminó hacia el sur por Sixth Street hasta Ash Street, donde el agua desaparecía. En Ash se veía el asfalto. Se abrió una puerta y el señor Chester Finley salió a su porche y le dio los buenos días.

—Esta noche ha hecho un poco de viento, ¿eh? —comentó con una sonrisa. Llevaba en la mano una botella de agua.

—Un poco, sí. ¿Están bien todos? —preguntó Bruce.

—Sí. La casa de los Dodson ha resultado dañada, pero ellos no estaban.

—Han sido inteligentes. Estoy por aquí, si necesitan algo.

Bruce giró la esquina y se quedó mirando con la boca abierta la bonita casa victoriana de los Dodson. Una enorme rama de un roble de su jardín de atrás se había desgajado y había, literalmente, partido la casa por la mitad. Siguió caminando y se detuvo delante de Vicker House, de 1867, la casa que compraron Myra y Leigh hacía trece años. La habían pintado de rosa con un ribete azul oscuro. Había aguantado bastante bien. Una rama había roto una ventana de delante y Bruce sospechó que habría muchos daños provocados por la lluvia. Nick y él se ocuparían de quitarla de ahí con ayuda de la sierra. Ese podría ser su primer proyecto.

Cuando volvía a Sixth Street, oyó el inconfundible ruido de un helicóptero. Se detuvo y lo escuchó acercarse; en pocos segundos, un Seahawk de la marina apareció en el cielo, volando bajo para examinar los daños. Le pareció alentador que llegaran las fuerzas de rescate uniformadas. El helicóptero se alejó y minutos después apareció otro por la zona del centro. Era más pequeño y tenía el logotipo chillón de una cadena de noticias.

14

Mercer y Thomas se estaban tomando el café en la cama mientras esperaban los primeros informes. Se encontraban en un motel cerca de Dothan, Alabama, uno que había obviado su norma de no aceptar mascotas y les había permitido registrarse con el perro después de anochecer. Habían soportado un tráfico brutal y se habían visto obligados a seguir conduciendo hacia el oeste para poder encontrar una habitación. La televisión por cable se desconectó poco después de las diez de la noche, cuando los vientos empezaron a ser muy fuertes, pero a las seis de la mañana ya funcionaba de nuevo. Poco después del amanecer, un helicóptero ofreció una imagen en directo de la playa mientras un reportero muy emocionado que volaba en él intentaba describir los daños. Un enorme edificio de apartamentos se había hundido. Otro estaba parcialmente derruido. Algunos tejados habían volado y muchas de las cabañas de playa más pequeñas se habían venido abajo. Los aparcamientos vacíos estaban llenos de escombros. Había barcos descargando cerca de Main Beach, el lugar más concurrido un día normal. Mercer no consiguió ver la cabaña de Tessa, pero no había duda de que habría sufrido algún daño. En el interior habían caído miles de árboles y había carreteras bloqueadas por ramas y troncos. La aguja de una iglesia tampoco había soportado el embate de la tormenta.

Cerca del centro de Santa Rosa el agua en las calles llegaba a la rodilla. Los equipos de rescate avanzaban despacio en sus barcas. Un hombre saludó con la mano el helicóptero. En la pantalla apareció entonces un reportero a pie de calle que se apresuró a resumir los heroicos esfuerzos que había hecho para permanecer toda la noche a la intemperie mientras su equipo hacía lo que podía con la cámara. Dijo que los equipos de emergencia creían que la isla estaría sin electricidad por lo menos una semana. Ya había llegado la Guardia Nacional. La isla estaba prácticamente desierta, pero ya tenían el primer parte de bajas en Pauley's Sound. Ofrecerían más datos en los próximos minutos. El puente estaba cerrado y lo iban a examinar en busca de daños.

Era obvio que la isla estaba hecha un desastre y que iba a seguir así durante semanas o meses. Mercer y Thomas no pensaban apresurarse en volver para andar entre los escombros, y tampoco es que pudieran llegar hasta la cabaña. Confiaban en que Larry siguiera allí; Mercer estaba segura de que él haría lo que pudiera. Tampoco quería quedarse en un motel cuando su apartamento en Oxford quedaba solo a seis horas de camino.

Thomas salió a buscar algo para desayunar tanto para ellos como para el perro. Mercer se metió en la ducha, preocupada por Larry pero contenta de que él hubiera permanecido en la isla, de que se hubiera acabado la gira de promoción del libro, aunque el final no había sido tal y como hubiese querido, y contenta sobre todo de volver a casa. Thomas y ella llevaban dos meses viviendo con la ropa que había en sus maletas.

2
La escena del crimen

I

Bruce, que no tenía ni la más mínima experiencia utilizando una sierra mecánica, le cedió rápidamente la herramienta a Nick, que al menos había tenido una en la mano alguna vez. Les llevó diez minutos dilucidar cómo se ponía en marcha esa maldita cosa, pero después Nick empezó a moverse por el jardín de atrás cortando hasta las ramas más finas. Bruce lo seguía a una distancia prudencial y recogía lo que iba dejando. Estaba formando una pila con las ramas cuando apareció de la nada un policía de Santa Rosa. Bruce le hizo un gesto y Nick apagó la sierra a regañadientes. Se oía el ruido de otra a lo lejos.

El agente se presentó y charlaron unos minutos sobre la tormenta.

—Ha habido víctimas, por desgracia —dijo después—. La mayoría en el extremo norte.

Bruce asintió y se preguntó qué tenía que ver eso con él.

Entonces el agente continuó:

—Su amigo Nelson Kerr sufrió una herida en la cabeza y no ha sobrevivido.

—¡Nelson! —exclamó Bruce sin poder creérselo—. ¿Nelson está muerto?

—Me temo que sí. Dejó su nombre y su número como contacto local.

—Pero ¿qué le ha pasado?

—No lo sé. No he estado en el lugar de los hechos. Me ordenaron que viniera a buscarlo. Mi capitán le solicita que vaya allí para identificar el cadáver.

Bruce miró perplejo a Nick, que estaba demasiado aturdido para hablar.

—Pues claro. Vamos.

—Será mejor que traiga esa sierra —le dijo el agente a Nick—. Puede que nos haga falta.

Aparcado delante de la casa había un todoterreno Gator de John Deere verde y amarillo, con dos asientos y tracción a las cuatro ruedas. Bruce se sentó delante, hombro con hombro con el agente, y Nick se encaramó detrás. Arrancaron, giraron hacia el oeste y fueron esquivando las ramas y los desperdicios que había en la calle. Se alejaron del centro zigzagueando despacio a través de la devastación.

Los daños eran sobrecogedores. Todas las calles estaban bloqueadas por árboles, ramas, cableado caído, muebles de jardín, tablas, tejas, basura y otros trozos de vegetación. Solo unos pocos residentes estaban en la calle, limpiando aturdidos. En Atlantic Avenue, la principal carretera de acceso a la playa, había miembros de la Guardia Nacional por todas partes con sierras mecánicas, piquetas y hachas. Apenas se podía pasar por la carretera, pero el agente avanzó con el Gator muy despacio entre el caos de la limpieza.

—Parece que Pauley's Sound ha soportado lo peor —comentó—. El Hilton está muy mal. Ya han encontrado dos cadáveres en el aparcamiento.

—¿Cuántas víctimas hay? —preguntó Bruce.

—Hasta el momento tres. Su amigo y otras dos personas, pero me temo que habrá más. —Salió de Atlantic Avenue y pasó a una calle más estrecha que iba de norte a sur. Esquivaron serpenteando gruesas ramas y otros escombros, volvieron a girar y se dirigieron al este. Poco después se detuvieron en Fernando Street, la principal arteria que recorría la línea de la playa. Más miembros de la guardia nacional se esforzaban por limpiarla. El agente se detuvo y ayudaron a apartar y sacar de la carretera un coche volcado. A cien metros al este, el océano estaba en calma, el sol brillaba ya alto y hacía calor.

Nelson Kerr vivía en una casa adosada en una calle sin salida cerca del Hilton. Los edificios habían sufrido importantes daños, con ventanas reventadas y tejados arrancados. Se detuvieron en la calle y caminaron hasta una entrada donde esperaba Bob Cobb. Bruce le dio la mano y Bob lo abrazó. Tenía los ojos inyectados en sangre y el pelo largo y canoso despeinado.

—Una noche dura, amigo —dijo—. Deberíamos habernos ido con la gente inteligente.

—¿Dónde está Nelson? —preguntó Bruce.

—En la parte de atrás.

Encontraron a su amigo tirado sobre el muro bajo de ladrillo que rodeaba el patio. Muerto, no había duda. Llevaba vaqueros, una camiseta de manga corta y unas zapatillas viejas de deporte. Otro policía, un sargento, permanecía allí de guardia, aunque estaba claro que no sabía qué hacer a continuación. Le tendió la mano y preguntó:

—¿Es amigo suyo?

Bruce sintió que le fallaban las rodillas, pero se acercó decidido para examinarlo más de cerca. La cabeza de Nelson colgaba por un lado de la pared de ladrillos. Se veía un corte sangrante encima de la oreja izquierda. Debajo del cuerpo había una rama de uno de los muchos árboles de Júpiter. Había más ramas y hojas desperdigadas alrededor.

Bruce se apartó.

—Sí, es él —confirmó.

Nick se inclinó para mirar también.
—Es Nelson —corroboró.
—Vale —contestó el sargento—. ¿Les importa quedarse aquí con el cuerpo mientras vamos a buscar a alguien que nos ayude?
—¿Que les ayude a qué? —quiso saber Bruce.
—No sé... Supongo que necesitamos que venga el forense para certificar la muerte. Ustedes quédense aquí con él, ¿de acuerdo?
—Claro, lo que haga falta —accedió Bruce.
—Él dio su nombre, dirección y número de teléfono, y también los de unos residentes en California. El señor Howard Kerr y su esposa. Supongo que serán sus padres.
—Probablemente. Yo no los conocía.
—Deberíamos llamarlos. —El sargento miró suplicante a Bruce.
—Ese es su cometido —replicó Bruce, que no quería saber nada de ese tema—. Además, las líneas telefónicas no funcionan, ¿no?
—Nosotros tenemos un teléfono por satélite en el centro de control de Main Beach. Iré hasta allí para hacer la llamada. ¿Sería tan amable de hacerla usted por mí?
—No, lo siento. No conozco a esas personas y eso le corresponde a usted —insistió.
—Está bien. Quédense aquí con el cuerpo, entonces.
—Lo haremos.
—¿Podemos echar un vistazo por la casa? —preguntó Bob.
—Supongo que sí. Volveremos lo antes posible.
Los dos policías se metieron en el Gator y se fueron.
—Esta gente de aquí ha tenido un poco más de suerte —comentó Bob—. La ola se detuvo en los escalones de acceso. Yo vivo a dos calles de aquí y me ha entrado un metro y medio de agua en la planta baja. Me quedé sentado en las escale-

ras viendo cómo subía el nivel. No es agradable, te lo aseguro.

—Lo siento, Bob —contestó Bruce.

—Yo no diría que Nelson ha tenido suerte —apuntó Nick.

—Tienes razón.

Volvieron al patio de atrás y se quedaron mirando el cadáver.

—No sé qué podía estar haciendo aquí fuera en medio de la tormenta —comentó Bob—. Ha sido una enorme estupidez.

—¿No tenía un perro? —preguntó Bruce—. Tal vez se escapó al patio.

—Sí que lo tenía —recordó Bob—. Un chucho negro y pequeño, que me llegaba como por la rodilla. Le llamaba Boomer. Vamos a ver si lo encontramos —sugirió Bob, abriendo la puerta de atrás—. Supongo que lo más prudente será no tocar nada.

Al entrar encontraron el suelo mojado en la cocina a oscuras e intentaron localizar alguna señal del perro.

—Si estuviera aquí, ¿no nos habríamos enterado ya? —aventuró Nick.

—Probablemente —contestó Bruce—. Voy a mirar arriba. Vosotros echad un vistazo por aquí.

Cinco minutos después habían mirado en todas las habitaciones y ni rastro del perro por ninguna parte. Se reagruparon en la cocina, donde el calor y la humedad aumentaban por momentos. Volvieron a salir al patio y se quedaron mirando a Nelson.

—Deberíamos tapar el cuerpo, al menos —propuso Bruce.

—Sí, buena idea —repuso Bob, todavía un poco aturdido.

Nick encontró dos toallas grandes en un baño y las colocó con cuidado para tapar el cuerpo.

—Necesito sentarme, chicos —dijo Bruce, víctima de unas repentinas náuseas.

Nelson había encajado las cuatro sillas metálicas de jardín bajo una mesa que había apartado a una esquina del patio y así había conseguido que el viento no las arrastrara. Las sacaron, les quitaron la suciedad y se sentaron en la sombra, a unos seis metros del cadáver. Nick encontró unas botellas de cerveza caliente en la nevera y los tres brindaron por su amigo muerto.

—Tú lo conocías bastante bien, ¿no? —preguntó Bruce.

—Supongo que sí —respondió Bob—. Se mudó aquí ¿hace cuánto? ¿Dos años?

—Más o menos. Acababa de publicar su tercera novela y se estaba vendiendo bien. Llevaba unos cuantos años divorciado, no tenía hijos y quería alejarse de California.

Siguieron bebiendo cerveza y mirando las toallas blancas.

—Nada de esto tiene sentido —comentó Nick—. ¿Cómo pudo salir el perro en medio de un huracán tan fuerte?

—Tal vez el maldito chucho tenía que mear —apuntó Bob—. Nelson lo dejó salir un momento para un pis rápido y el perro se asustó por la tormenta y huyó. Nelson entraría en pánico y salió para intentar cogerlo. Entonces esa rama se rompió y le dio en la cabeza. Seguro que no es el único idiota al que le cayó una rama anoche. Mal momento. Mala suerte.

—Acababa de terminar otra novela —apuntó Bruce—. Me preguntó dónde estará el manuscrito.

—Vaya, eso tiene mucho valor. ¿La has leído? —preguntó Nick.

—No, pero le prometí que lo haría. Acababa de terminar el segundo borrador. Hasta donde yo sé, todavía no la había enviado a Nueva York.

—Probablemente estará en su ordenador, ¿no crees?

—Casi seguro.

—¿Y qué ha pasado con él? —quiso saber Nick.

Se produjo una larga pausa mientras lo pensaban.

—¿No era abogado? —preguntó Nick.

—Lo era, en un gran bufete de San Francisco —explicó Bruce—. Estoy seguro de que habrá hecho testamento y que en él nombrará un albacea que se hará cargo de todos sus asuntos. Va a ser un buen lío.

—Si lleva aquí dos años, seguramente estará registrado como residente en Florida —comentó Bob—. Seguro que sí. Tiene matrícula de Florida en su coche. Teniendo eso en cuenta, ¿no tendrá un abogado aquí?

—No tengo ni idea. Es probable que tenga... que tuviera amigos abogados en todas partes.

Nick entró en el apartamento y cerró la puerta.

—Podemos estar aquí horas —dijo Bob—. Esos pobres policías están desbordados ahora mismo.

—Vimos a unos cuantos miembros de la Guardia Nacional cuando veníamos de camino, así que la ayuda ya ha llegado.

—¿Y tu casa?

—He tenido suerte. Muchas ramas caídas, pero no hay daños importantes. Nada que ver con esto.

—Debería haberme ido —se lamentó Bob—. Ahora tengo que arrancar la moqueta, tirar las paredes de yeso y coger la pala para sacar el barro y la basura. Una semana sin electricidad. Con temperaturas de más de treinta grados. ¿Tienes comida suficiente?

—Estaré bien. Tengo un pequeño generador, así que todavía hay cerveza fría. Quédate en mi casa conmigo y con Nick. Hay comida, y cuando se nos acabe iremos a buscar más. Nos lo pasaremos bien.

—Gracias.

Nick abrió un poco la puerta y le llamó:

—Oye, venid a echar un vistazo.

Entraron en la sala de estar y Nick iluminó una pared con una linterna.

—¿De dónde la has sacado? —preguntó Bob.

—La he encontrado en el sofá. Mirad las manchas que hay al lado de las estanterías. Podrían ser de sangre seca. Y hay más en esos libros de la derecha.

Bruce le cogió la linterna y examinó la pared. Había ocho o diez manchas oscuras de algo que podía ser sangre. O no. Pero, fuera lo que fuese, era imposible que Nelson o su empleada del hogar, si tenía alguna, hubiera permitido que esas manchas siguieran ahí. Bob también las examinó y negó con la cabeza.

—Venid conmigo —continuó Nick. Los tres recorrieron el estrecho pasillo hasta el baño. Encendió la luz del lavabo y dijo—: ¿Veis esas manchas rosas al lado del grifo? Las podría haber dejado alguien después de intentar lavarse la sangre.

—Tú lees muchas novelas de asesinatos, ¿no? —preguntó Bob.

—Cientos. Son mis favoritas.

—¿Y dónde está la toalla ensangrentada, el trapo o lo que sea? —preguntó Bruce.

—No está. No había electricidad, pero habría agua caliente hasta que se acabó el depósito. Nuestro sospechoso no podía meter la toalla en la lavadora, porque no funcionaba. Y además, ahora está vacía. Y tampoco podía dejar pruebas, así que sencillamente se la llevó.

—¿Nuestro sospechoso? —inquirió Bruce.

—Sígueme la corriente. Podría tratarse de algo serio.

—Ya es algo serio —apuntó Bob.

—Me había dado cuenta.

—¿Crees que alguien vino hasta aquí en medio de un huracán de categoría 4, encontró a Nelson en la sala de estar, le dio un golpe en la cabeza, lo arrastró afuera, intentó limpiar la sangre y después huyó? —preguntó Bruce—. ¿En serio?

—Cosas más raras se han visto —respondió Nick—. De hecho, era el momento perfecto para matar a alguien y hacer que pareciera un accidente.

—Me gusta —confesó Bob—. Pero ¿dónde está la sangre del suelo?

Se miraron los pies. Los seis estaban plantados sobre una alfombra húmeda y manchada.

—Está demasiado oscuro aquí para ver nada —dijo Nick—, pero ¿y si...?, seguidme la corriente también en esto... ¿Y si estuviéramos de pie en medio de la escena de un crimen?

—Yo no lo hice, lo juro —aseguró Bob.

—Vamos a verle mejor la cabeza —propuso Bruce.

Se miraron a los ojos durante un segundo y después volvieron a salir al patio. Nick tomó la iniciativa y se acercó al cadáver. Levantó la toalla y se agachó. El corte sanguinolento sobre la oreja izquierda de Nelson era escalofriante y, para sus ojos inexpertos, parecía lo bastante feo como para ser mortal. Ayudándose con la toalla y con mucho cuidado de no tocarlo con los dedos, Nick intentó levantar la cabeza de Nelson, pero ya tenía el cuello rígido.

—Vale —reflexionó Nick cuando se incorporó—, creo que deberíamos hacer rodar el cuerpo para que caiga sobre el suelo. Necesitamos verle la cara y el otro lado de la cabeza.

—No lo tengo claro —intervino Bruce—. Los policías ya han visto el cuerpo y sabrán que lo hemos tocado.

—Estoy de acuerdo —convino Bob—. Yo no lo voy a tocar.

—De acuerdo —aceptó Nick—, después podemos volver a ponerlo como está ahora. Pero necesitamos verlo bien todo.

—¿Por qué? —insistió Bruce—. ¿Cuál es tu teoría?

—El asesino le golpeó primero dentro y lo dejó inconsciente, y después lo arrastró aquí afuera y le asestó otro golpe, o probablemente más de uno, para acabar con él.

—¿En medio de la tormenta? —preguntó Bruce—. ¿Con la lluvia cayendo en tromba?

—Exacto. Al asesino no le importaba mojarse. ¿No lo veis? Era el momento perfecto para matarlo.

—¿Con qué? —preguntó Bob.

—¡Eso es! Con algo que el asesino encontró en el apartamento. No iba a aparecer en la puerta con un arma o un cuchillo. Entró, tal vez era alguien que Nelson conocía, pero está claro que no sabía lo que pretendía, así que lo dejó entrar porque andaba por ahí en medio de un huracán de categoría 4. El tipo cogió un atizador, un bate de béisbol o algo que sabría que estaba en el apartamento y lo utilizó.

—Has leído demasiadas novelas de misterio —sentenció Bob.

—Eso ya lo has dicho —replicó Nick.

Se quedaron allí parados, observando al pobre Nelson. Bruce se retiró a la sombra y volvió a su silla. Nick y Bob lo imitaron. El sol brillaba con fuerza y estaba subiendo la temperatura. A su alrededor, las labores de limpieza iban tomando forma y empezaron a oírse más helicópteros y más sierras mecánicas a lo lejos.

Había pasado una hora desde que se fueron los policías.

2

Nick se levantó sin decir nada y fue hasta el cadáver, retiró las toallas, cogió a Nelson por las piernas y lo hizo rodar sobre el muro. El cuerpo aterrizó boca arriba en el patio. Bruce y Bob se acercaron corriendo para echar un vistazo.

El ojo derecho estaba hinchado y cerrado y tenía otro corte justo encima.

—Justo lo que sospechaba —murmuró Nick para sí—. ¿Me podríais traer la linterna?

Bruce la encontró en la mesa de la cocina y la sacó afuera. Nick la cogió, se agachó y se acercó tanto a la cabeza que parecía que estaba buscando piojos. Encontró otro golpe en la coronilla, oculto por el pelo, y siguió con su búsqueda. Cuando terminó, se incorporó y se apoyó en el muro.

—Parece que la rama le golpeó al menos tres veces. ¿Cómo explicáis eso? —dijo mirando a Bruce, que estaba sin habla.

—Vale, vale —aceptó Bob—. Vamos a subirlo ahí otra vez antes de que vuelvan los policías.

—¡No! Los agentes tienen que ver esto —replicó Nick—. Estamos hablando de asesinato, y los policías son los que tienen que investigarlo. O al menos eso es lo que se supone.

—Vale, pero vamos a taparlo al menos —contestó Bruce—. No soporto verle la cara así.

Nick volvió a cubrir con cuidado a Nelson con las toallas.

Bob, que en otra vida había pasado una temporada en una cárcel federal, estaba nervioso.

—Oye, seguro que hemos dejado huellas por ahí. ¿No deberíamos intentar limpiar un poco?

—No, claro que no —aseguró Nick—. Los policías nos dieron permiso para entrar. Si están ahí nuestras huellas, es porque hemos estado por ahí. No significa que hayamos tenido nada que ver con el asesinato. Si limpiamos podemos eliminar las huellas que haya dejado el asesino.

—Tienes razón —reconoció Bruce—. ¿Crees que el arma estará por aquí?

Nick, convertido en el cerebro detectivesco de la situación, lo pensó durante un momento.

—Lo dudo. Probablemente huyó al abrigo de la tormenta y no le habrá costado librarse de cualquier cosa en medio del desastre. Pero tal vez deberíamos mirar por ahí, por si acaso.

—Yo no voy a volver a entrar —aseguró Bob—. De hecho, creo que me voy a ir ya. Tengo que empezar a arrancar la moqueta.

—Yo te ayudo —se ofreció Bruce.

—No podéis iros —les contradijo Nick—. Tú encontraste el cadáver, así que la policía querrá hablar contigo. Y nos han pedido que nos quedemos aquí.

—Vale —accedió Bruce—. Nos quedaremos por aquí hasta que nos digan que podemos irnos.

—Yo vuelvo adentro —anunció Nick—. ¿Queréis otra cerveza caliente?

Los dos asintieron y Nick sacó otras dos botellas. Las dejó en el patio y después rodeó la cocina, con cuidado de no tocar nada. Encontró un trapo que utilizó para abrir los armarios de la cocina. En la sala de estar se fijó en que el juego de accesorios para la chimenea estaba intacto en su soporte de hierro forjado. Con la linterna encendida y sin tocar ninguno, examinó el atizador, las pinzas, la pala y el cepillo. El atizador era la única posibilidad. Las pinzas eran demasiado poco manejables, y era imposible que la pala y el cepillo infligieran un golpe mortal, al menos en su opinión de aficionado. Fotografió con el teléfono las manchas de la pared de la sala de estar.

En el patio, Bruce preguntó:

—¿Quién demonios querría matar a Nelson Kerr?

—No tengo ni idea —reconoció Bob. Tras una larga pausa, añadió—: ¿De verdad te lo puedes creer?

—No lo sé. Tal vez nos estamos pasando de listos. Sugiero que respiremos hondo, esperemos a los policías y dejemos que sean ellos los que se ocupen de esto.

—Estoy de acuerdo. Pero ahora mismo están sobrepasados. Mierda, estamos todos atónitos. No sé si somos capaces de pensar con claridad en este momento. Yo me he pasado toda la noche despierto, no he dormido ni un segundo, muerto de miedo, sinceramente.

Arriba, Nick entró en el dormitorio principal, que estaba todavía más oscuro que el resto de la casa. Abrió las persianas y recorrió la habitación sin tocar nada. La cama estaba deshecha y había ropa en el suelo. Nelson mantenía la planta baja ordenada, pero su dormitorio no. Nick fue al otro cuarto, pero no encontró nada interesante: no había más sangre, ni tampoco la posible arma del crimen. También miró en los dos baños, con igual resultado.

—Es posible que le golpeara más de una rama —siguió Bob en el patio—. Mira, están por todas partes. No sé si me trago toda esta historia del asesinato.

—¿Y la sangre en la pared?

—¿Estás seguro de que es sangre?

—No, no estoy seguro de nada, excepto de que nuestro amigo Nelson está muerto.

—Quizá deberíamos alejarlo del sol. Se está asando.

—A él le da igual. No, mejor no lo tocamos más.

Se bebieron la cerveza caliente y miraron a Nelson. Las sombras estaban retrocediendo y pronto iban a perder su lugar privilegiado en la sombra.

En el garaje, Nick encontró el brillante BMW de Nelson sin un rasguño. Una impresionante colección de cañas de pescar cubría una pared entera. En un rincón había una bolsa con palos de golf, y en una pequeña mesa de trabajo Nelson tenía, muy ordenadas, el surtido habitual de herramientas, artilugios y suministros. Bombillas de repuesto. Latas de insecticida y repelente para avispas. Nada parecía estar fuera de su sitio. De hecho, ese garaje estaba más ordenado que su dormitorio. Había una caja de herramientas sin abrir y Nick estuvo tentado de abrirla y echar un vistazo. Le interesaba sobre todo el martillo, si es que no se lo habían llevado, pero decidió no tocar nada. Que lo hicieran los policías.

—Hay gente turbia en su pasado, ¿no? —comentó Bob—. Bueno, escribía sobre personas bastante inquietantes.

—¿Has leído sus libros?

—La mayoría. Son buenos. Lo echaron de su bufete, ¿verdad?

—Esa ha sido la versión que ha dado siempre. Era socio en un gran bufete de San Francisco, le iba bien, pero quería dejarlo, o eso dice él. Decía. Descubrió que uno de sus clientes le vendía software militar a Irán y Corea del Norte y lo delató. Los federales le pagaron bien, pero ahí acabó su carrera como abogado. Cogió el dinero, perdió gran parte en el divorcio, y vino aquí para empezar de cero. Pero parece que alguien le siguió los pasos.

—¿Tú sí que te crees lo del asesinato?

—Me parece que tiene sentido. Todo esto es muy sospechoso. —Bruce le dio un sorbo a su cerveza—. Es muy raro, Bob. Nelson está ahí, asándose al sol, y su familia no tiene ni idea. Seguro que estarán preocupadísimos.

—La policía se lo notificará pronto, ahora que ya has identificado el cuerpo.

—Eso sería lo deseable, pero la policía de aquí está hasta arriba. ¿Qué pasaría si fuera tu hermano el que está tirado ahí? ¿No querrías saberlo?

—¿Tú conoces a mi hermano?

—Venga, Bob...

Dieron otro sorbo, volvieron a mirar a Nelson y oyeron cómo se acercaba otro helicóptero.

—Me pregunto qué estará haciendo ahí dentro Sherlock Holmes —comentó Bob.

Nick estaba estudiando el hierro siete con la linterna. Los palos eran unos Ping de lo mejorcito, todo el juego, reconoció Nick, que era un jugador de golf que se lo tomaba muy en serio, y estaba colocado en su bolsa en un orden perfecto. Los *wedges* en la fila inferior. Los hierros, del cuatro al nueve, en la del medio. Después, las maderas de calle y el *driver*, todos con fundas de Ping a juego. Nick recordó una novela de Scott Turow, *Demanda infalible*, en la que limaban la cabeza de un hierro dos para convertirla en un arma de hoja afilada. Después se estrellaba a la perfección contra la base del cráneo del antihéroe y lo mataba al instante.

El hierro siete no había sido limado ni modificado, pero tenía algo. Un líquido que se había secado y tal vez unas cuantas briznas de césped. Con la linterna en una mano, Nick le hizo unos cuantos primeros planos a los palos. De repente fue consciente de que estaba empapado en sudor y le costaba respirar. Salió del garaje y volvió al patio, donde Bruce y Bob seguían sentados, observando a Nelson.

—Voy a hacer fotos de todo —dijo Nick, retirando las toallas.

—¿Por qué? —preguntó Bob.

—Solo por tenerlas. ¿Quién sabe?

3

A mediodía, casi dos horas y media después de que se hubieran ido los policías, oyeron algo en la calle. Había llegado una ambulancia y dos sanitarios estaban bajando una camilla. Un policía que solía patrullar por el centro y que Bruce conocía bien fue a su encuentro en la entrada.

—Hola, Nat. —Bruce saludó con una sonrisa y un apretón de manos. Estaba encantado de ver una cara familiar y también un hombre de uniforme.

—Hola, Bruce. ¿Qué demonios haces tú aquí?

—Vigilando el cadáver. Es Nelson Kerr, un amigo mío. Me puso como su contacto para emergencias.

—Conozco a Nelson —respondió Nat, asombrado—. ¿Está muerto?

—Me temo que sí.

—Vamos a echarle un vistazo.

Bruce le presentó a Bob y a Nick y fueron juntos hasta el patio, con los sanitarios detrás. Nat se inclinó sobre el cuerpo, apartó una de las toallas y miró detenidamente la cara de Nelson.

—No sabemos por qué salió en medio de la tormenta, pero parece que lo golpeó una rama, o algo así —explicó Bruce—. Bob, que está aquí, lo encontró tirado sobre ese muro de ahí.

—¿Y quién lo ha movido? —preguntó Nat.

—Nosotros lo bajamos al suelo. No estoy seguro de que la rama provocara todos esos daños, Nat. Da la sensación de que tiene al menos tres golpes en la cabeza. Puede que esto sea más complicado de lo que parece.

Nat se incorporó, se quitó la gorra y miró a Bruce.

—¿Qué quieres decir?

—Hemos encontrado unas manchas en la pared de la sala de estar que parecen sangre seca, y otras manchas en el lavabo que también podrían ser de sangre.

—Es un homicidio, agente —se apresuró a añadir Nick—. Alguien golpeó en la cabeza a Nelson dentro y después lo arrastró afuera y acabó con él aquí, para intentar que pareciera culpa de la tormenta.

—¿En medio del huracán?

—Sí, señor. Es el momento perfecto para matar a alguien.

—¿Y usted quién es?

—Nick Sutton. Trabajo en la librería.

—Se cree Sherlock Holmes —aclaró Bob—, pero puede que tenga razón.

Nat no estaba preparado para enfrentarse a situaciones como esa. Caminó por el patio un momento, rascándose la cabeza.

—Vale, enséñenme la sangre —pidió por fin.

Nick lo acompañó adentro.

—¿Cómo está la isla? —le preguntó Bruce a uno de los sanitarios.

—Es un caos. La Guardia Nacional está intentando limpiar las carreteras. Acaban de encontrar tres muertos debajo de una de las cabañas de la playa, un poco más adelante, por esta misma carretera. Por ahora, el número de víctimas asciende a siete. Por suerte, la mayoría de la gente abandonó la isla.

—La mayor parte de la inundación ya se ha retirado —añadió el segundo sanitario—, pero todavía queda como medio metro de agua en el centro.

—Bay Books, la librería de Main Street, es mía. Supongo que se habrá inundado.

—Ha entrado como metro y medio de agua, señor.

—Bueno, podía haber sido peor —murmuró Bruce, negando con la cabeza.

Nat salió del apartamento detrás de Nick y sacó su radio. Después desapareció junto a un lateral de la casa y habló con alguien donde no podían oírle.

—¿Ya hay cobertura de teléfono? —le preguntó Bruce al primer sanitario.

El hombre negó con la cabeza.

—Todas las torres de telecomunicaciones se han derrumbado. Pasarán días hasta que se recuperen. ¿De verdad cree que lo asesinaron?

—O eso, o una sola rama lo golpeó tres veces en la cabeza —contestó Nick.

—¿Qué rama?

Bruce señaló y el sanitario miró con interés.

Nat regresó con paso decidido.

—He hablado con mi teniente —dijo— y me ha ordenado que no toquemos el cadáver. Está intentando encontrar al responsable de homicidios.

—No sabía que teníamos a alguien que se encargara de los homicidios —comentó Bruce—. No recuerdo cuándo fue la última vez que mataron a alguien en Camino Island.

—Es Hoppy Durden —aclaró Nat—. También se dedica a los robos de bancos.

—Tampoco recuerdo el último robo en un banco.

—No es que tenga mucho trabajo.

—Oye, Nat, ¿y si contactáis con la policía estatal y pedís que venga un investigador? —sugirió Bruce.

—Me parece que estás un poco confundido. Ahora mismo no puede venir nadie a la isla. El puente está cerrado y todas las carreteras, bloqueadas. Y estamos intentando sacar a los heridos de la isla.

—Lo entiendo, pero en algún momento, dentro de poco, abrirán el puente para que puedan entrar los equipos de limpieza y los residentes.

—Bruce, tú limítate a tu trabajo. Ya hay alguien ocupándose del caso. —Su radio crepitó y él se alejó de ellos otra vez.

Los sanitarios recibieron un aviso para acudir a otra emergencia, así que Bruce, Bob y Nick volvieron a quedarse sentados al sol en el patio, viendo cómo Nelson seguía tostándose. Por suerte, Nat había vuelto a taparlo con las toallas.

El agente regresó al patio, dijo que tenía que ir a otro sitio y les ordenó que se quedaran con el cadáver y no tocaran nada mientras él intentaba encontrar a Hoppy, que seguramente estaba liado en alguna otra parte. En ese momento estaban todos manos a la obra y la mano derecha no tenía ni idea de lo que estaba haciendo la izquierda.

Por suerte, Hoppy Durden llegó quince minutos después. Bruce sabía quién era, pero no lo había visto nunca. Si no estaba equivocado, Hoppy no pasaba por su librería. Era un hombre corpulento con una barriga prominente. El sudor le había pegado el uniforme a la piel. Se hicieron las presentaciones y Bruce le resumió su teoría del asesinato. Hoppy estudió las heridas de Nelson, como si hubiera visto montones de víctimas de asesinato, y después entró con Nick en el apartamento, que ahora parecía una sauna. Cuando salieron, Hoppy se limpió el sudor de la frente.

—Parece que esta podría ser la escena de un crimen —afirmó.

Estaba claramente emocionado. Con un asesinato de verdad del que ocuparse, tenía la excusa perfecta para dejar de trabajar con la sierra mecánica en la playa.

Sacó su cámara y empezó a hacerle fotos a Nelson. Colocó una cinta amarilla para acotar la escena del crimen por todo el perímetro del patio, en la entrada, en el jardín de delante y por encima de los parterres. Bruce estuvo a punto de preguntar para qué hacía falta tanta cinta amarilla si no había nadie por la zona. De hecho, tenía muchas preguntas y unas cuantas sugerencias, pero decidió callárselas. Hoppy no dejaba de pedir refuerzos, pero no acudió nadie. Con su teléfono, grabó en vídeo unas breves declaraciones de Bruce, Bob y Nick, y luego les pidió que permanecieran alejados del apartamento. Mientras Hoppy seguía con sus tareas, les ofreció unas botellas de agua fría que llevaba en una nevera. Los tres se las bebieron de un trago.

Bob se disculpó y se marchó para ocuparse de los daños que le había provocado la inundación. Bruce y Nick prometieron ir a ayudarlo en cuanto pudieran.

Los mismos sanitarios de antes regresaron con su camilla y subieron a Nelson en ella. Hoppy explicó que lo iban a llevar al hospital de la ciudad, donde habían instalado una pequeña morgue en el sótano.

—Creía que habían evacuado el hospital —comentó Bruce.

—Así es. Pero tiene generador.

—¿Quién hará la autopsia? —quiso saber Bruce. No llevaba más que media hora con Hoppy, pero empezaba a desconfiar de la investigación.

—Bueno, si hay que hacérsela, supongo que se ocupará el forense estatal.

—Vamos, agente Durden. Tiene que haber una autopsia. Si ha sido un asesinato, necesitarán saber la causa de la muerte, ¿no?

Hoppy se frotó la barbilla y al final asintió. Sí.

Bruce siguió presionando, pero sin mostrarse agresivo.

—¿Y por qué no lo suben a la ambulancia y lo llevan al laboratorio de criminalística de Jacksonville? Ahí es donde se hacen las autopsias, ¿no?

—Así es. Conozco al forense que trabaja allí. Tal vez tenga razón. Probablemente podré mover unos cuantos hilos para sacarlo de la isla y enviarlo a Jacksonville sin mayor problema.

—Y debería asegurarse de que se lo han notificado a su familia de California —añadió Bruce.

—¿Se puede ocupar usted de eso? Yo tengo que volver al centro de control.

—Ese es su trabajo, lo siento.

—Está bien.

Hoppy caminó detrás de la camilla por la entrada hasta la ambulancia. Bruce y Nick vieron cómo la subían a la parte de atrás y se marchaban.

3

Los saqueadores

I

Larry vivía en una casa de ladrillo a un kilómetro y medio de la costa y a cinco al sur de la cabaña de Mercer. Se pasó toda la mañana cortando ramas con su sierra mecánica y quitando escombros del jardín delantero. Después decidió salir con su camioneta a explorar, pero no había forma de avanzar. Había árboles caídos por todas partes y todas las calles estaban bloqueadas. Volvió a casa, llenó una mochila con comida y agua y salió a pie para echar un vistazo a sus propiedades. Cuidaba cinco en total, todas residencias vacacionales en la playa propiedad de antiguos clientes. En los más de cincuenta años que llevaba en la isla, jamás había visto una devastación similar. Había árboles caídos sobre tejados, el césped, coches y camionetas. También estaban en medio de calles y carreteras, y harían falta días para cortarlos y retirarlos. Había zonas residenciales enteras aisladas.

Necesitó dos horas para llegar a Fernando Street, la principal carretera que seguía la línea de la playa. Ahí los daños eran menores, sobre todo porque en esa zona había menos árboles. Las dunas habían cumplido su misión y habían contenido la ola provocada por la tormenta, pero las casas de la zona habían sufrido el azote del viento.

Vio a pocas personas por allí, una buena señal que indicaba que la mayoría de la gente se había marchado. Se oía el sonido de los helicópteros y aviones pequeños por todas partes, como unos insectos amenazadores; la ayuda estaba en camino. Pasó junto a un equipo de miembros de la Guardia Nacional que se afanaban en limpiar una carretera y se detuvo para charlar con el sargento. Según él, el extremo norte había sido el más castigado por la tormenta. El Hilton había quedado destruido. El número de víctimas ya ascendía a ocho, y subiendo. Estaban evacuando a los heridos a Jacksonville. El puente estaba abierto para los equipos de rescate, pero los residentes no podrían regresar hasta dentro de varios días.

En la cabaña de Mercer, Larry se encontró el jardín delantero cubierto de hojas, ramitas, tablas rotas y tejas. Entró y comprobó que no había inundaciones ni goteras. El tejado había aguantado muy bien. Luego la examinó desde la terraza que daba al mar y se enorgulleció al comprobar que sus tablones habían protegido todas las puertas y ventanas. Podía dejarla así unos cuantos días. La pasarela que cruzaba las dunas estaba intacta hasta el final, pero la plataforma del extremo y los escalones habían sido arrastrados por el agua. Miró a la playa y vio que habían desaparecido los dos muelles. Se sentó en la pasarela, con los pies colgando sobre las dunas, y se bebió una botella de agua mientras observaba los trabajos. A un kilómetro y medio, en una playa pública, estaban organizando un centro de control. Un helicóptero Seahawk de la marina dio una vuelta por el aire mientras otro intentaba aterrizar en la playa. Una embarcación anfibia se acercaba por el mar. Vivir cerca de la base naval de Jacksonville tenía sus ventajas.

Cuando se terminó la botella volvió a la cabaña, estudiando las tejas mientras se acercaba. Faltaban unas cuantas, pero nada importante. Tres casas más abajo el viento se había llevado la terraza y todas las ventanas estaban hechas añicos.

Cerró la cabaña con llave y volvió a Fernando Street para regresar hacia su casa. Como no había cobertura, no podía avisar a nadie. Vivía solo y tenía agua y comida suficiente para dos semanas. Se sentía aliviado y afortunado. Su casa no había sufrido daños, aunque, sin electricidad, estaba claro que las condiciones no iban a mejorar. Sospechaba que dentro de un día o dos estaría deseando estar en un bonito motel climatizado a más de trescientos kilómetros de allí.

La próxima vez seguramente evacuaría junto con las personas más sensatas.

2

A Bob, las ganas de limpiar le duraron menos de una hora. Tras arrancar y sacar a la calle la moqueta estropeada del primer piso, los tres estaban agotados y empapados en sudor.

—Creo que debería esperar hasta que venga el perito del seguro a echar un vistazo, ¿no creéis? —comentó Bob durante un descanso.

—Muy buena idea —respondió Bruce—. Supongo que ellos te mandarán un equipo de limpieza.

—Eso dice la póliza —dijo Bob—. Pago seis mil dólares al año por una cobertura adicional por inundación, así que estoy cubierto.

—Tengo una idea mejor —aportó Nick—. Metamos en el coche la comida, el agua y el alcohol y larguémonos de aquí. Lo llevamos todo a casa de Bruce y establecemos el campamento allí.

—En mi coche ha entrado metro y medio de agua —se lamentó Bob—. No arranca. Ya lo he intentado.

—Vale —aceptó Nick—, pero el BMW de Nelson está en un sitio alto y seco. Y él no lo va a usar. Tengo las llaves en el bolsillo.

—¿Le has cogido las llaves?

—Claro, estaban en la encimera de la cocina. Y las de la casa también.

—¿Y si los policías vuelven a investigar? —preguntó Bruce.

—Dudo que lo hagan esta semana, y además, pueden entrar si quieren.

—¿Quieres robarle el coche? —preguntó Bob.

—No, quiero tomarlo prestado. El centro está a cinco kilómetros, y para llegar hay que pasar un campo de minas. Todo es un desastre, Bob, y cada uno está a lo suyo. Ahora se aplican normas diferentes. Propongo que atraquemos la nevera y la despensa de Nelson y nos hagamos con todo lo que merezca la pena. Si no, se va a pudrir.

—Me gusta la idea —reconoció Bruce—. Nos llevamos la comida, cogemos el coche y lo traemos de vuelta cuando estén abiertas las carreteras. Los policías están demasiado ocupados en otra parte.

—¿Y si nos paran?

—¿Por haber hecho qué? No van a saber que estamos conduciendo el coche de un hombre muerto.

—Vale, vale.

En el dormitorio de invitados de la planta de arriba, Bob vació un par de cajas grandes de plástico en las que guardaba ropa vieja. Las llenaron con unos filetes y un pollo medio descongelados que tenía en el congelador, unos cuantos embutidos fríos y queso, ocho botellas de cerveza, tres de bourbon y dos de vodka. Luego cerró con llave su apartamento y se fueron cargando con su botín.

—Si los policías nos ven, nos dispararán —dijo Bob.

—¿Ves a algún policía por aquí?

—No veo a nadie.

Minutos después llegaron de nuevo a casa de Nelson, los tres jadeando y exhaustos. Entraron por el patio trasero para que nadie los viera, aunque tampoco es que hubiera alguien que pudiera verlos. Bruce fue al garaje e intentó abrir la puerta levadiza. No cedió hasta que encontró el botón de apertura manual que había junto al del motor. Nick y él gruñeron y tiraron hasta que la puerta se abrió. Después llenaron rápidamente el maletero con latas y cajas de pasta de la despensa, beicon, huevos y queso de la nevera. El congelador estaba prácticamente vacío: solo había dos filetes y un par de pizzas congeladas. Sin gluten. Se las llevaron y para terminar le dieron un repaso al bar de Nelson. Le gustaba el buen whisky escocés. Se lo llevaron, junto con todas las demás botellas que encontraron. Por suerte, también encontraron una caja entera de agua con gas de importación.

Como Bruce conocía a más policías que Bob y Nick, le eligieron para que fuera el conductor. Nick levantó la cinta amarilla de la escena del crimen, Bruce sacó el coche por debajo y en un segundo ya estaban en la calle, con el coche prestado lleno hasta los topes y en dirección al centro, convencidos de que los iban a parar y a detener. Necesitaron dos horas de esquivar árboles caídos para hacer un trayecto que debería llevar unos quince minutos. Se quedaban bloqueados casi cada vez que hacían un giro, tenían que negociar para atravesar por todas las barreras policiales y tuvieron que esperar en controles innecesarios. Se cruzaron con unos pocos residentes, cansados y aturdidos, ocupados en tareas de limpieza, así como con algún que otro coche. La policía y la Guardia Nacional estaban agobiados, estresados, se mostraban desconfiados y no eran de gran ayuda. Estaban en modo de rescate y no tenían tiempo para fisgones curiosos. Afortunadamente, un policía deseoso de ayudar les dio instrucciones para llegar a un camino de gravilla que cruzaba la marisma.

Aparcaron en la entrada de Bruce y entraron corriendo en la cocina para coger una botella de agua. Bruce apagó el generador que traqueteaba en la terraza. Le quedaban menos de veinte litros de gasolina. Había desconectado todo excepto la nevera, el congelador y un circuito que proporcionaba luz y refrigeración a la cocina y la sala de estar. En el resto de la casa se notaba calor y bochorno.

Descargaron el coche, guardaron la comida y las bebidas, abrieron tres botellas de cerveza fría y se sentaron en la sala de estar para descansar un buen rato. Bob, que no había dormido antes, durante ni después de la tormenta, pronto empezó a roncar en su butaca. Nick cayó poco después en el sofá. Bruce necesitaba echarse una siesta también, pero su mente iba a mil por hora. Volvió a encender el generador y ajustó el termostato a veintiséis grados. La prioridad del día siguiente sería encontrar gasolina.

Dejó a los dos hombres profundamente dormidos y salió a pasear. La librería estaba solo a cuatro manzanas y, aunque estaba muy cansado, necesitaba hacer algo de ejercicio. El agua de la inundación se había retirado y ahora solo llegaba hasta una manzana más allá del puerto. Había dos coches de policía aparcados en el centro de Main Street. Unas barricadas evitaban un tráfico inexistente.

Bruce conocía a uno de los agentes y les estrechó la mano a los dos que estaban de guardia. Le contaron los últimos rumores: la compañía telefónica estaba haciendo todo lo posible por levantar una torre de telecomunicaciones temporal y tal vez recuperaran la cobertura al día siguiente. Hasta el momento había diez muertos y una docena de desaparecidos, pero no había forma de saber si realmente lo estaban o se encontraban en algún motel de otra ciudad. Un tornado había provocado daños a unos quince kilómetros al oeste, pero no había heridos. El puente ya estaba abierto para que entrara personal de rescate, voluntarios y suministros, pero no para los residentes. Todavía no estaban seguros de cuándo se les permitiría volver. La electricidad era una prioridad, pero tardaría unos días. Estaban llegando equipos desde sitios tan alejados como Orlando y un montón de generadores. Habían ordenado cerrar todas las tiendas hasta nuevo aviso. Excepto Kroger, que tenía un generador grande y era la única abierta. Y había más unidades de la Guardia Nacional en camino.

Bruce llegó hasta su librería y abrió la puerta principal con mucho temor. Un día antes su personal y él habían logrado subir los diez mil libros a la segunda planta, donde ahora estaban a salvo y secos. También habían salvado las alfombras y la mayor parte de las estanterías. En la planta baja, los suelos de pino estaban mojados y llenos de barro; seguramente tendría que tirarlos. A juzgar por la mancha que había en la pared tras la caja registradora, la inundación había alcanzado una altura de exactamente un metro y cuarenta centímetros antes de retirarse.

Bueno, tenía un buen seguro y mucho dinero. Todo se podía reparar y no tardaría en volver a estar en funcionamiento. Podría haber sido mucho peor. Subió las escaleras y salió a la terraza en la que había compartido tantos capuchinos y copas de vino con amigos y escritores que estaban de gira promocional. Ahí era donde había conocido a Nelson, muchos años atrás.

La locura de las últimas veinticuatro horas le había aturdido el cerebro y no podía pensar con claridad. Durante la tormenta, su mente asustada se había centrado en la supervivencia física. Cuando pasó, entró en fase de pánico por la preocupación desesperada por los daños en su casa y en su librería. Y ahora, después de ver a Nelson, estaba desconcertado. La teoría del asesinato le estaba dando dolor de cabeza.

Inspiró hondo e intentó imaginarse la llamada de teléfono a los padres de Nelson. Seguro que la policía ya había contactado con ellos y que sus familiares estaban intentando desesperadamente establecer comunicación con alguien en la isla que supiera algo más. Sintió la obligación de, al menos, intentar contactar con ellos. Contempló, y no por primera vez, la posibilidad de subir al coche con Bob y Nick y huir de allí. Pero en su coche, no en el de Nelson. Podrían conducir un par de horas, quizá hacia el sur, donde encontrarían cobertura y un motel. Bruce podría llamar a la familia Kerr y también ver si Mercer, Myra, Leigh y el resto de sus amigos estaban bien. Pero si salían de la isla, podría resultarles imposible volver.

¿Y dónde estaba el perro de Nelson? ¿Cuántas mascotas se habrían perdido en la tormenta?

Respirar hondo le ayudó un poco, pero seguía teniendo los nervios de punta. Subió por una estrecha escalera hasta su antiguo apartamento en la tercera planta, donde encontró una botella de whisky de malta. El aire se notaba pesado y olía a humedad, así que volvió al balcón y se sirvió una copa bien cargada. Tras unos sorbos, sintió que se relajaba y pronto fue capaz de centrarse en sus pensamientos uno por uno.

Asumió que el laboratorio de criminalística estatal haría una autopsia en condiciones. La tormenta había provocado otras víctimas y puede que se les acumulara el trabajo, pero seguro que encontrarían tiempo para un caso de asesinato. Si la autopsia confirmaba la teoría de Nick, ¿cuál sería el siguiente paso? Confiar en que Hoppy Durden llegara al fondo de todo aquello era de risa. Parecía tener muy poco interés en ese posible homicidio. ¿Quién les iba a decir a los padres de Nelson que su hijo no solo estaba muerto, sino que había sido asesinado? Era muy plausible que Hoppy y sus jefes mostraran muy poca simpatía por un idiota al que se le ocurre salir al exterior en medio de un huracán de categoría 4 y al que acaba cayéndole una rama en la cabeza. Si tenían que enfrentarse a lo que parecía un crimen imposible de resolver, bien podían decidir quedarse con la teoría de que no había habido asesinato, sino un simple accidente. Nelson era nuevo en la isla, no se relacionaba mucho y tenía pocos amigos. Además era escritor, y todo el mundo sabe que son gente rara. Le echarían la culpa a las ramas que habían salido volando y caso cerrado.

Bruce se terminó su copa, volvió a subir la botella al apartamento y salió de Bay Books en dirección a la tienda de Noelle, para evaluar los daños.

3

Había suficiente carbón para llenar la parrilla y Bruce consiguió una buena llama. Cocinó primero los filetes de Nelson para la cena y después asó salchichas frescas y de Frankfurt, chuletas de cerdo y todo lo que tenía en el congelador, que funcionaba a un cuarto de su rendimiento. Cuando las brasas estuvieron perfectas, puso también dos pollos enteros.

Comieron en la galería, con el sol en retirada, y bajaron los filetes con una botella de Syrah. Cuando terminaron, Bruce recogió la mesa y sirvió más vino.

De repente Bob se levantó, hizo crujir los nudillos y dijo:

—Oye, tengo que soltarlo. No sé si decirle esto a la policía. Como no sé qué hacer, quiero vuestro consejo. —Estaba inquieto y nervioso, y empezó a caminar arriba y abajo—. Anoche había conmigo una mujer, me dijo que se llamaba Ingrid. La conocí el viernes en el bar del Hilton. Un cañón de mujer, de unos cuarenta años, con un cuerpazo de los que no se ven a menudo. Me dijo que era cinturón negro y que prácticamente vivía en el gimnasio. Contó que se alojaba en el hotel unos días, que había venido a la playa. Me la llevé a casa y pasó allí la noche. Y... bueno, de verdad que era increíble. De armas tomar, todo músculo tonificado. Se quedó conmigo más tiempo. Comimos con Nelson el sábado y él no podía quitarle los ojos de encima. Se quedó en mi casa esa noche también, nunca tenía suficiente. Casi me mata. Tengo cincuenta y cuatro años y aguanto bastante bien, mucha práctica, pero a ella no podía seguirle el ritmo. Pensé en traerla a la cena del domingo en tu casa para que conociera a Mercer, y para lucirla, claro, pero cambié de idea. Cuando la tormenta giró hacia aquí, al principio ella tenía intención de irse, pero después decidió quedarse, lo que no supuso un problema para mí. Si yo podía aguantar la tormenta, ella también. Pero cuando llegó el huracán, ella entró en pánico, y me refiero a volverse loca de verdad, y quiso volver al hotel. A mí me preocupaban las inundaciones, porque mi calle está más baja que las demás, y cuando le dije que tal vez se inundara la casa se puso como una fiera conmigo. Nos peleamos, sin llegar a las manos, aunque ella podría haberme roto el cuello si hubiera querido, pero hubo muchos gritos e insultos. Y se largó, justo al anochecer. Salió de mi apartamento en medio de la tormenta mientras yo no dejaba de gritarle. Se volvió loca, completamente loca. Y yo dejé que se fuera. Bueno, no era más que un ligue, ya sabéis. Nada serio. Supuse que si quería largarse con un viento lo bastante fuerte como para volcar un coche, allá ella. La última imagen que tengo de ella es desapareciendo por la calle, inclinándose hacia un lado por el viento y pasándolo mal para no acabar en el suelo.

Bob se sentó y dio un sorbo a su vino. Esperaron, pero al final Bruce tuvo que preguntar:

—¿Ese es el final de la historia?

—No. Unos minutos después me llamó Nelson. Fue la última llamada antes de que se perdiera la cobertura. Me dijo que ella estaba en su casa y que actuaba de una manera muy rara; me preguntó qué estaba pasando. Le dije que no tenía ni idea y él respondió que intentaría cuidarla.

Otra pausa, y Bruce se vio obligado a preguntar de nuevo:

—Vale, ¿algo más?

—No, eso es todo.

Permanecieron en silencio durante largo rato. Bob se había calmado un poco, pero resollaba y tenía la mirada triste, derrotada.

—No sé cómo gestionar esto —murmuró.

—Se lo tienes que decir a la policía, eso seguro —respondió Bruce.

—Supongo, pero no quiero involucrarme. Después de conocer al agente Hoppy, no tengo mucha fe en esos policías. Es probable que sospechen de mí, y eso es lo último que quiero.

—¿Y por qué iban a sospechar de ti?

—Tengo antecedentes.

—Vamos... Eso es historia. No pueden considerarte sospechoso.

—Cosas más raras se han visto.

—¿Sabes su apellido? —preguntó Nick.

—Murphy. Ingrid Murphy, de Atlanta. Pero no sé si me dijo la verdad.

—El hotel tendrá un registro —apuntó Bruce.

—Tal vez. Pero ahora mismo el hotel está a punto de derrumbarse. Ya lo has visto. Probablemente lo declararán en ruina.

—Dudo que se alojara allí —comentó Nick.

Los dos lo miraron, confusos.

—¿Qué quieres decir? —preguntó Bruce.

—Si ella es la última persona que estuvo con Nelson antes de que le golpearan hasta la muerte, asumamos que ella es la asesina. Seguidme la corriente, ¿vale? Es que dudo mucho que el mismo árbol lo golpeara cuatro veces. Alguien cogió un arma roma y le abrió la cabeza, ¿no? Teniendo en cuenta los atributos físicos que Bob ha descrito con tanto detalle, ella era capaz de hacerlo.

—¿Y cuál sería su motivación? —insistió Bruce.

—No la hay. ¿Cómo conoció a Nelson? —le preguntó Nick a Bob.

—Ya te lo he dicho, quedamos para comer —respondió Bob.

—¿Fue idea de ella?

Bob se rascó la barbilla, pensó un momento y por fin dijo:

—Bueno, más o menos. Me aseguró que era una gran lectora, que le gustaban mis libros y todo eso, y después hablamos de otros escritores que vivían en la isla. Cuando le dije que era amigo de Nelson, se emocionó mucho. Mencionó todas sus novelas, parecía que lo conocía al dedillo.

—Es raro —comentó Nick—. No es que escribiera libros de una temática muy femenina.

—Yo pensé lo mismo.

—Ingrid acababa de conocer a Nelson —continuó Nick— y después lo mató, pero no fue al azar. Vino aquí por algo. El motivo era el dinero, le pagaron para hacer el trabajo. ¿Dónde comisteis?

—En The Shack, pasado el puente.

—Y seguro que allí no tienen cámaras —aventuró Nick.

—Probablemente Herman ni siquiera cierre con llave por la noche —apuntó Bruce.

—¿Quién sugirió comer allí? —siguió preguntando Nick.

—Sigues en tu papel de detective, ¿eh?

—Seguro que fue idea de ella.

Bob se rascó la barbilla otra vez, intentando recordar.

—La verdad es que fue idea suya. Dijo que había leído algo sobre ese sitio y quería probarlo. Podía ser verdad, porque a ese restaurante le han hecho muchas críticas en revistas de viajes y esas cosas. Continúa, Sherlock. Quiero oír tu teoría.

—Te tendió una trampa. Consiguió que te fijaras en ella en el bar del hotel, un lugar que todo el mundo sabe que frecuentas. Y cuando te tenía en el bote, sorpresa, sorpresa, la llevaste hasta Nelson, su objetivo. Tuvo suerte cuando la tormenta empezó a dirigirse hacia nosotros, porque eso le proporcionó el escenario perfecto. Un asesinato en medio de un huracán. Es una profesional audaz, dura, y esperó hasta que pasó la tormenta y salió el sol para huir. No creo que la encuentren nunca. Te apuesto cien dólares, una cantidad que no tengo, a que no estaba alojada en el Hilton.

Parecía que Bruce se había quedado sin habla.

—¿Algo más?

—Solo estoy especulando, claro, pero seguro que la acompañaba un equipo. Imagino que alquilarían un apartamento durante una semana o dos. Tenía mucho apoyo y sabían cómo salir de la isla cuando Leo se retiró. Aunque no me preguntes a mí cómo lo hicieron.

—¿Y cuál fue el arma del crimen? —preguntó Bob.

—Puede que nunca lo sepamos, pero podría haber sido el hierro siete de Nelson. Estuve examinando sus palos esta mañana, mientras vosotros estabais sentados en el patio. En el hierro siete había una mancha y algo pegado. Podría ser sangre, pero no lo sé. No toqué nada. Si se blande de la manera correcta, un hierro siete, o cualquier hierro en realidad, puede hacerle mucho daño a un cráneo.

—¿Y ella tenía la fuerza suficiente para mover el cuerpo? —le preguntó Bruce a Bob.

—Oh, seguro. Yo peso noventa kilos y hacía conmigo lo que quería. También es cierto que yo no me resistía, tengo que reconocerlo. Nelson pesa... pesaba ochenta kilos, como mucho.

—Pero no había electricidad —les recordó Bruce—. ¿Cómo pudo encontrar sus palos de golf sin luz?

—Él tenía por lo menos dos linternas. Nosotros utilizamos una esta mañana. Tal vez ella había estado en la casa antes. Tal vez otra persona revisó el apartamento cuando Nelson no estaba.

—Demasiados tal vez —dijo Bob—. Tienes una imaginación desbordante.

—Es cierto. Vamos a oír tu teoría.

—Yo no tengo teorías, y además, no es que piense con mucha claridad ahora mismo. Ni siquiera sabemos si ha sido un asesinato. Yo digo que esperemos hasta que le hagan la autopsia.

Se quedaron sentados en la oscuridad, escuchando los ruidos lejanos de la maltrecha isla. Un generador con motor de gas traqueteaba una o dos calles más allá. Un helicóptero realizaba un viaje nocturno en dirección a la playa. Una sirena aullaba a lo lejos. No era ninguno de los lánguidos sonidos nocturnos habituales: los vecinos riéndose en sus porches, música saliendo de los equipos, perros que ladraban, coches que recorrían la calle, la lejana bocina de un camaronero al entrar en el puerto.

Bruce se dio una palmada en el cuello para matar un mosquito.

—No aguanto más. Vamos adentro.

Encendió el generador, cerró la puerta que daba al exterior y los tres se reagruparon en la sala de estar, donde el aire era un poco más fresco. Tenían todas las luces apagadas, excepto una lamparita que había junto al televisor. Bruce la colocó en una mesa de juego.

—¿Os apetece una partida de póquer? —propuso.

Sirvió una ronda de whisky de malta procedente de la colección de Nelson y brindaron por su amigo fallecido. El alcohol, mezclado con la fatiga y el póquer, hizo que la velada no se alargara demasiado. Bob se quedó dormido en un sofá y Nick en otro. Bruce se estiró sobre su butaca reclinable y pronto se quedó dormido, arrullado por el zumbido irregular del generador.

4

El desayuno consistió en café y sándwich de queso. Sus reservas de gasolina estaban llegando a un punto crítico, y hablaron de ello mientras comían. El coche de Nelson tenía medio depósito, así que Bob sugirió que vaciaran la mayor parte con ayuda de la manguera del jardín. Bruce y Nick confesaron que no tenían experiencia haciendo ese tipo de trasvases, así que Bob se ocupó de ello. Consiguió sacar casi cuarenta litros sin acabar intoxicado.

Completado ese proyecto, decidieron que su siguiente prioridad era devolver el coche de Nelson. Bruce comprobó las puertas y cerró la casa con llave. Luego conectó la alarma con el mando y subió a su Chevrolet Tahoe. Bruce y Nick lo siguieron en el BMW de Nelson. Les llevó una hora avanzar rodeando la devastación. No les sorprendió comprobar que no había nadie en el apartamento: ni un equipo de homicidios buscando pistas ni vecinos limpiando la basura. Nadie había tocado la cinta amarilla de la escena del crimen. Bruce la levantó y Bob volvió a dejar el BMW en su sitio.

Los tres se reunieron en el garaje y se quedaron mirando los palos de golf, pero ninguno dijo nada. Cerraron la puerta batiente, entraron en la cocina y hablaron sobre las llaves de Nelson. Si las dejaban allí, podía ser que alguien se colara, las encontrara y robara el coche, aunque era una posibilidad remota. Si se las llevaban, la policía no se enteraría y tampoco tendrían problemas para entrar. Así que Nick se quedó con ellas en el bolsillo.

—Tengo una idea —dijo Bruce cuando se metieron todos en el Tahoe—. Podemos quedarnos aquí un día tras otro y no avanzar nada. Estoy un poco aburrido de todo este rollo del huracán. Vamos a preparar unas bolsas e iremos al puente para ver cómo está allí la situación. Si podemos escapar, iremos a Jacksonville, a visitar el laboratorio de criminalística para husmear un poco, a ver si nos enteramos de algo. Después podemos seguir adelante unas cuantas horas más, hasta que encontremos un hotel agradable con agua caliente y teléfonos que funcionen. ¿Quién se apunta?

—Yo —contestó Bob al momento.

—Vamos —accedió también Nick.

Fueron hasta la calle sin salida de Bob y esperaron a que cogiera ropa interior limpia y su maquinilla de afeitar. Después, zigzagueando entre una enorme cantidad de basura y escombros, llegaron a Fernando Street, donde en ese momento ya se podía pasar por los dos carriles. Los arcenes, las aceras y los carriles bici estaban ocupados por pilas de basura que unos pequeños bulldozers iban haciendo cada vez más grandes. Había docenas de empleados públicos trabajando a destajo.

Necesitaron otra hora para llegar a la casa de los abuelos de Nick, que, para su gran alivio, no había sufrido daños importantes. Estaba a menos de un kilómetro de la playa y las ramas que habían caído no habían alcanzado el tejado. Nick encontró una bolsa de basura y la llenó de comida perecedera que había en el congelador y la nevera. La carne y los quesos ya se estaban empezando a estropear. Por suerte, sus abuelos llevaban fuera dos meses y no había mucha comida en la casa. Él no sabía cocinar y vivía de embutidos y pizza para llevar. Metió algo de ropa limpia en una mochila, cerró con llave la puerta principal, le hizo una foto a la casa para enviársela a sus abuelos, tiró la bolsa de basura al porche del vecino y se metió en el asiento de atrás del coche.

—¿Dónde están tus abuelos? —preguntó Bob cuando se alejaban.

—La última vez que supe de ellos estaban en Idaho. Tengo que llamarlos. Seguro que están preocupadísimos.

—Como muchos otros —comentó Bruce.

Media hora después aparcaron en la entrada de la casa de Bruce y se pusieron manos a la obra con rapidez. Bob apagó el generador mientras Nick metía la comida perecedera en dos neveras grandes. Bruce corrió al piso de arriba para coger algo de ropa. Ya estaba soñando con una ducha con agua caliente. Prepararon una bolsa llena de sándwiches y cargaron toda la comida, agua, cerveza y vino que pudieron en el Tahoe. No estaban seguros de adónde iban, pero querían estar preparados.

Un millar de luces de emergencia parpadeaban en el puente, y los agentes de uniforme se mezclaban con los miembros de la Guardia Nacional. Estaban redirigiendo el tráfico y se había formado una cola de coches y camiones que querían salir de la zona devastada. En los otros carriles había camiones con suministros y trabajadores y vehículos de emergencia que entraban en la isla. Bruce aparcó el Tahoe y se acercó al nutrido grupo de gente que había en el puente. Vio a un policía que conocía y lo apartó a un lado.

—Estamos pensando en irnos de la isla durante un día o dos, pero no queremos quedarnos tirados por ahí. ¿Podremos regresar después?

El agente encendió un cigarrillo.

—Se comenta que van a volver a abrir el puente en las dos direcciones mañana a mediodía, pero no van a recomendar a la gente que regrese. Podríamos estar una semana sin electricidad.

—Genial. ¿Cuál es la cifra de víctimas?

—Siguen siendo once, como a mediodía.

Bruce frunció el ceño y negó con la cabeza.

—Vamos en dirección a Jacksonville. ¿Tienen electricidad allí?

—Ayer sufrieron un apagón. Se suponía que hoy recuperarían la electricidad.

—¿Las cosas están mejor al norte o al sur?

—Al sur. Leo giró hacia el norte, y ahora están cayendo lluvias torrenciales en Atlanta. Yo iría al sur para buscar una habitación, probablemente hasta Orlando.

Cruzaron el puente sin incidentes, pero en cuanto llegaron al continente se vieron atrapados en un enorme atasco. Había miles de pinos desperdigados por todas partes, como briznas de paja, y los equipos, incansables, no dejaban de trabajar para limpiar las carreteras. El viento se había llevado los semáforos y la policía estatal dirigía el tráfico. Avanzaron muy despacio, escuchando las noticias en la radio y masticando sus sándwiches. El trayecto de treinta minutos por la Interestatal 95 les llevó dos horas, y la carretera de enlace estaba totalmente bloqueada.

Según las noticias, la mayor parte del sur de Georgia estaba sin electricidad, porque Leo había decidido hacer una nueva parada cerca de Atlanta. Se hablaba de inundaciones de récord desde Savannah hasta Columbus.

Recorrían a trompicones y a sesenta por hora la circunvalación de Jacksonville cuando sus teléfonos volvieron a la vida. ¡Cobertura, por fin! Bruce llamó a Noelle a Suiza y la puso al día. Nick llamó a sus padres en Knoxville y les dejó un mensaje de voz a sus abuelos, estuvieran donde estuviesen. Bob llamó a su hija, que estaba en Texas, y le informó de que estaba bien, ileso, y de que había conseguido salir de la isla. Luego Bruce llamó a Mercer, que estaba encerrada en su apartamento de Oxford, viendo la tele sin descanso. No le contó lo de Nelson porque no quería tener una conversación larga. Ya tendría tiempo después. También llamó a Myra y a Leigh, que seguían en Pensacola. Y se puso en contacto con tres de sus empleados para saber dónde estaban y preguntarles cuándo volverían.

Nick llamó al laboratorio de criminalística para saber si estaba abierto. Bob había dicho que debería estarlo, porque la morgue tenía que mantenerse fría, ¿no? Le dijeron a Nick que el laboratorio estaba trabajando en servicios mínimos y que esperaban recuperar la electricidad en cuestión de horas. Él insistió a la recepcionista para que le diera información sobre su amigo, Nelson Kerr, pero no consiguió nada.

Una aplicación que tenía Bob aseguraba que el tráfico hacia el sur era peor que hacia el oeste, así que se decidieron ir por la Interestatal 10. Y, a decir verdad, las cosas mejoraron considerablemente a unos treinta kilómetros de Jacksonville. Nick fue llamando a un motel tras otro en la zona de Tallahassee, pero todo estaba lleno. Siguieron buscando más al oeste y pronto empezaron a recibir negativas también en Pensacola. Bob llamó otra vez a su hija y le pidió que se metiera en internet y les encontrara habitaciones en algún sitio junto a esa interestatal.

Mientras, Bruce intentó tirar del hilo del laboratorio de criminalística, pero sin suerte. Con la ayuda de un listín, llamó a varios números de oficiales que parecían importantes, pero nadie podía atenderlo.

La hija de Bob les dio buenas noticias. Acababa de reservar tres habitaciones en un pequeño resort cerca de Destin. En la playa. Para cuando llegaron ya llevaban en el Tahoe once horas. En el mostrador, Bruce pagó las tres habitaciones, que solo podían ocupar durante dos noches. Se dirigieron rápidamente a ellas para darse una ducha.

Solo por primera vez en un período de tiempo que a él le había parecido una semana, Bruce entró en internet y empezó a buscar información sobre un tal señor Howard Kerr y señora en Bay Area. En una web encontró a cuatro personas con ese nombre. Nelson tenía cuarenta y tres años, así que Bruce supuso que sus padres tendrían sesenta y muchos o setenta y pocos. El primer Howard Kerr al que llamó no conocía de nada a Nelson, pero el segundo lo conocía más que bien. El padre de Nelson sonaba como un hombre destrozado que acababa de perder a su único hijo y estaba perplejo por todo lo que no sabía. Bruce le llenó todas las lagunas que pudo sin mencionar la posibilidad de que se tratara de un crimen. Si al final se determinaba oficialmente que lo era, podría volver a llamarlo. Tras unos minutos, el señor Kerr puso el altavoz para que su mujer también participara de la conversación. Bruce les explicó con mucho tacto que había ciertos elementos misteriosos en su muerte y que las autoridades querían hacer una autopsia.

Los padres no estaban seguros de querer dar su aprobación a algo así, pero Bruce les dijo que, por lo que él sabía, la policía podía obligar a hacer una autopsia si lo consideraba necesario.

¿Y por qué una autopsia? ¿Por qué estaba la policía interesada en aquello?

Bruce esquivó el tema y se zafó como pudo; les dijo que no conocía todos los hechos ni los detalles, pero que estaba intentando recopilar la información. Que, con suerte, sabría más al día siguiente y que les avisaría de inmediato si así era. La señora Kerr se hundió, empezó a sollozar y abandonó la conversación.

Tras quince minutos agónicos, Bruce consiguió colgar, no antes de prometerle al padre de Nelson que llamaría al día siguiente. Luego intentó ordenar sus pensamientos y librarse de la emotividad que le había producido hablar con unos padres que sufrían. Se puso unos pantalones cortos y una camiseta limpios y fue hasta la recepción para reunirse con sus amigos para la cena.

5

Mercer llamó esa noche, tarde. El número de víctimas se había estabilizado en once y las historias que contaban las noticias sonaban y parecían horribles. Ella no había conseguido hablar con Larry y le preocupaba el estado de la cabaña. Bruce le dijo que habían pasado junto a ella esa misma mañana, pero que no habían podido detenerse para verla. La tranquilizó diciéndole que, hasta donde habían podido ver, parecía relativamente intacta, aunque solo habían pasado por la fachada oeste y el viento y el agua habían estado llegando desde el mar. Le contó también lo de Nelson; se quedó en shock, a pesar de que solo lo había visto una vez. Bruce dejó caer que había circunstancias extrañas en esa muerte y que la policía estaba investigando.

En su opinión, la limpieza se prolongaría durante semanas o meses. No había prisa por volver a abrir la librería. No había clientes. Los turistas no volverían hasta dentro de un año. Le sugirió que esperara al menos una semana antes de volver a la isla. Él iría a ver la cabaña y también a Larry en cuando pudiera. La verdad es que ella no podía hacer nada hasta que volviera la electricidad.

6

Tercer día. El Grand Surf Hotel estaba en la punta del extremo sur de Camino Island, lo más lejos posible de la destrucción. Cuando abrió, hacía ya treinta años, era el hotel más grande y lujoso de la playa, y al instante se llenó de turistas. Los vecinos del lugar celebraban en él bodas, fiestas y cenas elegantes. Y había sobrevivido a Leo con muy pocos daños. A primera hora de la tercera mañana se restableció la luz allí y pudo volver a abrir. Los propietarios cedieron gratis todas las habitaciones para los trabajadores de rescate y limpieza, y los equipos de asistencia instalaron su cuartel de operaciones en el aparcamiento del hotel. Trajeron montañas de cajas de comida a la cocina y los cocineros empezaron a prepararla.

Gracias a las docenas de equipos que trabajaban las veinticuatro horas, la electricidad fue recuperándose poco a poco, empezando por el Grand Surf Hotel hacia el norte, en dirección a Santa Rosa. Se instaló una enorme torre de telecomunicaciones temporal y se restableció parcialmente el servicio de telefonía. Y así, los primeros visos de normalidad regresaron a la isla devastada.

El jefe de policía de Santa Rosa era un veterano llamado Carl Logan. Hoppy Durden y él, junto con el único técnico de su departamento, un trabajador a tiempo parcial, llegaron al apartamento de Nelson y lo encontraron cerrado con llave, así que forzaron la puerta del patio, se pusieron unos guantes de goma y calzas de plástico sobre los zapatos y entraron en la cocina. Hoppy le mostró a Logan el escenario del crimen como lo hizo con él el chico que trabajaba en la librería y le enseñó las manchas de salpicaduras en la pared de la sala de estar y las del baño de abajo. Lo fotografiaron todo una vez más, pero con mejores cámaras, y grabaron un vídeo. Logan sugirió que se reunieran en el patio, donde decidió llamar a la policía estatal.

Seguían sin noticias del laboratorio de criminalística sobre la autopsia.

7

Tras una larga mañana junto a la piscina, Bruce, Bob y Nick ya estaban aburridos y preocupados por lo que pasaba en la isla. Era imposible relajarse con las mentes llenas del caos y la destrucción que habían dejado atrás. Llamaron a amigos, abuelos, compañías de seguros y empleados. Bruce intentó muchas veces hablar con Hoppy por teléfono, pero la conexión no era buena. Les animó saber que se había recuperado parte de la electricidad. No se habían hecho públicos los nombres de los fallecidos. A mediodía se anunció que el puente estaba abierto para los residentes, pero que se recomendaba encarecidamente que no volvieran hasta dentro de unos días. La temperatura rondaba los treinta y cinco grados y el agua escaseaba. No se podía hacer gran cosa hasta que la limpieza avanzara.

Después de comer, los tres volvieron a meter sus cosas en las bolsas, llenaron el depósito de gasolina y regresaron al este. Sus teléfonos les proporcionaban cierta seguridad y no pararon de utilizarlos. Bruce le dio la lata a la gente del laboratorio de criminalística, pero no consiguió nada. Nick buscó otras habitaciones y encontró dos en Lake City, a una hora al oeste de Jacksonville. El tráfico se volvió más denso y su avance se ralentizó considerablemente. Más avanzado el día, Bruce consiguió hablar con Carl Logan por teléfono y le alivió saber que la policía estaba investigando, aunque solo hasta cierto punto. Carl dijo que estaba esperando que los de la policía estatal les enviaran un equipo. Al menos no sería Hoppy quien estuviera a cargo de la investigación.

Cenaron pizza en un restaurante al lado de la carretera, volvieron a la interestatal y condujeron hasta Lake City.

Al día siguiente, el cuarto, se pusieron en marcha a las seis de la mañana para intentar adelantarse al tráfico. Tardaron una hora en llegar al centro de Jacksonville, dejaron el coche en el aparcamiento que había junto al laboratorio de criminalística estatal y esperaron. A las ocho y media entraron en el vestíbulo y Bruce informó a la recepcionista de que tenía una cita con una tal Dorothy Grimes, ayudante del director de operaciones. No era cierto, pero había hablado con ella por teléfono el día anterior por la tarde y estaba lo bastante desesperado como para mentir. Por supuesto, la señora Grimes estaba ocupada en ese momento. Los tres se sentaron en el vestíbulo, encontraron café, abrieron los periódicos e intentaron dar la impresión de que se iban a quedar allí todo el tiempo que hiciera falta. Una hora después, Bruce volvió a hablar con la recepcionista. Su tono ya no era tan amable como antes.

—La señora Grimes no tiene su nombre anotado en su agenda de hoy —contestó la mujer.

—Hablamos ayer y le dije que me iba a pasar por aquí esta mañana. Mire, se trata de la muerte de un amigo que falleció durante el huracán. Su cadáver está en alguna parte de este edificio, esperando que se le haga la autopsia, y yo tengo información importante. ¿No podríamos considerar esto como una emergencia?

—Voy a ver qué puedo hacer.

—Gracias.

Bruce volvió a su asiento y a su teléfono. Media hora después, una mujer robusta de unos sesenta años salió del ascensor y lo miró fijamente.

—Soy Dorothy Grimes, ayudante del director de operaciones. ¿Qué es lo que está ocurriendo aquí?

Bruce se puso de pie muy cerca de ella, mostró en su cara una sonrisa bobalicona y le tendió una mano flácida.

—Soy Bruce Cable, de Camino Island. Hemos sobrevivido a la tormenta, pero nuestro amigo no. ¿Me podría dedicar cinco minutos de su tiempo? Considérelo como un gesto humanitario.

Ella lo miró de arriba abajo y luego les echó un vistazo rápido a los otros hombres. Pantalones cortos, camisetas, sandalias y zapatillas de deporte. Todos iban sin afeitar, tenían los ojos enrojecidos y parecían bastante desaliñados, pero los pobres acababan de soportar un fortísimo huracán.

—Sígame.

Nick y Bob se quedaron en la sala de espera y Bruce desapareció en el interior del ascensor. Salieron dos plantas más arriba y siguió a Dorothy hasta su despacho. Ella cerró la puerta al entrar.

—Tiene cinco minutos —anunció.

—Gracias. Necesito ver al director de operaciones, el doctor Landrum. Es bastante urgente.

—Pues tiene que hablar conmigo antes de tener acceso a él.

—Está bien. Mi amigo Nelson Kerr murió durante la tormenta. No tiene familia aquí y dejó mi nombre y número como contacto de emergencia. Han traído aquí su cadáver para que le hagan una autopsia. Al principio la policía pensó que lo había golpeado mortalmente algo que salió volando por el viento, pero nosotros tenemos otra teoría y necesito conocer los resultados de su autopsia. Por favor. Solo necesito hablar unos minutos con su jefe.

—No podemos hablar de los detalles de la autopsia con usted. Eso va totalmente en contra de nuestro protocolo.

—Lo comprendo. Pero los padres de Nelson están en Fremont, cerca de San José. Están desesperados por saber algo y no tienen ni idea de qué hacer. Yo soy su contacto aquí, y necesito decirles algo.

Ella lo consideró mientras lo miraba.

—¿Está sugiriendo que pasó algo raro?

—Sí. Pero la autopsia podría desvelarlo. Por favor.

Ella inspiró hondo y le señaló una silla con la cabeza.

—Siéntese.

Bruce hizo lo que le ordenó y ella salió del despacho. Regresó quince minutos después.

—Sígame —ordenó de nuevo.

El despacho del doctor Landrum era el doble de grande y ocupaba toda una esquina de la planta. Le esperaba en la puerta con una sonrisa generosa y un apretón de manos. Se había licenciado en la universidad estatal de Florida y obtuvo el doctorado en ciencia forense en la de Miami. Tendría unos setenta años, lo que lo situaba en el último tramo de su larga carrera en el servicio público. Él les señaló unas sillas y todos se sentaron alrededor de la mesa. Dorothy se quedó en el despacho, armada con un cuaderno como si fuera la secretaria de un abogado.

—¿Así que usted se quedó y aguantó la tormenta? —preguntó Landrum con educación.

—Sí. No sé si fue algo muy inteligente por mi parte y no lo recomendaría. ¿Conoce la isla?

—Oh, sí. He disfrutado mucho de sus playas. Es muy fácil ir allí a pasar el día.

—¿Ha estado alguna vez en el centro de Santa Rosa?

—Claro. Tiene unos restaurantes muy buenos.

—¿Y en la librería?

—Sí. Varias veces.

—Es mía. Abrí Bay Books hace veintitrés años. Seguramente me habrá visto por allí.

—No me diga. ¿Ha sufrido daños?

—Se ha inundado la primera planta, pero nada grave. Nelson Kerr era amigo mío, uno de mis escritores, y necesito decirles algo a sus padres. Se mudó a la isla hace dos años y no tiene familia allí.

—Ya veo. Me llamó el jefe de policía y vamos a enviar una unidad de criminalistas a la isla hoy mismo, en cuanto puedan cruzar el puente. Me han dicho que allí todavía reina el caos. Asumo que usted cree que no se trató de un accidente.

—Todo depende de lo que diga la autopsia. ¿La han realizado ya?

—Sí. Ayer. Pero no puedo darle detalles hasta que me reúna con nuestros investigadores.

—Lo comprendo. Le estoy pidiendo un favor, una pequeña desviación del protocolo de la que no se va a enterar nadie. Mire, doctor Landrum, yo tengo cierta información sobre el crimen, si es que lo fue, que no puedo compartir con usted, pero que debería contarle a los investigadores. Hay una posible testigo, una posible sospechosa. Y un posible motivo.

Landrum miró a Dorothy, que estaba muy ocupada escribiendo en su cuaderno, así que no le resultó de ayuda.

—¿Me jura que guardará el secreto? —le preguntó a Bruce.

—Lo que usted quiera. Necesito decirle algo a su familia.

Landrum suspiró, se reajustó las gafas de leer y cogió unos papeles.

—En lenguaje común, le diré que el fallecido murió de múltiples golpes en la cabeza, cuatro para ser exactos, dos de los cuales fueron fatales. Tenía el cráneo destrozado y una hemorragia masiva en el cerebro. Lo golpearon en la base del cráneo con un objeto afilado que le seccionó la médula espinal; solo eso ya habría resultado fatal.

Bruce cerró los ojos e intentó asimilarlo.

—Así que sí se trata de un asesinato —logró murmurar.

—Sin duda lo parece, pero es demasiado pronto para que estemos seguros. Supongo que es posible que un hombre que estuviera en el exterior en medio de un huracán de semejante magnitud pudiera recibir más de un golpe de los objetos que salían volando.

—Pero es poco probable.

—Es lo que yo diría. Siento su pérdida, señor Cable.

—Gracias. Le aseguro que no diré una palabra de esto.

—No lo haga, se lo pido por favor. Pero ha dicho usted que tenía información adicional.

—La tengo. Un amigo mío y de Nelson sabe algo. Tenemos que hablar con sus investigadores lo antes posible.

—¿Van de camino a la isla?

—Sí, pero no tenemos prisa. Mi amigo está abajo, en el vestíbulo.

—¿Tiene tiempo para hablar?

—Últimamente se puede decir que nos sobra el tiempo.

8

Las cosas avanzaron considerablemente durante la siguiente hora. Después acompañaron a Bruce, Bob y Nick a una sala de reuniones, donde les sirvieron café y dónuts. Mientras esperaban, Bob le echó la bronca a Bruce por haberse pasado de la raya.

—Podrías haberme preguntado si quería hablar con la policía —comentó con un gruñido.

—Venga, Bob, ya has hablado con ellos, así que no te alteres. Eres un testigo clave, quieras o no.

—Conocías a la asesina —apuntó Nick, que se reía entre dientes—, hasta te acostaste con ella varias veces antes del asesinato. Serás el primer testigo al que llamen en el juicio.

—Qué sabrás tú de juicios.

—Mucho. Salen en todas las novelas de misterio.

—Pues yo he pasado por uno y he oído al jurado decir «culpable de todos los cargos», así que no creas que tengo miedo de un juzgado.

—Bob, tú no has hecho nada malo, relájate —intentó tranquilizarlo Bruce—. ¿Es que no quieres encontrar al asesino?

—No lo sé, tal vez no. Si ella es una profesional, es que algún indeseable le pagó. Y tal vez lo mejor sería dejarlo en paz.

—¡Ni hablar! —exclamó Bruce—. Y tú estás metido en esto hasta las orejas.

—Gracias por nada.

Por fin se abrió la puerta y dejó paso a un policía trajeado que entró pavoneándose. Se presentó como el capitán Butler y les dio a todos su tarjeta: Wesley Butler, Policía Estatal de Florida. Se sirvió un café y se sentó con ellos a la mesa.

—¿Quién es quién? ¿A quién tenemos aquí? —preguntó sin ni siquiera sacar un boli.

—Yo soy Bruce Cable, amigo de Nelson Kerr. Igual que Bob Cobb, que es escritor y vive en la isla.

—Y yo soy Nick Sutton, estudiante en Wake Forest y empleado de la librería durante el verano. También era amigo de Nelson.

—Bien. Acabo de leer el informe de la autopsia. Parece que a su amigo le dieron una buena tunda. He hablado con el jefe de policía de la isla y me ha descrito las pruebas que ha encontrado en la escena del crimen. Iremos a verlas en cuanto podamos, mañana por la mañana si hay suerte. Si no me han informado mal, las cosas están bastante mal por allí.

Los tres asintieron.

—Pero la escena del crimen está intacta, ¿no?

—Eso es —confirmó Bruce—. No hay nadie por allí. Para que tenga usted toda la información, los tres hemos estado en ese apartamento más de una vez. Nick fue quien se fijó en las manchas de sangre de la pared y en el baño de abajo. Y yo estuve en la planta de arriba.

—¿Por qué?

—Al principio estábamos buscando al perro de Nelson, pero no lo encontramos. No sospechamos nada hasta que Nick descubrió las manchas.

—Después Nick se dio cuenta de que Nelson tenía más de una herida en la cabeza y ahí empezamos a pensar que había pasado algo raro —apuntó Bob.

—Y, para que lo sepa, hace dos días le cogimos el coche para volver a mi casa y le vaciamos la nevera y el mueble bar. Seguro que a él no le habría importado.

—Son ustedes una banda de saqueadores —comentó Butler con una sonrisa.

—Arréstenos, de eso somos culpables. Pero no se aplican las normas habituales tras un huracán, cuando tu principal preocupación es sobrevivir.

—Está bien. Entonces ¿creen que estarán sus huellas en la casa?

—Seguro que sí.

—Se nos pasó por la cabeza limpiarlo todo, pero no queríamos eliminar de paso otras cosas que pudieran ser importantes —aportó Nick.

—Bien hecho. Creo que nunca he investigado un asesinato cometido en medio de una catástrofe natural.

—Este es el primero y el último para mí —bromeó Bruce.

Butler bebió su café.

—El director me dice que tiene algo que aportar a la historia —comentó.

—Es probable —contestó Bruce.

—Vale, pues vamos a charlar tranquilamente sin grabar nada. Podemos hacer eso después. El caso acaba de caer en mis manos y estoy a cero. Cuéntenme lo que ocurrió.

Bruce y Nick miraron a Bob, que carraspeó y comenzó.

—Había una mujer, me dijo que se llamaba Ingrid.

9

Butler no empezó a tomar notas hasta que Bob hubo contado media historia. Había demasiados detalles como para no hacerlo. No le interrumpió, pero estaba claramente intrigado por algunos aspectos concretos.

—¿Qué día la conoció? —preguntó Butler cuando Bob terminó.

—¿Qué día es hoy?

—Viernes, 9 de agosto.

—La tormenta llegó el lunes, 5 de agosto, por la noche —aclaró Bruce.

Bob miró su teléfono y dijo:

—La conocí hace hoy una semana, el viernes 2 de agosto.

—¿En el bar del Hilton?

—En la terraza exterior. Hay una piscina grande con un par de barras.

—¿Suele ir por allí?

—Sí. Hay mucha acción en ese lugar.

—¿Tenía algún acento reconocible?

—No. Al menos yo no le noté nada y, dado que soy escritor, suelo fijarme en los acentos.

—¿Ningún acento?

—No, nada reseñable. Del centro de Estados Unidos. Podría ser de Kansas o California, pero no del Bronx ni del este de Texas. Y, sin duda, no tenía acento extranjero.

—¿Cuánto tiempo pasó con ella?

—Demasiado, supongo. Nos conocimos el viernes por la tarde, tomamos unas copas y después fuimos a mi apartamento, que está a cinco minutos a pie, y nos comimos unas sobras de ensalada de langosta. Después nos metimos en la cama, a lo nuestro, y ella se quedó a dormir. Estábamos tomando café el sábado por la mañana cuando salió en la conversación el nombre de Nelson. Ella vio uno de sus libros en la estantería y dijo que era una gran fan. Yo habría jurado que a ella no le gustaba leer, o que como mucho sería aficionada a la literatura femenina, y me pareció raro que le gustaran sus libros, pero no dije nada. La conversación siguió y me dijo que le encantaría conocerlo. Sugirió que fuéramos a The Shack, un local que hay junto al puente donde sirven muy buena comida.

—He estado allí.

—Llamé a Nelson y quedamos para una comida tardía el sábado. Ellos se llevaron bien, fue un rato agradable. Pasamos la tarde los dos en la playa y cenamos juntos otra vez. Y volvimos a mi casa. Ella quería seguir el domingo por la mañana, pero yo necesitaba un descanso, así que se fue. Me dijo que volvía al hotel.

—¿Hay alguna posibilidad de que pasara la noche con Nelson?

—Claro que es posible. A mí me daba igual. Tampoco es que quisiera casarme con ella. Eso ya lo he probado dos veces.

—¿La vio el domingo?

Bob le dio un sorbo a su café, se rascó la barbilla y se esforzó por recordar.

—Sí, quedamos en la playa, cerca del hotel, para tomar el sol. Esa noche cené con Bruce, pero ella no vino conmigo. Nelson también estuvo en la cena. Después, el huracán cambió de rumbo y se desató el infierno.

—Deme una descripción física.

—Uno setenta y cinco, sesenta kilos y un cuerpo de escándalo. Tiene unos cuarenta años, le gustan los biquinis de tiras y en la playa la miraban más a ella que a las de dieciocho. Me dijo que vivía en el gimnasio y que era cinturón negro. Y la creí. No tenía ni un gramo de grasa en ninguna parte. Ojos marrones, pelo largo y rubio teñido, sin tatuajes, ni cicatrices ni marcas de nacimiento. Se lo puedo asegurar, porque se lo vi todo.

—No tendrá alguna foto de ella. ¿Un selfi, tal vez?

—No, yo no me hago selfis, ni voy por ahí haciéndome fotos en todas partes. Ella tampoco.

—¿Se le ocurre algún lugar en el que pudiera haberla captado una cámara de vigilancia?

—Lo he pensado mucho. Estoy seguro de que el Hilton tiene cámaras por todas partes, incluso en la piscina y los bares exteriores. Tiene que haber imágenes de ella, si todavía las tienen. Ahora mismo, el Hilton está hecho un desastre. Le han entrado por lo menos dos metros y medio de agua por la tormenta y la planta baja está totalmente destruida. Los solárium, los restaurantes, los patios y las terrazas han salido volando. Y se han reventado la mayoría de las ventanas. Si había cámaras en el exterior, lo más seguro es que las arrancara el viento. El hotel apenas se tiene en pie ahora mismo.

—¿Y en The Shack?

—Es una posibilidad. No sé si habrá sobrevivido, está sobre el agua, en la bahía.

Butler revisó sus notas y bebió café. Miró a Bruce, después a Bob, y preguntó:

—¿Ustedes creen que esa mujer mató al señor Kerr?

—Ese es su trabajo —respondió Bob con un gruñido.

Bruce señaló a Nick con la cabeza.

—Él tiene una teoría interesante —dijo.

—¿Usted es el señor Sutton? —preguntó Butler.

—Nick Sutton, estudiante de último curso en la Universidad de Wake, becario de verano en la isla, donde vivo en la casa de mis abuelos. Trabajo en la librería, y Bruce me paga el salario mínimo por mover cajas.

—Te pago demasiado —comentó Bruce.

—Me da justo para vivir, porque leo cinco o seis novelas de misterio a la semana. Me hacen un descuento del veinte por ciento por ser empleado, incluso en los libros de bolsillo. En Barnes and Noble me hacen un cuarenta. Todo mi sueldo, por reducido que sea, se queda en la librería.

—Bien, ¿y cuál es su teoría?

—Ella es una profesional, contratada por alguien con mucho dinero para cargarse a Nelson por algo que había escrito, estaba escribiendo o tenía planeado escribir. Tenía un pasado oscuro, si me permite usar ese tópico tan manido. Ella llegó a la isla con un cómplice, probablemente un hombre, que alquiló un apartamento cerca de la escena para esperar su oportunidad. Ella lo sabía todo sobre Bob y Nelson. Tampoco es una investigación difícil. Se hizo la encontradiza con Bob, pan comido, y a través de él llegó hasta Nelson, su presa. El huracán le ofreció la ocasión perfecta para actuar, y la aprovechó. Después, ella y su cómplice salieron de la isla. O tal vez sigan por allí, aunque lo dudo.

—No está mal —comentó Butler con una sonrisa, aunque era obvio que se estaba burlando del chico, como si se le hubiera ocurrido algo muy rocambolesco—. Menuda imaginación.

—Gracias. Leo mucho.

—¿Alguna idea sobre cuál fue el arma del crimen?

—Los palos de golf de Nelson están en su garaje. Yo empezaría por ahí.

—¿Palos de golf?

—Ella tuvo que utilizar algo que había en la casa. Dudo que apareciera en su puerta con un bate de béisbol.

—Interesante —dijo Butler, siguiéndole la corriente—. Supongo que también ve muchas películas.

—La verdad es que no. Estoy demasiado ocupado leyendo.

Bruce carraspeó.

—Señor Butler —intervino—, tengo que llamar a los padres de Nelson Kerr para decirles algo. ¿Debería mencionar la palabra «asesinato»?

—Ya saben que está muerto, ¿verdad?

—Sí. Y también lo de la autopsia y que se está encargando la policía.

—No puedo decirle lo que debe contarles, pero yo les informaría de que murió por un traumatismo con objeto contundente en la cabeza, que parece sospechoso y que la policía estatal ha abierto una investigación.

—Está bien. ¿Y cómo pueden llevarse el cadáver a California? Nunca me he enfrentado a algo así.

—La mayoría de la gente no ha tenido que hacerlo. Contrate a una funeraria. Ellos están acostumbrados a gestionar estas cosas.

10

Butler los acompañó a la puerta del edificio y después al aparcamiento, donde encendió un cigarrillo sin prisas. Mientras se despedían con un apretón de manos, Bruce se acordó de algo.

—Nelson acababa de escribir su última novela, o al menos el primer borrador. Yo lo iba a leer. Ninguna editorial lo había contratado todavía, así que no lo ha visto nadie en Nueva York. Estoy casi seguro de que sigue en su ordenador. Ese archivo seguro que será valioso para sus herederos.

Butler asintió, muy seguro.

—Lo guardaremos a buen recaudo.

Cuando se alejaron con el coche, Nick comentó:

—No me fío de él. Es arrogante, pagado de sí mismo y poco inteligente. Hoppy y él van a hacer un buen equipo.

—No le hizo mucho caso a tu teoría, ¿eh? —bromeó Bob.

—No, cree que soy imbécil. En las buenas novelas de misterio siempre hay gente así. Tíos que van por ahí creyendo que puede echarle un vistazo a cualquier escena del crimen y decir quién es el asesino. Eso se llama visión de túnel. Se aferran a su propia teoría y siguen muy decididos la dirección equivocada. Ignoran los hechos que les llevan la contraria y aceptan cualquier cosa que apoya sus ideas. Pasa continuamente, sobre todo en casos de gente condenada por error en la vida real, en los que detienen a un pobre chivo expiatorio mientras el verdadero asesino sigue matando.

—A mí no me ha parecido tan mal —reconoció Bruce.

—No es muy listo —concedió Bob—. Nick tiene razón, para variar.

—Es casi mediodía —señaló Nick—. ¿Alguno de vosotros tiene hambre?

—Siempre —contestó Bruce—. Y sed. ¿Cuántas cervezas frías quedan?

—Muchas —aseguró Nick desde la parte de atrás—. ¿Adónde vamos?

—Estoy cansado de conducir y de vosotros dos —dijo Bruce—. Propongo que volvamos a casa y acabemos con este viajecito.

—Amén —confirmó Bob.

Nick abrió una de las neveras, les pasó unos sándwiches y unas cervezas y comieron mientras aceleraban en la circunvalación de Jacksonville. Media hora después salían de la Interestatal 95 para entrar en una carretera de cuatro carriles que seguía durante treinta kilómetros hasta llegar al puente y a la isla.

Vieron la caravana de camiones de basura llenos de escombros que iban hacia el oeste, al vertedero del condado. Pasaron por delante de un campo en el que había aparcadas cientos de casas prefabricadas portátiles. El tráfico que iba hacia el este era denso, pero se movía, al menos al principio. Unos ocho kilómetros más adelante se fue ralentizando hasta casi detenerse. La mayor parte de los vehículos eran coches, pero había también docenas de camiones con excavadoras, bulldozers y más maquinaria que se dirigían a participar en la limpieza.

Avanzaron poco a poco, bebiendo cerveza y escuchando los grandes éxitos de los ochenta, incapaces de ponerse de acuerdo con ningún otro tipo de música.

—¿Queréis oír mi última teoría? —preguntó Nick.

Bruce bajó el volumen. Le intrigaban los hábiles mecanismos de la mente criminal de Nick.

—¿Nos la vas a contar queramos oírla o no? —preguntó Bob.

—Sí. El verdadero asesino es el tío del dinero. Nelson ha publicado tres novelas sobre traficantes de armas, de drogas, blanqueo de dinero, contrabandistas de armamento, canallas corporativos y oscuros contratistas de defensa, entre otras cosas. ¿Me equivoco, Bruce?

—No. Principalmente ha sido así.

—Parecía conocer bien el tema. Asumamos que ha molestado a alguien. Si lo ha hecho, ¿por qué hacérselo pagar ahora? Los libros ya se han publicado. La mayoría se han vendido bien. Todo es ficción, fantasía al menos, así que ¿por qué preocuparse?

—¿Adónde quieres llegar? —preguntó Bob.

—Me refiero a que lo que ya se ha dicho, está dicho, y seguro que Nelson no es el primer novelista que escribe sobre traficantes de armas. Quiero decir que tiene que ser su siguiente libro, la novela sin terminar, la que ha hecho que lo maten. Hay alguien ahí fuera que no quiere que se publique.

Bruce y Bob asintieron.

—Tal vez sabían sobre qué escribía —continuó Nick—. No sería muy difícil de averiguar, porque él siempre investigaba mucho. Se correría la voz de que Nelson Kerr estaba escribiendo sobre sus negocios o sus crímenes. O tal vez lo hackearon, leyeron la novela y se sintieron amenazados.

—Nick tenía miedo de que lo hackearan y siempre trabajaba sin conexión a internet —comentó Bruce—. Su ordenador de sobremesa era seguro. Les han robado su material a otros escritores y él estaba obsesionado con proteger el suyo.

—¿Tenía copias de su trabajo en la nube? —quiso saber Bob.

—No lo sé, pero dudo que usara la nube.

—¿Y cómo se comunicaba? —preguntó Nick.

—Utilizaba un portátil para enviar emails, pero en ellos

nunca contaba mucho. Estaba casi paranoico. No usaba las redes sociales, y cambiaba de teléfono cada pocos meses.

—Ya veis. Aun así, era un aficionado, y pudieron hackearle. Siempre hay alguien más listo. Si los rusos y los chinos pueden hackear a la CIA, es que podían hackear a nuestro difunto amigo Nelson. ¿No le habría enviado el manuscrito a su agente, o tal vez a su editor?

—Su agente murió el año pasado y estaba buscando uno nuevo. Lo hablamos mucho él y yo. Hace un mes me dijo que el libro estaba casi terminado y que no lo había leído nadie. Quería que le echara un vistazo y le hiciera sugerencias. Seguro que el manuscrito sigue en su ordenador. ¿Dónde iba a estar, si no?

—Entonces, después de matarlo, ¿ella se llevaría su disco duro? —preguntó Bob.

—Aún no lo sé —contestó Nick—. Pero si falta su disco duro, entonces ya tenemos parte del misterio resuelto.

—¿Cómo no se te ha ocurrido eso antes? —preguntó Bruce—. Podríamos haber mirado su ordenador.

—No debíamos tocar nada —se defendió Nick—. Y me ha dado la impresión de que ese Butler sospecha de nosotros.

—Me alegro de que lo digas tú —convino Bob—, porque yo he tenido la misma impresión. ¿Qué va a hacer cuando encuentre nuestra huellas?

—Tenemos unas coartadas muy sólidas —apuntó Bruce.

Siguieron avanzando despacio y en silencio, unas veces a quince kilómetros por hora y otras deteniéndose por completo. Bruce descolgó el teléfono cuando este sonó. Escuchó, murmuró algo sobre registros con perros y negó con la cabeza, atónito.

—No os lo vais a creer —dijo cuando colgó—. Los policías han bloqueado este lado del puente y están registrando todos los coches con perros. ¿Podríais explicarme a qué viene eso?

Bob, exconvicto, no tenía muy buena opinión de la policía.

—Porque pueden —farfulló, negando con la cabeza.

Eso sacó de quicio a Bruce.

—Esa gente acaba de soportar que un huracán se lleve sus casas y sus negocios, ¿por qué iban a querer introducir explosivos en la isla? La policía está fuera de control.

—Por la misma razón que envían equipos del SWAT para detener a gente porque no les gusta lo que ven en sus informes. Porque pueden y es mucho más dramático. Esos tíos creen que son duros como Navy Seals y que así pueden demostrarlo. Mira toda la parafernalia militar que llevan. ¿Por qué el departamento de Policía de Podunk tiene un tanque? Porque al Pentágono le sobran y se los vende baratos. ¿Por qué envían unidades caninas para olisquear en una feria de cualquier condado? Porque tienen los malditos perros y tienen que usarlos. No me hagáis hablar...

—Creo que ya has cogido carrerilla —comentó Nick desde el asiento de atrás.

—¿Por qué cada vez que hay un accidente aparecen tres coches de policía y cuatro camiones de bomberos? Porque se aburren sentados en sus bases y les pone salir corriendo por las calles con las sirenas aullando. Tipos duros en acción. Les gusta bloquear el tráfico en todas las direcciones, les hace sentir poderosos. Así controlan la situación. Registro con perros. Increíble. No llegaremos antes de medianoche.

Bruce se quedó un momento en silencio.

—¿Te sientes mejor ahora? —preguntó.

—La verdad es que no. Me jodieron los policías y les guardo rencor, vale. Pero me sentiría mejor si el tráfico avanzara. De todas formas, ¿de quién fue la idea de hacer este viajecito?

—De Nick.

—Eso, culpadme a mí de todo —contestó Nick—. Como soy el becario...

Bruce cogió su teléfono.

—Llevo todo el día retrasando este momento, pero tengo que llamar al padre de Nelson y decirle que su hijo no solo está muerto, sino que probablemente ha sido asesinado. ¿Me echáis una mano?

—No, lo siento —respondió Nick.

—Fue a ti a quien puso como su contacto —contestó Bob—. Todo tuyo.

Detuvo el Tahoe en una curva abierta. No había movimiento en varios kilómetros. Bruce encontró el número y pulsó el botón de llamada.

11

El señor Kerr apenas podía hablar y le pasó el teléfono a su hija, Polly.

—Hola, soy la hermana de Nelson, su única hermana —se presentó—. Gracias por hacer esto.

Sonaba calmada, controlada.

—No he hecho gran cosa —respondió Bruce—. Siento mucho su pérdida. Nelson era amigo mío.

—¿Dónde está ahora?

—Por lo que sé, está en la morgue del laboratorio de criminalística estatal. Acabamos de salir de allí y estamos intentando volver a la isla. Todo está hecho un desastre por aquí.

—¿Qué ha pasado? ¿Qué puede contarme?

Bruce dudó, porque no quería contarle la causa de la muerte.

—Hemos hablado con un inspector de la policía estatal. Han abierto una investigación y van a enviar un equipo de técnicos al apartamento de Nelson mañana.

—¿Para qué?

—Para recabar pruebas que determinen si se ha cometido un crimen.

—¿Han asesinado a mi hermano?

—Nadie lo sabe.

Se quedó callada un momento. Bruce casi pudo verla apretando los dientes e intentando mantener la compostura. Intentó imaginarse su pesadilla allí, a más de tres mil kilómetros, a ciegas, sin ninguna información y viendo el caos por la televisión.

—Vale —dijo por fin—. Salgo dentro de una hora y aterrizaré en Jacksonville a las ocho de la mañana. Ese es el plan, aunque la aerolínea me ha dicho que puede haber retrasos por todo lo que está pasando. Creo que tengo reservado un coche de alquiler. ¿Podré llegar con él a la isla?

—Es probable. El puente está abierto, nosotros estamos intentando llegar hasta allí ahora mismo.

—Supongo que no habrá ninguna habitación de hotel disponible.

—Eso es. Parece que la mayoría de los hoteles han resultado dañados. Yo tengo una casa muy grande con mucho sitio. Un par de amigos se quedan allí conmigo, hemos montado una especie de campamento. Por ahora no hay electricidad, pero es posible que vuelva mañana. Tenemos comida y agua, nos las arreglamos. Puede instalarse con nosotros si quiere.

—Eso es muy generoso por su parte, señor Cable.

—Bruce, por favor, y no estoy siendo generoso. Se llama supervivencia.

—Gracias. Esto es muy difícil. —La voz se le quebró un poco.

—No me lo puedo ni imaginar. Lo siento.

—¿Hay algo que deberíamos ir haciendo?

—¿Han hablado con alguna funeraria?

—No, todavía no.

—Vale, ya lo he hecho yo. Mándeme un mensaje con su número de móvil y le enviaré el de una funeraria de Jacksonville con buena reputación. He hablado con el director hace una hora. Cuando la contraten, ellos se ocuparán de trasladar el cuerpo a la funeraria y prepararlo para llevarlo a donde están ustedes.

Se dio cuenta de que había sonado como si estuvieran hablando de un paquete de mensajería.

—Gracias —contestó ella—. Voy a ocuparme de eso ahora mismo. ¿Estará por allí mañana por la mañana?

—Sí, la estaré esperando. Después iremos al apartamento de Nelson a echar un vistazo.

4
La albacea

1

Tras un abundante desayuno que consistió en pollo frío, barritas de cereales y mantequilla de cacahuete untada en galletas saladas, Nick metió sus cosas en la mochila y se fue en su bicicleta para hacer el trayecto de tres kilómetros hasta la casa de sus abuelos. Cuando llegó, llamó a Bob y le informó de que su parte de la isla ya tenía electricidad. Algunos de los vecinos ya habían vuelto y se estaban organizando grupos de trabajo para limpiar el desastre y tapar con lonas los tejados dañados. Las calles más transitadas estaban abiertas y se veía tráfico, pero muchas de las secundarias seguían bloqueadas. Un policía le había dicho que la mitad sur de la isla había recuperado toda la potencia eléctrica y esperaban que llegara al centro a lo largo del día, pero que podría tardar una semana en llegar a la parte norte.

Bob estaba inquieto y cansado de esa especie de acampada. Quería irse a su casa, pero sin coche ni electricidad estaría aislado y pasando calor. Así que se quedó y ayudó a Bruce a limpiar todos los escombros de su jardín trasero. También ayudaron a un vecino a cortar ramas y arrancar los canalones sueltos. Era 10 de agosto y el pronóstico auguraba temperaturas de hasta treinta y seis grados.

A las nueve y veinte de la mañana Bruce recibió un mensaje de Polly McCann. Había aterrizado en Jacksonville y estaba buscando un coche de alquiler.

—Le va a costar varias horas —comentó Bob—. Pobre chica.

Aburridos de tanto trabajo duro, fueron hasta casa de Nelson para comprobar si había llegado la policía estatal. Condujeron por la isla durante casi una hora, contemplando la destrucción y los trabajos de limpieza. Se detuvieron en la cabaña de Mercer y la examinaron por fuera. Bruce grabó un vídeo y se lo envió.

Amy vivía en una urbanización cerrada de alto standing a un kilómetro y medio de la costa. La puerta de la urbanización había desaparecido, así que pudieron recorrer sus calles. Había árboles caídos por todas partes, pero la casa de Amy no había sufrido daños graves. Hizo otro vídeo y se lo envió. El hospital había vuelto a abrir y tenía el aparcamiento lleno.

Había dos furgonetas grandes estacionadas junto a la casa de Nelson, una en la entrada y otra en la calle. Para asegurarse de que todo el mundo se daba cuenta de que se trataba de algo serio, las dos furgonetas tenían rotulado con grandes letras: POLICÍA ESTATAL DE FLORIDA – UNIDAD DE LA ESCENA DEL CRIMEN. Había también dos coches sin ninguna identificación en la calle. Unos cuantos vecinos miraban con la boca abierta desde sus porches.

Bruce y Bob se quedaron junto a la cinta policial hasta que consiguieron llamar la atención del capitán Wesley Butler. Él se acercó para saludarlos amistosamente, les estrechó las manos y encendió un cigarrillo. Tras un rato de cháchara intrascendente, Bruce preguntó:

—¿Qué tienen montado aquí?

—No puedo comentarlo —contestó Butler, con tono oficial.

—No, claro —murmuró Bob, sarcástico.

Bruce se quedó con las ganas de preguntar: «¿Qué ha pasado con el maldito disco duro?», pero sabía que no le dirían nada.

—¿Dónde está el tercero del grupo, ese chico que lo sabía todo? —preguntó Butler.

—Lo hemos despedido —respondió Bruce—. Ha quedado fuera del caso. Oiga, la hermana del señor Kerr llegará dentro de unas horas. Ha venido en avión desde California. Querrá ver su casa y tal vez recoger algunos objetos personales. ¿Cuáles son las normas en estos casos?

Butler ya estaba negando con la cabeza.

—Lo siento, pero nadie puede entrar hasta que acabemos, y vamos a estar aquí todo el día. Es una buena forma de pasar el sábado, ¿eh?

«Pero si lleva muerto cinco días», pensó Bruce. Ya era hora de que se pusieran a hacer algo. Aunque eso era muy injusto; la tormenta había alterado todos los horarios y las rutinas. Butler se excusó y volvió al trabajo. Había dos técnicos con monos blancos que parecían momias. Sacaron una alfombra enrollada y la metieron en una furgoneta.

¿Y el maldito disco duro? Bruce se dio cuenta de que ni él ni la familia sabría nada de la investigación hasta varios días después, o incluso semanas. Desde detrás de la cinta policial comprendió que eso era todo lo que se iba a poder acercar a cualquier prueba a partir de ese momento.

—¿Qué está pasando ahí? —le preguntó un vecino que se le acercó cuando ya se marchaban.

—Es la escena de un crimen —explicó Bruce, señalando con la cabeza las dos furgonetas con sus rótulos en ambos lados—. Alguien asesinó a Nelson durante la tormenta.

—¿Nelson ha muerto? —exclamó el vecino.

—Me temo que sí. De un golpe en la cabeza.

—¿Y por qué está aquí la policía?

—Tendrá que preguntárselo a ellos.

Fueron en el coche de Bruce hasta el apartamento de Bob y pasaron una hora sacando basura a la acera. Era un trabajo deprimente que el calor solo lograba empeorar. Un perito del seguro había prometido pasarse a final del día. Corría un rumor de que había vuelto a abrir el Curly's Oyster Bar, que estaba algo más al sur, cerca del Grand Surf Hotel, así que decidieron ir a explorar.

2

Polly McCann llegó a casa de Bruce poco después de las dos y llamó a la puerta. La electricidad todavía no había llegado al centro, así que el timbre no funcionaba. Tenía unos cincuenta años, la típica delgadez californiana e iba elegante con un corte de pelo masculino y gafas de sol de diseño. Tras haber pasado una larga noche en un avión, se la veía considerablemente bien. Bruce le ofreció una botella de agua fría y los dos se sentaron en la sala de estar para charlar un poco de todo.

Era profesora de física en una universidad local de Redwood City. Su marido era el director del departamento de Matemáticas. Tenían dos hijos, los dos en la Universidad de California, en Santa Bárbara. Sus padres tenían ochenta y pocos años y sufrían más problemas de salud que la mayoría de sus amigos. Estaban destrozados por la muerte de Nelson y no eran capaces de tomar ninguna decisión. Polly era su única hermana, y llevaba muchos años ocupándose de los asuntos de sus padres. La exmujer de Nelson ya había vuelto a casarse y a divorciarse y no tenía nada que ver en su vida. Su separación, diez años atrás, había dejado cicatrices y los dos se odiaban. Por suerte, no tenían hijos.

—Él no hablaba del divorcio y yo no quise preguntar —dijo Bruce.

—Ese matrimonio fue una mala idea desde el primer día —señaló ella—. Nelson acababa de terminar Derecho en Stanford de los primeros de la clase y aceptó un muy buen trabajo en un bufete muy prestigioso de San Francisco. Pero era muy exigente: noventa horas a la semana y mucha presión. Y además, no sabemos por qué, decidió complicarse más la vida casándose con Sally, una excéntrica que bebía demasiado, trabajaba poco y andaba tras su dinero. Intenté convencerlo de que no lo hiciera, porque no podía soportar a esa mujer, pero no quiso escucharme. Se peleaban constantemente, así que él pasaba cada vez más horas en el despacho. Llegó a socio a los treinta y un años y ya ganaba casi un millón de dólares al año. Entonces se dio cuenta de que uno de sus clientes estaba vendiendo ilegalmente software militar a unos cuantos gobiernos dictatoriales y quiso denunciarlo. Eso sí me lo contó. Sabía que acabaría con su carrera como abogado, porque no se puede delatar a un cliente y esperar sobrevivir en la abogacía, pero creía que el gobierno le compensaría. Y, además, estaba harto de todo el tinglado de los grandes bufetes. Así que hizo lo correcto, consiguió un cheque de cinco millones a cambio y huyó de su bufete encantado. Pero eligió mal el momento. Debería haber pedido el divorcio antes de denunciar. Su mujer lo demandó y encontró pruebas de que había tenido una aventura con una compañera de trabajo. Él perdió mucho, no pudo soportar tanta presión y tuvimos que ingresarlo durante seis meses. Entonces empezó a escribir. ¿Coincide esta versión con la que tú tienes?

—Más o menos. Nunca me contó cuánto le pagó el gobierno. Sí que me dijo que ella tenía mejores abogados y que salió ganando en el divorcio. Me dio la impresión de que había sido una experiencia terrible para él.

—¿Lo conocías bien?

—¿Has comido? —preguntó Bruce de pronto cambiando de tema. No tenía problema en compartir su mantequilla de cacahuete y sus galletas con ella, pero de repente se puso nervioso por el hecho de tener que darle de comer a una californiana tan pija. No había duda de que esa mujer sobrevivía a base de verduras crudas y batidos de proteínas.

Ella sonrió, dudó y por fin confesó:

—La verdad es que me muero de hambre.

—Entonces vamos a la cocina, allí hace algo más de fresco que aquí fuera.

Ella lo siguió y lo vio rebuscar en la despensa hasta que encontró una lata de sopa de tomate.

—Perfecto —le aseguró ella.

—Como aperitivo puedo ofrecerte un buen montón de mantequilla de cacahuete con galletas saladas.

—Mi plato favorito —contestó, para enorme sorpresa de Bruce.

Él calentó la sopa y abrió la mantequilla de cacahuete.

—¿Que si conocía bien a Nelson Kerr? —Bruce recuperó la conversación—. Lo consideraba mi amigo. Éramos más o menos de la misma edad y teníamos intereses similares. Estuvo aquí, en casa, en varias de mis cenas. Y yo estuve en la suya. También nos vimos en restaurantes. Mi mujer le emparejó con una de sus amigas, pero el romance duró menos de un mes. No era nada lanzado con las mujeres. Pasaba mucho tiempo en mi librería bebiendo café y hablando de libros y escritores. Me parecía que escribía un poco despacio para ser un autor de género y lo animaba a escribir más, pero eso lo hago con la mayoría de mis escritores.

—¿Tus escritores?

—Sí. Aquí, en la isla, tenemos todo un clan y yo soy el alma máter. Los animo a escribir más para tener más que vender.

—¿Qué tal le iba a Nelson?

—Su último libro vendió unas cien mil copias en papel y en versión digital, y sus cifras de ventas crecían de forma constante. Intenté presionarlo para que escribiera un libro al año. Su carrera seguía la trayectoria correcta, pero Nelson era un poco vago. Se lo dije una vez y me dio una excusa muy mala, alegando que seguía cansado por el tiempo que pasó en el bufete. Pero eso es una tontería.

—¿Leíste alguna vez sus libros antes de que los enviara a Nueva York?

—No. Lo hago con algunos autores, pero todo el mundo sabe que suelo tener mucho que decir, así que la mayoría intentan escabullirse de mis comentarios. Nelson me pidió que leyera su último libro. Me dijo que había terminado el primer borrador y que estaba puliendo el segundo.

Bruce decidió que ya le diría lo del disco duro en otro momento. Por ahora ya había mucho que contar.

Sirvió la sopa en un cuenco y se la puso delante.

—Gracias —dijo ella con una sonrisa.

—¿Qué tipo de vino crees que va mejor con la sopa de tomate? —preguntó Bruce.

—Vamos a dejar lo del vino para luego. —Ella revolvió la sopa, cogió una cucharada y la probó—. Mis felicitaciones al chef.

—No se merecen.

—Bruce, entonces ¿alguien asesinó a mi hermano?

Él inspiró hondo y abrió la nevera para coger una cerveza, pero se dio cuenta de que ya se había tomado dos, así que la cerró sin sacar nada y se apoyó en ella con los brazos cruzados sobre el pecho.

—No lo sé, pero sí hay unas cuantas cosas seguras. La primera es que Nelson está muerto.

Le describió cómo estaba el cuerpo de su hermano cuando lo encontraron y le resumió lo que le había contado el doctor Landrum de la autopsia y la causa de la muerte.

Ella lo escuchó sin pestañear, sin emoción y sin comerse la sopa.

—Dos, había una mujer implicada: Ingrid. —Volvió a inspirar hondo y le contó la historia de Bob de principio a fin, despacio y con todos los detalles que conocía. Polly se quedó mirando fijamente la mesa sin tocar la cuchara.

—Y tres, la policía está investigando ahora, en este mismo momento, y no puedes entrar en el apartamento de Nelson hasta que acaben.

—A mí todo eso me suena a asesinato —confesó en voz baja, pero también sin emoción.

—Es un asesinato, Polly. ¿Se te ocurre algún sospechoso? ¿Algo de su pasado que nunca le contara a nadie de aquí, de la isla?

—Esa tal Ingrid es sospechosa, sin duda.

—Está claro, pero ¿por qué? Se acababan de conocer. Si no tenía un motivo, entonces lo hizo por dinero.

Ella negó con la cabeza y apartó el cuenco. La sopa estaba fría y probablemente era la última lata que le quedaba de sopa de tomate Campbell. A Bruce no le gustó tener que desperdiciarla, pero pronto volverían a abrir las tiendas y había llegado el momento de ir a comprar víveres. Hace falta un desastre para conseguir que aprecies lo básico.

—No lo sé —dijo ella—. No se me ocurre nadie. Hasta donde yo sé, su única enemiga era su exmujer, pero ella ya consiguió el dinero y perdió el interés. ¿Tú tienes alguna teoría?

—Sí, pero tengo que advertirte de que he pasado los últimos cinco días con Andrew Cobb, al que todos llamamos Bob, no sé por qué, que es un delincuente que ha estado en la cárcel y ahora escribe novelas de asesinatos bastante gráficas. Está ahí afuera, en una hamaca, roncando tras haberse dado un banquete de ostras y cerveza. Lo conocerás pronto. Y también tengo aquí a un estudiante llamado Nick Sutton que trabaja en mi librería y lee prácticamente todas las novelas de misterio que se publican. Los tres hemos tenido tiempo más que suficiente para elaborar varias teorías.

—¿Y cuál es la mejor?

—Es un poco extravagante, pero por algo hay que empezar. Pensamos que Ingrid era una profesional a sueldo que huyó después de cometer el crimen y a la que probablemente nunca lograrán encontrar. El hombre que la contrató es alguien que no quiere que se publique el nuevo libro de Nelson.

—Eso suena muy rocambolesco.

—Cierto. Pero ahora mismo no tenemos nada más.

Ella entornó los ojos y pensó en ello.

—¿Sabes de qué iba el libro? —preguntó un momento después.

—Ni idea. ¿Y tú?

Ella negó con la cabeza.

—Sus novelas me resultan difíciles de leer y nunca hablamos de ellas. De hecho, desde que se mudó aquí tampoco es que habláramos mucho. Nelson era un solitario, sobre todo después de sus problemas.

—Estaba paranoico con la posibilidad de que lo hackearan. Les ha ocurrido a algunos escritores y músicos. Les roban su material. Así que escribía en un ordenador sin conexión a internet. Pero los malos averiguaron de alguna manera sobre qué estaba escribiendo.

—Oh, Nelson era muy paranoico. Usaba muy poco el correo electrónico. Incluso creía que tenía el teléfono pinchado. Nosotros nos comunicábamos de la forma tradicional, por correo postal.

—Qué curioso. Yo tenía la impresión de que siempre andaba mirando por encima del hombro.

—Seguro que sí —confirmó ella—. Y no era así antes de lo del soplo.

—¿Dices que no pudo soportar la presión?

—Después del divorcio, que como te he contado ocurrió después de que dejara el bufete, tuvo una depresión grave, una crisis nerviosa o como quiera que lo llamen. Lo ingresaron en una institución muy elegante durante seis meses y se recuperó bien. Pero seguía en terapia.

Por primera vez los ojos se le llenaron de lágrimas. Se quitó las gafas y parpadeó varias veces.

—Hace como un mes recibí un paquete urgente de Nelson. En la carta que lo acompañaba me decía que me enviaba su última novela en una memoria USB y que quería que yo se la guardara. Me pidió que no la leyera hasta que él me lo dijera. Y me dio su nuevo número de teléfono. Le escribí para preguntarle por qué se cambiaba de número de teléfono otra vez, pero no me respondió ni me lo explicó.

—¿Dónde está esa memoria?

—La tengo en el bolsillo.

—Pues que siga ahí. ¿No has leído la novela?

—Ni una palabra. ¿Tú no quieres leerla?

Bruce miró la sopa de tomate que ella no había tocado.

—¿No quieres más? —preguntó. Había tomado dos cucharadas y dos galletas.

—No, perdona. Se me ha quitado el hambre.

—Pues volvamos a la sala de estar, que se está más fresco.

Él cerró la puerta que daba a la cocina. En la galería se veían los pies descalzos de Bob colgando de la hamaca.

—Prefiero no leer la novela —reconoció Bruce—, al menos no por ahora, porque quiero poder decir que no si me pregunta la policía.

—¿La encontrará la policía?

—No lo sé. Estoy seguro de que habrán confiscado sus ordenadores y que conseguirán órdenes de registro para revisarlo todo. Pero si me gustara apostar, lo haría por que el disco duro de su ordenador desapareció después de que asesinaran a Nelson.

—Quizá deberías quedarte tú con la memoria.

—No, al menos por ahora. Puedes dármela más adelante. O no.

—Estoy confundida. Según tu teoría, probablemente asesinaron a Nelson por esta novela que tengo en el bolsillo, ¿no?

—No es más que una teoría, y bastante endeble, además.

—Pero es lo único que tienes, ¿verdad?

—Eso es. Una profesional lo mató por alguna razón.

—Lo entiendo. Así que alguien tiene que leer la novela para empezar a desentrañar el misterio del crimen. ¿Quién? ¿Tú? ¿Yo? ¿La policía?

Los pies de Bob bajaron despacio hasta el suelo de azulejo de la galería. El resto de su cuerpo apareció justo después y se quedó allí durante un minuto completo, desperezándose y frotándose los ojos como un oso que acaba de salir de la hibernación. Enfocó poco a poco lo que había a su alrededor, recordó dónde estaba y se acercó algo vacilante hacia la puerta.

—Bob se ha despertado de su siesta —anunció Bruce—. Es un miembro del equipo, así que tenemos que ponerle al día.

—¿También sobre la memoria?

—Claro. Seguro que tiene un par de cosas que decir. Además, es un delincuente con una mente criminal brillante que ha pasado por la cárcel y no confía en los policías ni en los fiscales.

Bob entró en la sala de estar y él mismo se presentó a Polly.

3

Las luces parpadearon, se encendieron, se apagaron, volvieron a encenderse y Bruce y Bob contuvieron la respiración.

Cuando quedó claro que la electricidad había vuelto definitivamente, chocaron los cinco sin dejar de sonreír. Bruce ajustó los termostatos y salió para apagar el generador. El constante traqueteo le estaba poniendo nervioso. Había regresado la civilización, con sus duchas calientes, su agua fresca, la ropa limpia, la televisión y todos los demás dispositivos. La acampada improvisada había terminado. Pero consiguieron moderar su emoción por la presencia de la afligida hermana.

Bob estuvo de acuerdo en que no debían tocar la memoria hasta que tuvieran noticias de Wesley Butler, si es que se molestaba en decirles algo. Había prometido que lo haría cuando la unidad de la escena del crimen terminara su trabajo.

—¿Los investigadores se reúnen con la familia de la víctima para informarles? —preguntó Polly—. Lo siento, pero no tengo ni idea de cómo va esto.

—Yo tampoco sé nada de eso —reconoció Bruce—. Por suerte, no he tenido que pasar por algo así antes.

—Yo tuve un compañero en la cárcel —empezó a decir Bob— cuya familia pasó por un asesinato. Fue horrible, pero para empeorar las cosas, la policía no quiso decirles nada. Al final tuvieron que contratar a un abogado para poder conseguir algo de información.

—Yo preferiría no tener que hacerlo —confesó ella—. Acabo de contratar una funeraria.

—No tienes que hacerlo —aseguró Bruce con el tono más comprensivo posible—. Nuestro jefe de policía es una buena persona. Puedo llamarlo yo.

—Gracias.

—¿Quieres descansar un poco? Tu dormitorio está arriba, y seguro que ahora hace allí menos calor.

—Me vendría muy bien, Bruce. Gracias.

Fue hasta su coche de alquiler y cogió su bolsa de viaje.

Bruce la acompañó hasta el dormitorio de invitados y cerró la puerta. Después volvió a la sala de estar y se sentó enfrente de Bob.

—Me gusta —dijo este.

—Es demasiado mayor para ti, Bob. Tiene casi tu edad.

—Bueno, Ingrid tenía unos cuarenta años, así que puedo ser flexible.

—Nunca vas a superar la fase de las divorciadas jóvenes con biquini de tiras.

—Espero que no. Y ahora que la menciono, ¿sabes, Bruce?, esa mujer tenía algo raro. Todo el tiempo que estuve con ella, y a pesar de todo lo que hicimos, era como si su mente estuviera en otra parte, siempre calculando, siempre planeando el siguiente paso. Estaba desconectada del momento, como si solo estuviera reproduciendo movimientos. A mí me daba igual, porque el sexo era genial. Pero ahora supongo que tiene sentido. Pero ¿cómo iba a saberlo yo?

—No te fustigues por eso, Bob. Nadie podía haberlo adivinado. Tú solo te estabas divirtiendo con una mujer guapa.

—Está claro, pero me reconcome.

—Tienes que olvidarlo.

—Lo intentaré. Necesito darme una ducha. No me ducho desde Lake City, creo, en una bañera cuadrada con un frasco de champú vacío. Parece que ha pasado un mes desde entonces.

—En la planta de arriba, a la derecha. Ella está a la izquierda, para que tenga espacio de sobra. Supongo que te vas a quedar por aquí unos cuantos días más. Bienvenido de nuevo.

—Gracias, pero me iré a Maine pronto. Quiero un tiempo más fresco, y también necesito salir de aquí. La compañía de seguros ya me está dando largas y ahora mismo no tengo ganas de pelear con nadie. ¿Cuánto tiempo se va a quedar ella?

—Acaba de llegar. No tengo ni idea. Ha dicho algo de un funeral el sábado en California y ya estoy pensando alguna forma de escaquearme.

—Eso es horrible. Yo dejé de ir a funerales hace años. Es una pérdida de tiempo, dinero y emoción.

Cuando Bob se fue, Bruce recogió la cocina y fue a enfrentarse a una nueva aventura: visitar la tienda de alimentación más cercana.

4

Al atardecer, Bruce y Polly salieron de casa en el Tahoe y se dirigieron al norte. A unas manzanas del centro de la isla todo se quedó a oscuras cuando llegaron a las zonas que seguían sin electricidad.

Polly se quedó asombrada por la devastación; nunca había sido testigo de las consecuencias de una tormenta como esa. Tampoco Bruce, en realidad, pero después de cinco días se estaba empezando a acostumbrar a los postes caídos, las calles bloqueadas, los vehículos volcados y los jardines llenos de muebles y alfombras empapados y de montones de basura y escombros.

Pasaron por delante de una pequeña iglesia donde había docenas de casas prefabricadas portátiles instaladas en hileras perfectas en el aparcamiento, y vieron gente haciendo una larga cola en silencio para que le sirvieran la comida que preparaban los voluntarios. Después vieron un parque donde había surgido toda una ciudad de tiendas de campaña. Había padres sentados en sillas de jardín junto a una fogata mientras los niños le daban patadas a un balón en partidillos poco organizados. Junto al parque, en el campo de softball, miembros de la Guardia Nacional repartían botellas de agua y barras de pan.

Bruce encontró la calle en un antiguo barrio de edificios adosados de después de la guerra, todos dañados e inhabitables. Ahora, en la mayoría de las entradas había montada una flamante casa prefabricada portátil junto a los coches y las camionetas. Algunas tenían tubos que iban hasta las alcantarillas y otras no. A juzgar por el estado de las viviendas, estaba claro que iban a tener que vivir en ellas mucho tiempo.

Wanda Clary fue la primera empleada de Bay Books cuando abrió, veintitrés años atrás. Como era la única que había trabajado con el dueño anterior, Wanda asumió desde el primer día que ella sabía mucho más sobre vender libros que su nuevo jefe y, aunque tenía razón, cometió el error de intentar ejercer demasiado control. Empezaron a chocar mucho desde el principio, y Bruce estuvo a punto de despedirla en muchas ocasiones, pero era una mujer leal, puntual y no le importaba trabajar por el escaso sueldo que él podía pagar por entonces. Bruce aprendió muy rápido que en el mundo del comercio es difícil encontrar empleados en los que puedas confiar. Con el tiempo, los dos lograron definir sus labores y territorios y Wanda se mantuvo en su puesto, aunque siempre pendiendo de un hilo. Antes de que sufriera el derrame cerebral, muchas veces se mostraba brusca con Bruce, cortante con los clientes y maleducada con sus compañeros. Pero después del derrame, que por suerte no fue grave, al menos no el primero, Wanda se convirtió en la abuelita de todo el mundo. Los clientes la adoraban y las ventas subieron. Bruce empezó a pagarle más y se hicieron amigos. Pero el segundo derrame estuvo a punto de acabar con ella y la obligó a jubilarse. Su marido murió poco después, y Wanda, que ya tenía casi ochenta años, llevaba diez años sobreviviendo como podía con una pequeña pensión.

La encontró sentada en una silla de jardín junto a su vivienda provisional prefabricada, hablando con una vecina. Se sorprendió al ver a Bruce. Logró ponerse de pie con la ayuda de su bastón, y darle un gran abrazo. Le presentó a Polly diciendo que era una amiga que vivía en California. Wanda les presentó a su vecina, una señora mucho más joven que ella, y les invitó a sentarse en unas sillas de comedor que había colocado en la entrada, cerca de la casita. El resto de sus muebles estaban amontonados junto a la calle para que se los llevaran en algún momento.

Wanda les contó que en su casa habían entrado dos metros y medio de agua y que había tardado tres días en sacarla. Se había estropeado todo, y lo mismo les había ocurrido a sus vecinos. La mayoría no tenían cobertura contra inundaciones en sus seguros, como le pasaba a Wanda, y el futuro se presentaba muy oscuro. Le habían ofrecido la vivienda prefabricada gratis durante noventa días, con la posibilidad de ampliar el plazo, algo que no tenía mucho sentido. ¿Qué pensaban hacer los equipos de emergencias con ellas cuando se las llevaran? ¿Guardarlas a la espera de que llegara el siguiente huracán de categoría 4?

Wanda y su vecina habían sobrevivido a la tormenta gracias a un refugio que se hallaba en un terreno más elevado e incluso conseguían reírse al contar la historia. Había sido una experiencia aterradora, algo que nunca olvidarían. Las dos juraron que la próxima vez serían evacuadas con los demás. Bruce les contó unas cuantas historias de la tormenta, pero no les dijo nada de Nelson Kerr. No creía que Wanda lo conociera, aunque seguía leyendo todo lo que caía en sus manos.

Polly se quedó allí, escuchando e intentando asimilar lo que le rodeaba. Veinticuatro horas antes había abandonado la seguridad de San Francisco. Ahora estaba sentada en una zona catastrófica con gente que parecía andar sonámbula en medio de una pesadilla, personas que lo habían perdido todo y que aun así se alegraban de tener una cama caliente en una diminuta y oscura casa prefabricada. Durante un momento casi olvidó lo que le había pasado a su hermano.

Al otro lado de la calle se encendió un pequeño motor de gasolina y después una bombilla.

—Es Gilbert —explicó Wanda—. Su hijo le trajo ayer un generador y ahora quiere presumir. Dice que tal vez pueda poner un aire acondicionado de ventana para refrescar un poco el ambiente.

—¿Has hablado con tu hijo? —preguntó Bruce.

—Sí, lo he conseguido por fin. No recuperamos la línea de teléfono hasta el jueves. Phil me llamó ayer desde San Luis para preguntarme si necesitaba algo. Le dije que apenas nada: solo una casa, un coche y muebles nuevos, y tampoco me vendría mal algo de comida. Y una botella de agua fría. Me dijo que iba a hacer lo que pudiera, que es lo mismo que nada.

Bruce cambió de tema mientras se preparaba para marcharse.

—Te he traído comida y agua —anunció, y fue hasta su coche.

Polly lo acompañó y entre los dos sacaron cuatro paquetes de agua embotellada y tres cajas de comida y llevaron todo a la cabaña. Bruce echó un vistazo en el interior y se agobió solo de pensar en vivir un segundo en un sitio tan reducido.

Wanda se echó a llorar y Bruce le sostuvo la mano unos minutos. Le prometió que volvería y le pidió que le llamara si necesitaba algo. Cuando se fueron, ya había un nutrido grupo de gente reunida alrededor de la bombilla de Gilbert y se oía música en una radio.

5

En el extremo sur de Camino Island, el restaurante Curly's Oyster Bar estaba lleno de habitantes de la isla que buscaban buena comida y una bebida fría, y de miembros de equipos de emergencia matando el tiempo la noche del sábado. Bruce y Polly tuvieron que esperar media hora para conseguir una mesa en la terraza. Ella, por supuesto, no comía nada frito y nunca había probado una ostra cruda, así que se decidieron por un cubo de gambas cocidas y unas cervezas. Polly prefería el vino blanco, pero Bruce la convenció de que ni se acercara al vino de tetrabrik que servían en el Curly's. La música que salía de la máquina de discos sonaba suave y distante, y las conversaciones de las mesas de alrededor se mantenían en voz baja, como si la gente acabara de salir a trompicones de una pesadilla y todavía siguiera afectada por todos los cambios. Había demasiado trabajo que hacer para sentirse bien con la vida en ese momento.

—Entonces, tú eres la albacea de la herencia de Nelson —comentó Bruce también en voz baja.

—Sí. Hizo un nuevo testamento el año pasado y me nombró albacea.

—¿Quién redactó el testamento?

—Un bufete de Jacksonville.

—¿Ya has hablado con ellos?

—No. ¿Por qué tienes tanto interés en su herencia?

—Solo es curiosidad. Supongo que tendría un buen patrimonio.

Ella suspiró, se quitó las gafas de sol de marca y se frotó los ojos.

—¿Cuánto sabes sobre los negocios de Nelson?

—Muy poco. Básicamente lo que ya hemos hablado: su carrera en la abogacía, el mal divorcio y el chivatazo. Una vez se le escapó que había pagado un millón de dólares por su apartamento, pero aparte de eso no tengo ni idea de cuánto dinero tiene en el banco.

—¿Y sobre sus contratos editoriales?

—Nada. Nunca le pregunté y él tampoco me lo contó. Como los dos sabemos bien, no era muy hablador.

Ella volvió a ponerse las gafas cuando trajeron a la mesa dos vasos altos de cerveza de barril.

—Dejó la abogacía cuando tenía treinta y dos años —empezó a contar ella—, hace once años. En ese momento ganaba mucho, pero también gastaba mucho. Y lo que no gastaba él, lo derrochaba su mujer. El futuro parecía asegurado, así que no ahorraban prácticamente nada. Como ya te he contado, el gobierno le pagó cinco millones de dólares a cambio de la información sobre los clientes que hacían juego sucio, pero él esperaba mucho más. La mitad se lo dejó en impuestos, en California pagamos muchos.

—Una razón más para vivir en Florida. Aquí no hay impuesto sobre la renta.

—Demasiado calor para mí. Volviendo al tema, Sally y él ya estaban en guerra, y poco después de que llegara el dinero, ella pidió el divorcio. Cuando pagó los honorarios legales y demás, a él le quedó alrededor de un millón, e invirtió una gran parte en su terapia. Después empezó a escribir y supongo que ganaría dinero. Nelson hablaba muy poco de su negocio.

—¿Quién va a heredar?

—Un tercio yo, dos tercios nuestros padres. Un testamento bastante sencillo. Y también voy a ser la beneficiaria de sus derechos literarios, implique eso lo que implique.

—Implica que tú serás la titular de los derechos de sus novelas: tapa dura, blanda, digital, derechos en Estados Unidos y en el extranjero y seguramente también derechos cinematográficos. Además, podrás vender su última novela, si no te matan antes.

—Gracias.

—Algo bueno de morir joven es que normalmente se produce un subidón en las ventas y por tanto en los derechos de autor.

—¿Estás de broma?

—Sí.

—Pues déjalo.

—Perdón.

La camarera colocó un cubo de gambas cocidas entre los dos y desapareció. Se dedicaron a pelarlas y comérselas durante unos minutos antes de bajar el ritmo para disfrutar de la cerveza.

—¿Qué tenemos que hacer mañana? —preguntó ella.

—Me ha llamado nuestro amigo de la policía estatal. Quiere que vayamos a la comisaría y pasemos unas horas repasando lo que sabemos y lo que ellos han encontrado. Va a ser interesante.

—¿Y el USB?

—Puede que nos pregunte qué sabemos de su última novela, sobre todo si ha desaparecido su disco duro. Y yo quiero poder decirles que no la he visto nunca y no mentir.

—Me da la sensación de que necesito un abogado.

—Tendrás que contratar uno aquí, en Florida, antes o después para legitimar el testamento.

—¿Conoces alguno bueno?

—Un par, pero tal vez sea difícil encontrarlos en este momento.

—Vale, sí tú te vas a hacer el tonto, yo también. Por ahora.

—No nos va a pasar nada. Estos policías no son los más inteligentes que he conocido en mi vida.

—¿Y se supone que eso me tiene que tranquilizar?

—No.

6

El departamento de Policía de Santa Rosa estaba situado en la parte de atrás del ayuntamiento, que era una loca mezcla de añadidos y cambios de opinión a dos manzanas del puerto y, por lo tanto, víctima de las inundaciones provocadas por Leo. El complejo se había llenado de agua, seguía empapado y todos sus sistemas iban a permanecer fuera de servicio durante mucho tiempo. Estaban montando una comisaría temporal en el gimnasio de un instituto a kilómetro y medio de la costa.

Cuando Bruce, Polly, Bob y Nick llegaron puntualmente a las diez de la mañana del domingo, el aparcamiento del instituto estaba lleno de coches patrulla, vehículos de la administración local y camiones de contratistas. Dentro del gimnasio había gente trabajando para levantar puertas y paredes temporales. Nadie sabía dónde estaba nadie, así que Bruce llamó por teléfono a Wesley Butler para localizarlo; estaba al fondo, cerca del vestuario de los chicos. Lo siguieron por un pasillo hasta una clase vacía donde esperaban Carl Logan, el jefe de policía, y Hoppy Durden, el brillante inspector de homicidios, junto con dos técnicos del laboratorio de criminalística.

Se hicieron unas breves presentaciones. Butler era quien dirigía la situación. Primero querían grabar en vídeo las declaraciones de Bruce, Bob y Nick, así que prepararon una cámara y unos focos en un rincón. Bruce y Nick fueron los primeros. Mientras respondían a las mismas preguntas, Bob fue al otro lado del pasillo con dos técnicos. Con la ayuda de un portátil de catorce pulgadas, empezaron a hacer un retrato robot de Ingrid. Butler interrogó después a Polly; le preguntó por la familia y todo lo que pudiera contarle del pasado de Nelson. No se interesó por su última novela. Cuando ella preguntó si habían encontrado su disco duro, él se negó a responder.

Media hora después, los técnicos imprimieron una imagen en color de Ingrid. A Bob le impresionó el parecido, pero les advirtió de que el pelo rubio era teñido.

La mujer, fuera quien fuese, parecía tener unos cuarenta años, como había dicho Bob, y tenía los pómulos altos, ojos marrones brillantes, el pelo largo y rubio tirando a oscuro y una bonita sonrisa que animaría a hombres de todas las edades a acercarse a ella e invitarla a una copa. Bruce contempló el retrato robot con la boca abierta y le costó creer que esa criatura tan hermosa fuera capaz de cometer un asesinato brutal. Matar con veneno, tal vez, pero no de romperle la cabeza a alguien con un objeto contundente.

Le preguntaron a Polly si quería ver alguna fotografía de cómo encontraron a su hermano en el patio. Ella dijo que no, que no se sentía cómoda. Butler les resumió a Bruce y a Polly los resultados de la autopsia, aunque suavizó un poco los detalles más escabrosos. No habían encontrado ningún testigo, lo que no era sorprendente, ni vecinos que vieran a nadie entrar o salir durante la tormenta.

Bruce pensó que todos los vecinos se habrían ido, pero no dijo nada. Solo escuchó mientras les tomaban las huellas a Nick y a él. Como Bob había estaba en la cárcel, ya tenían las suyas.

Cuando acabaron con la grabación, todos se sentaron alrededor de una mesa plegable llena de carpetas e informes. Butler hizo un resumen de lo que ya sabían y lo que esperaban averiguar pronto. Habían encontrado sangre en dos paredes, en el lavabo del baño y en las alfombras. Todas las muestras estaban en el laboratorio para ser comparadas con la de Nelson. También habían sacado muchas huellas, pero analizarlas les llevaría un tiempo. Estaban intentando que el Hilton les diera información, registros de huéspedes y grabaciones de las cámaras de seguridad, pero les estaba costando conseguirlo por razones obvias. Cuando la vida volviera a la normalidad, tenían intención de preguntar en hoteles cercanos y apartamentos de alquiler para intentar identificar a Ingrid, aunque Butler añadió, como si ya lo supiera, que no iba a servir para nada.

Antes de esa reunión, Bruce había decidido que la mejor táctica en esos momentos era decir lo menos posible. La policía no sabía casi nada, y hacerles demasiadas preguntas solo serviría a) para conseguir muy pocas respuestas y b) para que Butler y Logan se cerraran en banda. Estaban cansados y enfadados por tener que trabajar un domingo por la mañana y era obvio que esa reunión no era más que una formalidad. Butler cometió su mayor error cuando dijo:

—Hemos examinado los palos de golf, las herramientas de la chimenea y todo lo que había en el apartamento que podría haberse usado como arma del crimen y por ahora no hemos encontrado nada. Asumiendo, claro, que en realidad se trate de un crimen.

—¿Es que cree que no lo han asesinado? —se apresuró a preguntar Polly.

—Todo puede ser. Hay muchas cosas aún en el aire, señora McCann.

—Tras haber sobrevivido a un huracán de categoría 4, señora McCann —intervino Logan—, puedo asegurarle que la cantidad de escombros y objetos que caían y volaban por todas partes es difícil de imaginar. Hay que verlo para creerlo. Creemos que es posible que a su hermano lo golpearan varias veces ramas, trozos de tejados o incluso ladrillos, quién sabe.

Bruce inspiró hondo, igual que Bob y Nick. Polly apretó los dientes y no dijo nada.

Butler sabía que no les gustaba nada lo que acababan de oír.

—Pero no estamos seguros —añadió— y lo vamos a investigar todo a fondo. Pero llevará un tiempo, como siempre.

Bruce carraspeó y preguntó:

—¿Y el disco duro de su ordenador?

Butler miró a Logan, que miró a Hoppy, que parecía estar a punto de echarse una buena siesta.

—Tenemos el disco duro —reconoció por fin Butler—, pero está encriptado. Los chicos del laboratorio intentarán desencriptarlo otra vez mañana. Está protegido con una clave muy segura.

Bruce ya había oído suficiente, así que se levantó.

—¿Necesitan algo más? —preguntó.

Todo el mundo se puso también de pie y comenzó el ritual forzado de agradecimientos, apretones de manos y promesas de estar en contacto. Cuando Bruce salió de la clase, se preguntó si volvería a ver alguna vez a Wesley Butler.

Mientras se alejaban de allí en el coche, miró a su derecha y vio que Polly se estaba limpiando una lágrima. Ella no dijo nada durante un buen rato. En el asiento de atrás, Nick y Bob también estaban muy callados. Por un lado, porque estaban enfadados con la policía, y por otro, porque habían empezado a preparar mentalmente las maletas. Bob ya había anunciado que quería irse de la isla pocas horas más tarde. Nick tenía que volver a la universidad, donde estaría de fiesta una semana para celebrar el final del verano y después viajaría a Venecia a pasar un ajetreado semestre en el extranjero.

7

El lunes por la mañana, Bruce acompañó a Polly al aeropuerto de Jacksonville para devolver el coche de alquiler.

Después fueron a la funeraria, donde se ocuparon del papeleo y pagaron con un cheque. Trasladarían el cuerpo de Nelson para llevarlo a casa en el mismo avión en el que viajaría su hermana. De nuevo en el aeropuerto, Bruce la acompañó al interior y los dos se instalaron en una cafetería de la terminal principal.

El apartamento de Nelson seguía rodeado por la cinta policial y Butler no sabía cuándo les permitirían el paso. Bruce conocía a la mejor empresa de mudanzas de la isla y accedió a supervisar la recogida de los muebles y las posesiones de Nelson. Se ocuparía de que hicieran un inventario y de que todo se trasladara a un guardamuebles hasta que Polly pudiera regresar para ocuparse de todo. Bruce también conocía a varios de los mejores agentes inmobiliarios de la isla, a los que les pediría que le echaran un vistazo al apartamento y le dieran precios de venta, aunque Bruce le advirtió a Polly que el mercado iba a estar a la baja durante un tiempo. Tenía un amigo que se dedicaba a las importaciones de Alemania y que podría vender su coche a un buen precio.

Se tomaron un café mientras observaban el ajetreo de gente.

—El funeral de Nelson es el sábado —comentó ella—. Supongo que no querrás venir.

Bruce había estado pensando en varias formas de librarse del viaje a la costa Oeste para asistir a ese acontecimiento tan triste, pero cuando llegó el momento en que tenía que dar una respuesta creíble, se quedó sin palabras. Le gustara o no, era la persona de referencia para la familia en esa situación y ellos lo necesitaban.

—Claro que sí —logró decir con la convicción justa.

—Te enviaré los detalles cuando se organice todo. Significará mucho para mis padres. Están desesperados por saber algo más.

«Estoy deseando ir», pensó Bruce. ¿Cómo podía significar algo su presencia para los padres de Nelson, unas personas a las que no había visto nunca y que no volvería a ver después del funeral?

—Allí estaré. ¿San Francisco?

—Dublin, al este de la ciudad.

—¿Esperáis a mucha gente?

—¿Quién sabe? Tenía amigos en la zona, además de su grupito de Stanford, pero están dispersos por diferentes sitios. ¿Podrías decir unas palabras?

El terrible acontecimiento empeoraba por momentos. Al menos, esta vez respondió rápido.

—No soy capaz, Polly. Lo he intentado otras veces y no puedo mantener la compostura. Lo siento.

—No hay problema, lo comprendo.

—La policía no ha preguntado por el manuscrito de Nelson —comentó.

—Lo sé. ¿Qué tienes en mente?

—Pienso que alguien tiene que leer el libro, pero mejor que no seamos ni tú ni yo. Ni nadie que tenga alguna conexión, aunque sea remota, con Nelson.

—¿Quién se te ocurre?

—Quiero enviárselo a una escritora que se llama Mercer Mann. Es de la isla, pero no conocía a tu hermano. Ahora da clases en la universidad. Podemos confiar en ella. Le pediré que lo lea y lo comparta con su novio, que ha sido periodista y también es escritor, y después lo hablaré con ellos.

Ella se encogió de hombros, como si estuviera dispuesta a hacer cualquier cosa que él le pidiera.

—¿Crees que el manuscrito puede llevar a la policía hasta el asesino?

—Yo no confiaría mucho en ellos. Es un caso difícil, y ya han encontrado una teoría que les viene mejor: culpar a la víctima por andar por ahí en medio de una tormenta. Harán mucho papeleo, ignorarán nuestras llamadas, esperarán que pase un tiempo y un día aparecerán para decirte que la investigación no ha dado ningún resultado, que es justo lo que parece ahora mismo. Te prometerán que mantendrán el caso abierto y cruzarán los dedos a ver si ocurre un milagro.

—Me temo que estoy de acuerdo contigo —declaró ella, asintiendo con la cabeza.

—Dudo seriamente que el manuscrito nos lleve al asesino, pero es la única pista que nos queda ahora mismo. Eso, y la detallada descripción de nuestra querida Ingrid.

—Lo mataron por alguna razón, Bruce. Nelson no tenía enemigos. Era un hombre adorable que disfrutaba de la vida y que no le haría daño ni a una mosca. —Se le quebró la voz un momento y se le llenaron los ojos de lágrimas.

Bruce le dio un papel doblado.

—Esta es la dirección de Mercer en Oxford. Está avisada y lo leerá en cuanto lo tenga.

Polly se enjugó los ojos y asintió.

—Gracias, Bruce. Por todo.

Fueron hasta el control de seguridad y se despidieron con un abrazo.

8

El martes, ocho días después de la tormenta, Bruce estuvo toda la mañana en la librería, esperando a un contratista que no apareció. El perito del seguro le prometió pasarse para echar otro vistazo, pero al parecer estaba demasiado ocupado en otra parte.

La mayoría de las tiendas del centro permanecían cerradas. Algunas seguían recuperando y tirando la mercancía estropeada a los contenedores. Otras estaban cerradas con llave, a oscuras. Las calles estaban vacías. Muchos de los residentes de la isla habían vuelto, pero no estaban de humor para ir de compras. Todos los turistas se habían ido y no volverían hasta meses después, o incluso años.

El miércoles falló otro contratista. Bruce volvió a su casa andando, se puso unos vaqueros y fue a darles la bienvenida a Myra y a Leigh. Estaban avanzando a un ritmo razonable en su tarea de sacar escombros y basura a la acera hasta que él llegó, momento en el que decidieron instalarse en unas sillas a la sombra, con unas bebidas, y supervisarlo a él mientras trabajaba. Esperaban que Bruce moviera las cosas más pesadas, como las alfombras enmohecidas y las pilas de libros mojados. Él se dejó la piel y sudó mientras ellas bebían y hablaban de los horrores de haber sobrevivido a Leo. Cuando estuvo empapado, les pidió que le dieran un descanso y una copa.

En el interior, con el aire más fresco, los tres se acomodaron en la sala de estar. La televisión estaba encendida, pero sin sonido. Myra pasó por delante de ella y se detuvo, como si el miedo la hubiera paralizado.

—Tiene que ser una broma —dijo.

Se apartó, y vieron en la pantalla que el hombre del tiempo señalaba una masa sobre el Atlántico. El huracán Oscar todavía estaba a varios días de distancia, pero uno de sus rumbos previstos, uno de los muchos, era directo hacia la isla.

—¡No puedo soportarlo! —exclamó Leigh.

El jueves por la mañana, Oscar se había acercado un poco más y era aún más amenazante. Su abanico de objetivos se había reducido un poco, pero seguía siendo una posibilidad que volviera a golpear de lleno la isla.

Esa tarde, Bruce fue en coche a Jacksonville, cogió un vuelo a Atlanta y allí otro a San Francisco.

9

Estaba sentado en el elegante bar de estilo Regencia del Fairmont Hotel cuando entró ella. Noelle había estado un mes en Europa, visitando amigos en Suiza y a familiares en Francia, porque quería huir del calor del verano en Florida. Había visto horrorizada cómo el huracán había destrozado la isla y siguió a regañadientes su consejo de no regresar. No había mucho que hacer en ese momento.

Parecía una modelo. Bruce la abrazó y le dio un beso. Que se hubiera pasado el último mes con Jean-Luc no tenía importancia para él. Se conocían desde hacía muchos años, antes de que apareciera Bruce, y su relación no iba a cambiar. Ella los necesitaba a los dos y ellos la adoraban.

Pidieron una copa y hablaron de Nelson Kerr, un amigo que ella apreciaba muchísimo. Bruce le puso al día sobre los detalles de su muerte, la posibilidad de que hubiera sido un asesinato, la visita de Polly y todo lo demás. En opinión de Bruce, y también de Bob y de Nick, no había duda de que se trataba de un asesinato. Noelle se quedó espantada al oírlo. Bruce también le contó lo de la novela de Nelson y la memoria USB.

No había secretos entre ellos. Tener un matrimonio totalmente abierto hacía que fueran innecesarios. La pareja confiaba el uno en el otro sin reservas y lo compartía todo.

A Noelle le gustó la idea de que fuera Mercer quien leyera el manuscrito primero. Nadie sospecharía de ella.

—¿Mercer y tú habéis pasado algún tiempo juntos?

—No. Tiene un novio nuevo. Se llama Thomas y estaba siempre en medio. Te caerá bien. Un chico muy agradable.

—No puedo esperar a conocerlo. Y tienes un viaje planeado. Cuéntame.

—Asistiremos al funeral mañana, y después, el domingo

por la mañana, nos iremos en el coche para hacer un viajecito a Napa. Comeremos con Rodney en la montaña. Hay un viticultor nuevo. ¿Te acuerdas del Lance, el cabernet que nos gustó tanto?

—Claro.

—Ahora me escribo con el productor y le he prometido que iríamos a visitarlo. Después seguiremos hasta Oregón y el Willamette Valley para probar unos pinot nuevos. ¿Qué tal suena?

—Maravilloso. Parece que te alegras de haber salido de la isla.

—Sí, me alegro. Todo está hecho un desastre y no va a mejorar mucho en el tiempo que vamos a estar fuera. Es muy deprimente, Noelle. Van a hacer falta años para recuperarlo todo.

—Sobreviviremos. Pobre Nelson.

—Lo sé. Mañana lo despediremos como es debido.

5

El fármaco milagroso

I

Dos tormentas más siguieron a Oscar, ambas muy aterradoras al principio pero que luego se quedaron en nada. Perdieron fuerza en el Atlántico y después giraron hacia el norte, hacia lugares ignorados por los rastreadores de tormentas. El propio Oscar llevó sus lluvias torrenciales a las Bahamas antes de disgregarse y seguir renqueando, convertido en una mera depresión tropical. Cuando se fue, los mapas de satélite se vieron despejados por primera vez en semanas. Tal vez por fin había acabado la temporada de huracanes.

Para finales de agosto se veía en la isla su habitual bullicio, aunque ahora las rutinas eran diferentes. Los más madrugadores eran los suministros y los contratistas, y no los empleados de hoteles, y a lo largo del día, el tráfico por el puente que iba hacia el este estaba compuesto por camiones de combustible, más viviendas prefabricadas portátiles y maquinaria para la limpieza. La circulación que se dirigía al oeste era una constante caravana de grandes vehículos industriales que cargaban la infinita colección de objetos dañados por la tormenta hasta los vertederos del continente, ya al límite.

Se retrasó la apertura de las escuelas dos semanas más y después un mes. Las tiendas y cafeterías del centro fueron abriendo una por una. El sábado 31 de agosto, casi cuatro semanas después del paso de Leo, Bay Books volvió a abrir con una espectacular fiesta que duró toda la tarde y se alargó hasta la noche. Hubo payasos y cuentos para los niños, caviar y champán para los padres, un grupo de jazz y una barbacoa a última hora de la tarde en la galería de la planta superior con un conjunto de música bluegrass y dos barriles de cerveza.

En sus más de veintitrés años de existencia, la librería se había convertido en el corazón del centro de Santa Rosa. El propio Bruce abría sus puertas cada mañana y ofrecía café y bollos a los clientes madrugadores, y permanecía abierta todas las noches hasta las diez, mucho después de que el resto de los comercios hubieran acabado su jornada. Los domingos por la mañana había galletas caseras para acompañar a los periódicos de Nueva York, Washington, Chicago y Filadelfia, y muchas veces costaba encontrar un sitio donde sentarse en la cafetería de la segunda planta. Bay Books recibía a muchos autores y organizaba un buen número de eventos literarios a los que siempre estaba garantizado que acudiría una multitud. Las estanterías de arriba tenían ruedas y, cuando se apartaban hasta la pared, cabían cien personas sentadas. Bruce la utilizaba sobre todo para las presentaciones de autores, pero también para clubes de lectura, sesiones infantiles, conferencias, grupos de estudiantes, exposiciones de arte y pequeños conciertos. Raro era el día en que no había alguna reunión de algún tipo.

La reapertura de la librería, con su ambiente de alfombras gastadas, estanterías combadas y pilas ordenadas de libros en todas las esquinas, resultaba reconfortante para sus clientes más leales. Bay había sobrevivido indemne y estaba lista para volver a la actividad, así que la vida ya podía continuar. Lo peor había quedado atrás en la isla.

2

La investigación prosiguió a un lentísimo ritmo que no sorprendió a ninguno de los implicados en ella. Tras varios intentos, Bruce consiguió que el capitán Butler respondiera al teléfono para ponerlo al día, aunque no le dijo gran cosa. Había muchas huellas que comparar, estaban en ello y no habían descubierto nada importante. El Hilton había respondido con la poco sorprendente información de que no hubo nadie registrado en el hotel antes de la tormenta con el nombre de Ingrid Murphy. De hecho, nunca se había alojado en ningún Hilton de Estados Unidos nadie con ese nombre. Sus vídeos de seguridad se habían perdido o habían quedado destruidos, pero la empresa seguía buscándolos. Aparte de eso, Butler no tenía más que contar pero, como siempre, su vaguedad sonaba a falso. Bruce y Polly hablaron por teléfono. Ella no había tenido noticias de las autoridades y estaba frustrada por la falta de comunicación.

Bruce habló también con Carl Logan, el jefe de la policía, que se mostró indiferente. Como siempre, se había producido una fricción inmediata entre los policías locales y los estatales, y como los estatales habían reclamado la jurisdicción, Logan no podía hacer nada. Y daba la sensación de que prefería que fuera así. Además, estaba intentando dirigir su departamento de policía desde una sede temporal y todos tenían los nervios de punta. Durante la segunda llamada que le hizo, Logan llegó a decir:

—Vamos, Bruce, esto no va a ninguna parte.

—Pero, Carl, ¿tú crees que ha sido un asesinato? —preguntó Bruce.

—Lo que yo crea no importa. Si ha sido un asesinato, no se va a resolver. Al menos no lo hará Butler.

«Si ha sido un asesinato», repitió Bruce para sí más tarde.

Para finales de agosto ya se pasaba mucho tiempo murmurando para sí mismo, porque sus dos compañeros detectives se habían ido de la isla. Bob estaba en un lago en Maine, esperando que cambiaran un poco las cosas, mientras que Nick había regresado al campus de Wake, donde se dedicaba a perseguir a sus compañeras de clase y a contar los días que quedaban para poder irse a estudiar cosas más serias a Venecia.

3

El día antes de la reapertura de Bay Books, Mercer y Thomas llegaron a la isla, ansiosos por examinar la cabaña. Larry se encontró con ellos allí y juntos repasaron los daños, que no eran gran cosa. No era una mala idea cambiar el tejado, aunque el que tenía podía aguantar un año o dos. Él ya había cambiado los canalones, una persiana, una ventana y la puerta mosquitera. Había quedado con el perito del seguro y había conseguido que un contratista reemplazara la pasarela que iba hasta la playa. Pero, en general, la cabaña había sobrevivido en buenas condiciones. A algo menos de un kilómetro al norte, un edificio de alquiler de cuatro plantas se había derrumbado parcialmente y tendría que ser demolido pronto. Un turista había muerto allí, una de las once víctimas del cómputo definitivo que había dejado Leo en la isla.

Cuando Mercer y Thomas recorrieron la zona en coche, observando las consecuencias, les costó creer que hubiera muerto tanta gente. Camino Island era un lugar de turismo costero tranquilo, una atracción turística, un lugar maravilloso para vivir y para jubilarse y la gente que vivía allí nunca había dedicado demasiado tiempo a pensar en que podía sufrir una muerte inesperada y repentina. Pero Tessa había muerto en una horrible tormenta a menos de un kilómetro y medio de esa playa.

Bruce quería que ella se pasara por la librería para la reapertura y firmara unos cuantos ejemplares para los asistentes, así que Thomas y ella comieron en un restaurante del centro y después pasearon por las calles de Santa Rosa, igual que en los viejos tiempos, antes de la tormenta.

4

El domingo tomaron un desayuno tardío en la galería. Noelle se hizo cargo de los detalles mientras hablaba animadamente sobre sus excursiones para comprar antigüedades por toda Francia. Esa mañana el cielo estaba cubierto, pero por suerte el calor sofocante les daría una tregua, al menos durante un día o dos. Era 1 de septiembre; solo cuatro semanas antes se habían reunido en ese mismo lugar para brindar por Mercer y su maravillosa última novela, con Nelson aún con vida y mientras Leo solo era una amenaza lejana.

No habían invitado a todo el grupo esa mañana por el delicado tema que iban a tratar. Los cuatro se sentaron alrededor de una mesa redonda de cristal que Noelle había encontrado en un lugar remoto de Vaucluse y disfrutaron de los gofres con chocolate y las salchichas de pato, entusiasmados porque la librería estuviera abierta de nuevo y la vida volviera a la normalidad.

Bruce había sido categórico en que no debían poner por escrito nada que tuviera que ver con la novela. El informe sobre el libro debía hacerse de forma oral.

—Tiene quinientas páginas, ciento veinte mil palabras —empezó Mercer— y a ratos es denso. Además, no estoy segura de si es una novela de misterio, un thriller o ciencia ficción. La verdad es que no es de mi estilo.

—Es más del mío —confesó Thomas, retomando la narración. Quedó claro de inmediato que a él le había gustado más el libro que a Mercer—. La trama básica es la siguiente: una empresa malvada, propiedad de gente igual de malvada, gestiona una cadena de residencias de ancianos de gama baja dispersas por todo el país. Son unas trescientas, y no de esas viviendas asistidas o residencias tan agradables que se anuncian por ahí. Se trata de lugares deprimentes en los que metes a los abuelos cuando te quieres librar de ellos sin más.

—Hay dos de esas en la isla —comentó Bruce.

—Y también un par de ellas que están muy bien —añadió Noelle—. Después de todo, esto es Florida.

—Hay más de quince mil residencias de mayores, hogares para la tercera edad, comunidades de jubilados, llamadlos como queráis, de costa a costa. Un total de un millón y medio de camas y casi todas ocupadas, la demanda es constante. Muchos de los pacientes sufren diversas formas de demencia y han perdido la cabeza por completo. ¿Tenéis alguna experiencia con la demencia avanzada?

—Todavía no —dijo Bruce, y Noelle negó con la cabeza.

—Yo tengo una tía —continuó Thomas— que se quedó desconectada del mundo hace diez años, pero que sigue viva. Apenas respira mientras se va consumiendo en una cama con una vía de alimentación y sin tener ni idea de qué día es. Lleva cinco años sin pronunciar palabra. Nosotros la habríamos desconectado hace años, pero la ley no reconoce el derecho a morir dignamente. Pero bueno, mi tía es una del medio millón de pacientes de Alzheimer que están en una residencia, esperando que llegue su fin. Los cuidados no siempre son buenos, pero sí que son caros. De media, una residencia le cobra a Medicare, el programa de asistencia médica para los ancianos y dependientes, entre tres y cuatro mil dólares al mes por cada residente. El coste real de las medicinas, la cama y los nutrientes que pasan por el tubo es mucho menor, así que se trata de un negocio lucrativo. Y floreciente. Seis millones de estadounidenses sufren Alzheimer, y el número aumenta con rapidez. No hay cura a la vista, a pesar de que se gastan miles de millones en encontrarla. En la novela de Nelson, la compañía malvada se expande anticipándose a las demandas futuras.

—Y eso no es ficción —intervino Mercer.

—¿Nelson estaba escribiendo sobre residencias de ancianos? —se extrañó Bruce.

—Un momento —interrumpió Thomas—. Como sabes, esa enfermedad es horrible y degenerativa, y no hay forma de predecir la rapidez con la que un paciente puede deteriorarse y morir. Lo normal es que tarde varios años. En el caso de mi tía, como ya os he dicho, llevamos diez años, y los que queden. Una vez que están totalmente desconectados de la realidad, que no responden y que viven gracias a un tubo, todavía pueden aguantar mucho tiempo. A tres mil dólares al mes. Los que gestionan las residencias tienen un claro incentivo financiero para mantenerlos con vida, a pesar de que ya no reaccionen a los estímulos. Si el corazón late, los cheques siguen llegando. Es un negocio inmenso. El año pasado, el coste que el Alzheimer le supuso al gobierno federal rondó los trescientos mil millones entre los programas de Medicare y Medicaid.

—¿La novela no tiene una trama clara? —preguntó Bruce, haciendo tamborilear los dedos sobre la mesa.

—A eso vamos —contestó Mercer—. Es una especie de thriller legal con personajes femeninos que renuncian a mucho para ser deseadas.

—Yo no lo he escrito, solo soy el mensajero —dijo Thomas con una carcajada—. La protagonista es una abogada corporativa de cuarenta años cuya madre se ve afectada por la enfermedad. Se ve obligada a ingresarla en una residencia, donde va empeorando a ritmo constante hasta que pronto su cerebro se desconecta del todo. La familia está destrozada e incluso debaten sobre el tema del derecho a morir dignamente y todo eso.

—Debaten *ad nauseam* —añadió Mercer—. Le da demasiadas vueltas, al menos en mi opinión.

—Tu opinión es la de los puristas literarios intelectuales —comentó Bruce—. Y esa, ahora mismo, no cuenta.

—Tú lo único que quieres es que los libros se vendan.

—¿Y qué tiene eso de malo, señorita?

—Ya empezamos... —intervino Thomas—. Volvamos al tema. La madre de la abogada se queda en cuarenta kilos, pero su corazón sigue latiendo. Y continúa. Alcanza una velocidad muy lenta, de treinta latidos por minutos. La abogada la vigila con atención, pero entonces empieza una recuperación gradual, pero inconfundible. Treinta y dos latidos, treinta y cinco... Cuando llega a cuarenta y se mantiene en esa cifra, la abogada empieza a hacerles preguntas a los médicos. Reconocen que ese aumento es inusual, pero que se ha dado en ocasiones, que su madre sigue sin responder a los estímulos y que no va a mejorar, pero que no va a morir, porque su corazón sigue latiendo. Mes tras mes, su frecuencia cardíaca fluctúa entre cuarenta y cincuenta y ella sigue resistiendo.

Thomas hizo una pausa para comerse un trozo de salchicha de pato y tomar un sorbo de café. Bruce también comió y aprovechó para preguntar:

—¿Cuál es el trasfondo de todo esto?

—Hay un fármaco llamado Daxapeno que nadie conoce. Es inventado, claro, porque estamos hablando de una novela.

—Entendido —contestó Bruce.

—El Daxapeno no se comercializa. Está registrado, tiene nombre comercial, pero no llegaría nunca a conseguir la aprobación. No es del todo legal ni tampoco del todo ilegal. No llega a ser una droga, porque no es un estimulante ni tampoco un barbitúrico; no es nada conocido, en realidad. Lo descubrieron por accidente en un laboratorio chino hace unos veinte años y aquí, en Estados Unidos, solo se vende en el mercado negro.

Otro bocado. Bruce esperó y después preguntó:

—¿Cuál es el efecto del Daxapeno?

—Alargar la vida, porque mantiene el corazón latiendo.

—Y, entonces, ¿cómo no se ha convertido en un medicamento milagroso? Yo invertiría en algo así.

—Tiene un mercado bastante limitado. No queda claro si los científicos y los investigadores comprenden cómo funciona, pero estimula el bulbo raquídeo, esa sección del cerebro que controla los músculos del corazón. Y solo funciona en pacientes que básicamente están en, citando sus palabras, muerte cerebral.

Bruce y Noelle se dedicaron solo a masticar durante un momento.

—A ver si lo he entendido bien —intervino ella entonces—. Lo que ocurre es que hay muy poca actividad cerebral, pero suficiente para que el corazón bombee.

—Correcto —respondió Mercer.

—¿Y no tiene efectos secundarios? —preguntó Bruce.

—Solo ceguera y vómitos severos, pero también los descubrieron por accidente en China. No hay ensayos clínicos en pacientes con demencia con frecuencias cardíacas que aumentan a ritmo constante. ¿Para qué molestarse?

Bruce sonrió.

—Así que esa empresa con malas intenciones compra el Daxapeno a un laboratorio chino con pocos escrúpulos, se lo pone a todos los pacientes con demencia que están en las últimas y así los mantiene vivos artificialmente durante unos meses para poder cobrar unos cuantos cheques más.

—Veo que te encanta la ficción —replicó Thomas.

—Oh, sí. Y en la novela, ¿de cuánto dinero se habla?

—La empresa malvada tiene trescientas residencias con cuarenta y cinco mil camas, diez mil de las cuales están ocupadas por pacientes con Alzheimer y todos reciben una dosis de Daxapeno cada mañana a través de la vía de alimentación o con el zumo de naranja. El fármaco tiene un envase igual al de cualquier vitamina o suplemento. La mayoría de los pacientes que viven en residencias toman un puñado de pastillas todos los días, así que no importa que les den también una vitamina.

—¿Y el personal no sabe nada? —preguntó Noelle.

—En la novela, no. Al menos en la ficción, el lema es: «Si no estás seguro, dale otra pastilla».

—Volvamos al dinero —pidió Bruce.

—Lo del dinero es un poco vago, porque al final todos mueren. Por eso no se ha llegado a hacer pruebas oficiales con el fármaco. Un paciente puede aguantar entre seis meses y dos años más con la ayuda del Daxapeno. En el mundo ficticio de Nelson, la media son doce meses. Eso supone unos cuarenta mil dólares por paciente. Elucubra con la cifra de cinco mil muertes que se retrasan al año, así que hablamos de unos doscientos millones de dinero extra del gobierno.

—¿Y el beneficio bruto anual de la empresa?

—Tres mil millones, más o menos.

—Y si el fármaco alarga la vida —intervino Noelle—, ¿qué es lo que tiene de ilegal?

—En la novela —respondió Mercer—, los malos opinan que no están haciendo nada ilegal, pero los buenos afirman que es un fraude.

—Volvamos a la trama —insistió Bruce—. Asumiendo que la haya.

—Oh, claro —contestó Thomas con una risita—. La abogada corporativa sufre una catarsis reveladora, tira por la borda su exitosa carrera, demanda a la empresa malvada por mantener con vida artificialmente a su madre, consiguiendo así que intenten matarla varias veces, y al final logra un veredicto a su favor y acaba con los malos.

—Predecible —comentó Bruce.

—La verdad es que yo lo había adivinado cuando iba por la mitad —apuntó Mercer—. ¿De verdad eso vende bien?

—Antes sí. Nelson tenía talento, pero era un poco perezoso para escribir. Y no creo que se dirigiera al público femenino.

—Que es más de la mitad del total de los lectores, ¿no?

—El sesenta por ciento.

—Pues yo me quedo con las mujeres. Y no se te ocurra llamarlo ficción femenina.

—Nunca me oirás a mí pronunciar esas palabras.

—Vale, volvamos al libro —interrumpió Noelle—. ¿Se supone que debemos creer que esa novela es la causa de la muerte de Nelson? A mí me parece un poco descabellado.

—Llevo dos semanas investigando y no he encontrado nada relacionado ni remotamente con la historia —confesó Thomas—. Nelson da con precisión las cifras de pacientes con demencia y camas en residencias y las enormes sumas de dinero que se mueven, pero de lo del fármaco no hay nada por ninguna parte. Es pura ficción.

—¿Quién lo mató entonces? —preguntó Noelle.

Se produjo una larga pausa en la conversación y se centraron en la comida durante unos minutos. Fue Mercer quien rompió el silencio.

—¿Estamos todos convencidos de que fue asesinato, a pesar de lo que piensa la policía?

Todos miraron a Bruce, que asintió levemente y mostró una sonrisa arrogante, como si no tuviera ni la más mínima duda.

—Yo estoy de acuerdo —reconoció Thomas—. Pero no estoy seguro de que el libro nos sirva de ayuda. Su primera novela, *Swan City*, hablaba del tráfico de armas, y era un libro mucho mejor, por cierto. La segunda, *Blanqueo*, iba sobre un bufete de abogados de Wall Street que blanqueaba miles de millones de dinero de los narcos para los dictadores latinoamericanos. La tercera, *Aguas duras*, trataba de unos matones rusos que vendían piezas de repuesto para armas nucleares. Con todo eso, cualquier diría que podía tener enemigos peores gracias a esos libros.

—Pero, si no recuerdo mal, en ellos no descubría a nadie —comentó Bruce.

—¿Había algo en el pasado de Nelson relacionado con alguna farmacéutica? —preguntó Noelle.

Bruce negó con la cabeza.

—Creo que no —dijo—. Sus clientes eran empresas tecnológicas que vendían un software muy sofisticado a países extranjeros.

—¿Qué ocurre al final en la novela? —quiso saber Noelle.

—Que pillan a los malos y pagan por su delito, van a la cárcel. El Daxapeno desaparece y los ancianos empiezan a morir.

—Qué final más horrible.

—¡Gracias! —exclamó Mercer—. A mí no me gustó. Ni el principio ni lo que había en medio.

—¿Qué va a pasar con la novela ahora? —preguntó Noelle.

—Seguro que la familia intentará venderla —aventuró Bruce—. Ahora mismo es valiosa y tiene mercado. Nelson tenía muchos fans. Y morir joven es siempre beneficioso para una carrera.

—Intentaré recordarlo... —comentó Mercer.

Bruce rio entre dientes y sirvió más café. Después miró a Thomas y dijo:

—Tiene que haber gente con malas artes en el negocio de las residencias. No hay más que fijarse en todos los carteles y anuncios de televisión de bufetes que buscan casos de maltrato.

—Y los pacientes son muy vulnerables —añadió Noelle.

—Hay ocho grandes jugadores en este tablero que controlan el noventa por ciento de las camas —explicó Thomas—. Algunos reciben muy buenas valoraciones por los cuidados que ofrecen, pero otros no dejan de tener problemas con las autoridades ni de visitar los tribunales. Los pleitos con las residencias son lucrativos en muchos estados, sobre todo aquí, en Florida. Hay mucha gente mayor y muchos abogados ambiciosos. He encontrado unos cuantos blogs en los que se cuentan historias de terror sobre desatención y maltratos. Incluso hay una publicación de unos abogados de California, el *Boletín sobre el maltrato en el cuidado a la tercera edad*. Pero, como os he dicho, el negocio es tan lucrativo, gracias a Medicaid y Medicare, que hay muchas empresas que quieren un trozo del pastel del negocio. Y se espera que aumente hasta ponerse por las nubes.

—¡Qué reconfortante! —exclamó Noelle.

—Cariño, a mí no me vas a meter en un sitio de esos —advirtió Bruce—. Yo siempre he dicho que cuando llegue el momento de los pañales, es que ha llegado el día de tomar la pastillita negra.

—Mejor hablemos de otra cosa —propuso Mercer.

5

Nick le dijo que estaba en la biblioteca, pero se oía una música suave de fondo. Después de jurar que guardaría el secreto, escuchó con atención el resumen que le hizo Bruce de la novela de Nelson. Nick acababa de releerse sus tres primeros libros, pero no creía que fueran lo bastante reveladores como para hacer que mataran a su autor.

—Nelson no tenía ni idea sobre el negocio de las residencias de ancianos —aseguró Nick cuando Bruce terminó.

—Estoy de acuerdo.

—Así que debía de tener un informante, seguramente alguien que había leído sus libros, lo admiraba y se puso en contacto con él.

¿Un informante? Una vez más, Bruce se había quedado un paso por detrás de Nick.

—Vale. ¿Por qué lo dices?

—Creo que no hay nada en sus tres primeros libros, Bruce. Así que tiene que ser el número cuatro. Y, como abandona el campo que conoce bien, solo puede ser que alguien se pusiera en contacto con él para contarle la historia. Alguien de dentro. A esa persona es a quien hay que encontrar.

Bruce recordó que ese chico solo tenía veintiún años. Cierto que había leído mucho, pero seguía siendo un crío.

—¿Y qué hacemos para encontrarla?

—Probablemente será ella quien se ponga en contacto contigo. ¿Y si Nelson le prometió algo, un trozo del pastel, o tal vez dinero por adelantado y el resto al final? Si tú tuvieras una historia muy jugosa y quisieras contarla, ¿no pedirías dinero?

—Pero ¿por qué no ir al FBI, como hizo Nelson?

—No lo sé. A Nelson no le fue muy bien con el FBI, ¿no?

—Supuestamente le pagaron cinco millones. Quería más, pero aceptó lo que le ofrecieron.

—Pero no se quedó satisfecho con el trato. Además, ese dinero no está libre de impuestos, ¿verdad?

—No.

—Tal vez este informante tuviera sus razones para no

acercarse a los tipos de las placas, pero sí quería hacer pública la historia y que le pagaran. Hizo un trato con Nelson y ahora él está muerto. Probablemente volverá por aquí a husmear, en busca de su dinero.

—Pero no hay dinero. El libro no se ha vendido a ninguna editorial.

—Tal vez no lo sepa. ¿Se va a vender?

—Es probable. Aunque según mis lectores en la sombra, no es muy bueno.

—¿Conozco yo a esos lectores?

—No puedo responder a eso.

—¿Por qué no puedo leerlo yo?

—Porque te vas a Venecia a pasar un semestre de duro trabajo.

—Deja que lo lea y seguro que lo descubro.

—Lo pensaré. ¿Cuándo te vas?

—La semana que viene. ¿Los policías saben lo del libro?

—No lo sé. Tienen su ordenador, pero, conociendo a Nelson, no serán capaces ni de encenderlo.

—¿Se están esforzando mucho?

—¿Tú qué crees?

—Lo siento. He visto en internet que ha reabierto la librería. Enhorabuena. Yo ya la echo de menos.

—Estamos abiertos, pero no se vende nada. Los vecinos no están pensando en libros y los turistas han desaparecido.

—Lo siento, jefe. Te enviaré una postal desde Venecia.

—Tal vez vayamos. Yo no he visto los canales.

—Venid a verme. Seguro que necesito que me animen.

—Claro.

Nick llamó dos horas después, cuando Bruce y Noelle estaban bebiendo vino en la galería.

—¿Qué quieres ahora? —preguntó Bruce.

—He estado pensando en esta última conspiración. ¿Podemos asumir que la policía estatal no va a resolver el asesinato de Nelson?

—Es lo más probable.

—Entonces tenemos que ir al FBI. El asesinato por encargo es un delito federal. Un asesino a sueldo mata a un escritor bastante famoso. El FBI se volcará en ello.

—¿Es que ahora eres abogado?

—No, pero uno de mis compañeros de cuarto estudia Derecho.

—¿Y sería capaz de encontrar el juzgado más cercano?

—Seguramente no. Pero es un tío estupendo.

—Sin duda. Mira, Nick, yo comí la semana pasada con mi abogado y él sí que podría encontrar el juzgado en uno de sus días buenos. Me dijo que hay que tener cuidado, porque las peleas entre los policías locales y los federales empiezan fácil, pero son difíciles de parar. Él cree que lo mejor es esperar unas semanas para ver hacia dónde va la investigación. Por suerte, para entonces tú ya estarás fuera del país, ocupado con otras cosas.

—Seguro. Pero esta es la verdadera razón por la que he llamado. He investigado a fondo este tema, para lo que me he pasado un millón de horas navegando por internet. He encontrado una entrevista con un superdetective jubilado que se pasó cuarenta años investigando crímenes famosos. Estaba especializado en asesinatos. Exagente del FBI y todo eso. En la entrevista deja caer que trabajó también para un misterioso bufete que no hacía otra cosa que resolver grandes casos en los que la policía no había conseguido nada. Seguí buscando y he encontrado el bufete, por si lo necesitas.

—¿Por qué lo voy a necesitar yo? Tampoco era mi hermano.

—Porque te conozco, y estoy seguro de que vas a gastar todo lo que haga falta para encontrar al asesino de Nelson. Porque te importa, Bruce.

—Ya, ya. ¿Tú no deberías estar estudiando?

—Ja. Este semestre no. No voy a abrir un libro. Un libro de texto, al menos. Déjame leer el manuscrito de Nelson, por favor.

—Lo sigo pensando. ¿Qué tal tu italiano?

—Sé decir *pizza* y *birra*.

—Pues con eso te apañarás.

6

Después de una semana en la isla, Mercer ya tenía ganas de marcharse. La cabaña estaba intacta y Larry tenía controlado el tema de las reparaciones. Como no había turistas, la playa estaba desierta y, aunque eso era inusualmente apetecible, a ella ahora le parecía triste y deprimente. Los que frecuentaban la playa se habían ido, porque la isla era un desastre y lo seguiría siendo durante meses o años antes de que recuperara su atractivo costero. Mercer echaba de menos las risas de los niños que jugaban en la arena y chapoteaban en la orilla, los alegres «buenos días» de las personas con las que se cruzaba. Y a los perros que tiraban de sus correas para acercarse a saludar.

La tormenta había alterado el ciclo natural de la puesta de huevos de las tortugas verdes, y en sus largos y solitarios paseos ya no encontraba los rastros que dejaban al volver al mar. Lo que sí encontraba era mucha basura; la limpieza de la playa llevaría mucho tiempo. Si paseaba hacia el norte veía los daños en las cabañas, los apartamentos y los moteles familiares. Por la isla corrían como la pólvora los cotilleos con historias de propietarios que no tenía seguro para inundaciones, o tenían uno inadecuado, y por ello no podían empezar los trabajos de limpieza ni la reconstrucción.

Mercer decidió irse y volver dentro de seis meses. Tal vez

las cosas estarían mejor entonces. O quizá no volviera hasta dentro de un año.

Thomas y ella organizaron una cena en su terraza a la que invitaron a Bruce y Noelle y a Myra y Leigh. Bob Cobb seguía fuera de la isla, en busca de un clima más fresco. Jay Arklerood, el poeta, no respondía al teléfono, y Amy estaba demasiado ocupada con sus hijos. El verano había terminado y el grupito se disgregaba. Además, todos estaban agobiados con las consecuencias de la tormenta y asustados al pensar que la vida nunca volvería a ser la misma. Bay Books estaba prácticamente desierto durante esos días, y eso era algo que preocupaba a todos sus escritores.

A la mañana siguiente, Mercer metió sus cosas en el maletero del coche encantada de salir de la isla. Su deber como profesora en Ole Miss la llamaba, tenía que empezar una novela y Thomas estaba aburrido de la playa, así que se alejaron de allí sintiéndose maravillosamente liberados, porque ese lugar no era su hogar de verdad. Cuando volvieran, dentro de seis meses, tal vez ya no quedaría ni rastro de la tormenta y la isla volvería a ser perfecta.

7

Un mes después de enterrar a su hermano, Polly McCann volvió a la isla para asumir su responsabilidad como albacea de sus bienes. Como tenía poco que hacer y estaba aburrido de andar por una librería vacía, Bruce acudió a buscarla al aeropuerto y los dos fueron juntos al laboratorio de criminalística de Jacksonville.

Wesley Butler había accedido a apartarse de sus otras tareas urgentes y dedicarles media hora de su tiempo. Y la verdad es que fue demasiado generoso. Incluso tomándose la molestia de servirles un café en tazas de cartón, la reunión podría haber terminado diez minutos después de que empezara.

Butler les aseguró que la investigación avanzaba bien, aunque ofreció pocos detalles y no les contó nada nuevo. El análisis de las huellas dactilares había confirmado la presencia de huellas de Bruce, Nick, Bob Cobb y del propio Nelson, como era de esperar; además, había dos huellas para las que no había encontrado coincidencia. Creían que una pertenecía a María Peña, la persona que limpiaba todos los miércoles por la tarde. Estaban intentando convencerla de que les diera sus huellas para compararlas, pero no tenía papeles y no quería cooperar. No había rastro de Ingrid Murphy ni de ninguna rubia que se le pareciera. Las grabaciones de seguridad del Hilton no habían aparecido, así que estaban revisando las grabaciones digitales de una docena de casas de alquiler de la zona, pero era como buscar una aguja en un pajar. El disco duro de Nelson era impenetrable. Su sistema de encriptación había superado a sus expertos.

A Butler ni se le pasó por la cabeza preguntarle a Polly si sabía algo del último proyecto que Nelson tenía entre manos. Toda la reunión, por pobre que fuera, trato sobre él y lo que estaba haciendo. Cuando se alejaron en el coche, Bruce y Polly estaban convencidos de que la policía estatal estaba a punto de cerrar el caso. Butler y su equipo probablemente declararían que la muerte de Nelson fue un accidente porque no tenían ni la más mínima posibilidad de resolver ese crimen.

—Tengo un resumen de la novela —anunció Bruce.

—¿Lo ha hecho Mercer Mann?

—Sí.

—Me envió de vuelta la memoria USB. Cuéntamelo.

8

Comieron en el Blue Fish, el restaurante de marisco favorito de Bruce en Jacksonville, y llegaron lo bastante temprano para conseguir una mesa en un rincón tranquilo. La camarera le sirvió a Polly una infusión. Bruce pidió una copa de sauvignon blanco. Él pidió la ensalada de cangrejo y ella un plato con atún crudo.

—La tasación inicial de su apartamento asciende a novecientos mil dólares y no tiene hipoteca. Creo que lo voy a vender, no tengo tiempo para hacer de casera.

—Pienso que es una buena idea, pero hará falta un año o más para que el mercado se recupere.

—No tiene más propiedades inmobiliarias. Hay ochocientos mil dólares en efectivo, certificados de depósito, bonos del Tesoro y una cuenta corriente. En su testamento, Nelson le deja un fondo de cien mil dólares a cada uno de mis hijos, que son sus únicos sobrinos. Ha sido una agradable sorpresa, nunca me lo contó.

—¿Quién se queda con el resto?

—Se divide en tres partes, para mi madre, mi padre y para mí. Y como el patrimonio no llega a los tres millones, no tenemos que preocuparnos por los impuestos. Sin embargo, hay un asunto complicado, un tema que puede causar problemas. Con Nelson nada era fácil.

—¿Escondió alguna cantidad de dinero?

—¿Cómo lo sabes?

—Habla de ese tema a menudo en sus libros. Alguien está canalizando dinero a través de cuentas en paraísos fiscales. En la vida real era un abogado experto en comercio internacional. No me sorprende. ¿Lo ocultó de su ex?

—Aparentemente. Cuando recibió la recompensa por delatar a su cliente, compró cien mil dólares en acciones de una nueva empresa tecnológica en Silicon Valley, pero lo hizo a través de una empresa fantasma de Singapur. Su mujer y sus abogados no la encontraron.

—¿Y cómo la has encontrado tú?

—Hace dos años se lo contó en secreto a nuestro padre. He revisado los papeles del divorcio y no aparecen las acciones por ninguna parte.

—¿Cuánto valen?

—Ocho millones.

—Muy buena inversión.

—Genial. ¿Y qué hacemos ahora con ello?

—Necesitas un abogado.

—He contratado a un bufete de Jacksonville. Mi abogado cree que tendremos que hablar con la exmujer, que es una persona muy desagradable. Ya se ha divorciado de su segundo marido y vive con el tercero.

—Pero quedará mucho a pesar de todo, ¿no?

—Todo. Con la ley actual, ese dinero no tributa.

—Felicidades.

—Supongo que es para felicitarme, sí —dijo en voz baja cuando llegaron los platos.

—Lo siento, ha sido muy insensible por mi parte —se disculpó Bruce—. No hay nada que celebrar en este caso.

Ella sonrió y apartó la vista. Ignoró el atún y se limitó a sorber el té.

—No es justo —dijo un momento después—. El dinero se invirtió hace once años y Sally, su ex, no tiene nada que ver con esa transacción. Ni siquiera conocía su existencia. Nelson fue lo bastante listo como para elegir las acciones adecuadas y mantenerlas al margen de esa mujer. Si no, habría ido a por ellas. Y eso que consiguió más dinero y valores en el divorcio que él. Ahora se supone que tengo que contactar con esa mujer horrible para informarle de que va a conseguir algún millón más.

—Yo no lo haría —afirmó Bruce con seguridad—. Yo dejaría las acciones donde están y no diría ni una palabra. Ejecutaría el testamento, me ocuparía del patrimonio y dejaría que pasara el tiempo.

—¿Lo dices en serio?

—Del todo. Yo sé un poco sobre finanzas al límite de la legalidad.

—Soy todo oídos.

Le dio un trago largo al sauvignon y miró al comedor vacío.

—De vez en cuando, yo compro y vendo libros y manuscritos raros. En ocasiones aparece alguno de procedencia un poco oscura y el vendedor quiere hacer todas las transacciones... de manera privada.

—¿Eso es legal?

—Digamos que es una zona gris. Sin duda, es ilegal robar un libro raro, o cualquier libro en realidad, y yo nunca lo he hecho, ni siquiera he estado cerca de hacerlo. Pero es imposible mirar un libro antiguo y saber con seguridad si ha sido robado o no. Nunca se lo pregunto al vendedor o su agente porque, obviamente, la respuesta siempre sería que no. A veces sospecho algo y me retiro. Hay mucho robo en el negocio en los últimos tiempos e intento tener mucho cuidado.

—Qué interesante.

—Por eso lo hago. Me encanta el negocio. La librería me mantiene ocupado y paga las facturas, pero si gano dinero, es siempre con los libros antiguos.

Ella partió un trozo grueso de atún y lo paseó por el plato. Bruce estaba dando buena cuenta de su ensalada de cangrejo y pidió una segunda copa de vino.

—Ahora estoy intrigada —dijo ella—. ¿Podrías darme un ejemplo?

Él rio.

—La verdad es que no, pero hablemos hipotéticamente. Digamos que un agente que conozco en Filadelfia se pone en contacto conmigo y me dice que tiene un cliente cuyos padres ricos han fallecido y que está a cargo de todo el patrimonio. El padre coleccionaba libros raros y el cliente tiene unos cuantos para vender. Los libros son como las joyas: fáciles de llevar y no están siempre inventariados. Se pueden sacar sin problema de cualquier patrimonio. Digamos que el cliente tiene una primera edición del *Ulises* de James Joyce en unas condiciones extraordinariamente buenas y con su sobrecubierta. Me envía fotografías del libro. En una subasta alcanzaría el medio millón de dólares, pero las subastas también atraen una atención que el cliente no desea. Negociamos y digamos que llegamos a un acuerdo por trescientos mil. Yo quedo con el agente en algún lugar del Caribe, adonde él llevará el libro. Trasfiero el dinero a una cuenta nueva de un banco antiguo y todo el mundo tan contento.

—¿Y qué pasa con el libro?

—Hipotéticamente, lo guardo en la cámara acorazada de otro banco antiguo de ese lugar. Lo dejo allí un año más o menos, mientras busco potenciales compradores. El tiempo siempre está de nuestro lado. Los recuerdos se desvanecen. Las autoridades pierden interés.

—Suena deshonesto.

Por fin comió un pequeño bocado de atún.

—Tal vez sí, o tal vez no. El cliente puede haber incluido el libro en el inventario del patrimonio, ¿cómo voy a saberlo yo?

Ella dio otro bocado, bebió su té y de repente pareció aburrida de la conversación.

—¿Tú no incluirías las acciones en el patrimonio de Nelson?

—Oh, no sé lo que yo haría. ¿Quién conoce su existencia?

—Solo mi padre y yo.
—Y él tiene mala salud, ¿verdad?
—Bastante mala. No va a aguantar ni un año.
Bruce le dio un sorbo al vino y observó a cuatro ejecutivos que se estaban sentando en la mesa de al lado. Bajó la voz un par de octavas y dijo:
—Si fuera yo, lo dejaría donde está, pero es cierto que yo estoy dispuesto a asumir más riesgos que la mayoría de la gente.
Ella dio otro bocado y otro sorbo.
—Esto me sobrepasa, Bruce. Yo no pedí encargarme de esto.
—A la mayoría de los albaceas les pasa lo mismo que a ti. Y tampoco es que se pague muy bien.
—¿Por qué no lo haces tú? Estás aquí, mucho más cerca del juzgado, de sus abogados y de su apartamento, y además sabes de estas cosas.
—¿Qué cosas? ¿Cuentas en paraísos fiscales y asesinatos por encargo? No, gracias, Polly. Te ayudaré en lo que pueda, pero Nelson te eligió a ti por algo. Y los abogados son los que harán la mayor parte del trabajo. Aparte de las acciones ocultas, es un patrimonio aparentemente simple.
—Nada parece simple, sobre todo su muerte.
—Puedes hacerlo.
—¿No sería más fácil seguirle la corriente a la policía y dejar que cierren el caso? ¿Quién necesita gastar energía emocional preocupándose de un asesinato sin resolver? Nelson está muerto, yo puedo aceptarlo. No está. ¿De verdad importa cómo murió?
—Claro que sí.
—¿Por qué?
—Porque lo asesinaron, Polly. No podemos ignorar eso.
—¿Podemos?
—Sí, los que conocíamos a Nelson, su familia y sus ami-

gos. Hay alguien por ahí que pagó a una profesional para matar a tu hermano. No me puedo creer que quieras regresar a la costa Oeste y olvidarte de todo.

—¿Y qué se supone que tengo que hacer?

—No lo sé. Por ahora, esperar a que la policía termine lo que sea que está haciendo o que cierre el caso. Después volveremos a quedar para comer y decidiremos qué hacer.

9

Para finales de septiembre Bruce ya tenía las cifras que apoyaban sus sospechas: Bay Books había perdido un cincuenta por ciento con respecto al año anterior. En un año normal, casi el cuarenta por ciento de las ventas procedían de los turistas, y últimamente no había ni uno en Camino Island. Los vecinos de la isla eran leales, pero muchos estaban aún ocupados con la limpieza y controlaban mucho el dinero que gastaban. Canceló todas las presentaciones de autores para el resto del año, tuvo que despedir a dos empleados a tiempo parcial y convenció a Noelle de que cerrara la tienda de antigüedades para que pudieran salir juntos del país.

Cogieron un vuelo a Milán y después un tren a Verona, donde recorrieron la ciudad antigua y disfrutaron de jardines, museos, *piazzas* y restaurantes. Después fueron en coche hasta lo más profundo de los Dolomitas y pasaron cuatro noches en un refugio rústico regentado por una familia a treinta kilómetros de la frontera con Eslovenia. Durante el día hacían senderismo por las espectaculares montañas hasta agotarse, y por la noche disfrutaban de unas abundantes cenas de cocina típica ladina (escalopes empanados y *dumplings* rellenos) regadas con vinos locales, *grappa* e incluso aguardiente casero.

En las últimas horas de su última tarde en ese alojamiento, se acurrucaron bajo unas gruesas mantas en el patio, bebiendo cacao caliente y viendo el sol desaparecer tras las montañas.

—No quiero volver —comentó Bruce—. Todavía hace calor en Florida, y seguro que aún hay escombros en las calles.

—¿Y adónde quieres ir? —preguntó Noelle.

—No lo sé. He tenido esa librería durante veintitrés años y la vida del pequeño empresario pasa factura. Tengo suficiente dinero guardado en paraísos fiscales como para permitirme dejar de trabajar para siempre.

—Tienes cuarenta y siete años, Bruce, y no estás hecho para la jubilación. Te volverías loco sin hacer nada.

—Seguiré con la compraventa de libros raros, y tú continuarás con el comercio de antigüedades francesas. Pero podemos hacerlo donde queramos. Pasarán años antes de que la isla se recupere de la tormenta, y no estoy seguro de querer seguir esforzándome mientras espero a que vuelvan los buenos tiempos. Al menos, hablemos de hacer un cambio.

—Vale. ¿Adónde te gustaría ir?

—Quiero mantener la casa, pero no sé si también la librería. ¿Y si vivimos allí cuando el clima sea agradable y después nos vamos más al norte? ¿Seis meses en la playa y seis en la montaña? Alguna ciudad pequeña de Nueva Inglaterra, o tal vez algo al oeste. No sé, pero será divertido buscar por ahí.

—¿Y Europa? ¿Qué tienen de malo estas vistas?

Bruce lo pensó largo rato antes de contestar.

—En Europa tú le perteneces a otra persona, y yo prefiero mantenerme al margen.

—Las cosas están cambiando, Bruce. Tengo malas noticias. Jean-Luc tiene un cáncer y el pronóstico no es bueno.

Ella lo observó detenidamente para ver su reacción, pero no distinguió nada en su cara. No había lástima, porque a él no le importaba nada su novio francés, pero tampoco alivio, porque Bruce conocía las normas cuando se enamoró de ella. Jean-Luc y ella llevaban juntos mucho tiempo cuando Bruce entró en la ecuación y, como Noelle era francesa, estaba totalmente dispuesta a seguir con ambos, pero solo con la condición de que no hubiera nada oculto y que todo se tratara con una claridad absoluta. Ella no podía casarse con Jean-Luc porque él ya estaba casado con una mujer mayor y con dinero. Su mujer conocía la situación, igual que Bruce, y los dos matrimonios abiertos habían sobrevivido durante más de veinte años sin conflictos importantes. La puerta abierta le daba a Bruce luz verde para estar con sus autoras favoritas cuando pasaban por allí durante sus giras de promoción.

—Lo siento —dijo por fin.

—No digas eso.

—¿Y qué quieres que diga?

—No digas nada.

—Eso tampoco va a funcionar. ¿Cuándo te has enterado?

—En verano. Justo antes de la tormenta. Es un cáncer de páncreas, es cuestión de semanas.

—¿Necesitas estar con él?

—No. Está en casa y Veronique cuida muy bien de él. No hay nada que yo pueda hacer. Ya nos hemos despedido, nos dijimos adiós. —La voz se le quebró y se le llenaron los ojos de lágrimas.

—Deberías habérmelo dicho antes.

—¿Por qué? Solamente es cuestión de tiempo. Hablé con Veronique la semana pasada y está empeorando muy rápido.

Bruce se sintió increíblemente culpable. Quería tener a Noelle para él solo, estaba cansado de compartirla, de sentirse celoso y de preguntarse con cuál de los dos hombres prefería estar. Creía que le elegiría a él, pero nunca estaba seguro del todo.

—Ya estamos casi en la mediana edad, Bruce.

—Habla por ti. ¿Cuándo empieza eso?

—A los cincuenta, según los expertos. De los cincuenta a los sesenta y cinco.

—¿Y qué hay después de eso?

—La tercera edad.

—Qué deprimente. ¿Adónde quieres llegar?

—Lo que quiero decir es que creo que ya es hora de que maduremos un poco y recuperemos el compromiso con el matrimonio.

—¿Hablas de monogamia?

—Sí. Digamos que se acabaron los jueguecitos y que tenemos que aprender a confiar el uno en el otro.

—Yo nunca he dejado de confiar en ti, Noelle. Siempre he sabido lo que estabas haciendo y yo he sido igual de abierto con mis aventuras.

—Juegos, aventuras... ¿Ves a lo que me refiero, Bruce? Te quiero y estoy cansada de compartirte. ¿Tú me quieres?

—Sabes que sí. Siempre.

—Entonces cambiemos las normas.

Bruce inspiró hondo y le dio otro sorbo al cacao. Estuvo tentado de dar su opinión: que Noelle estaba de repente interesada en la monogamia porque su novio se estaba muriendo, pero prefirió callárselo. No iba a perderla, porque la adoraba, como llevaba veinte años haciendo. Amaba su belleza, su gracia, su agradable temperamento, su elegancia y su inteligencia.

Pero las viejas costumbres de un mujeriego no desaparecen de la noche a la mañana. Generalmente intentan seguir igual.

—Bien —respondió con precaución—, estamos de acuerdo en tener una conversación sobre poner nuevas normas.

Ella asintió, consciente de que iba a ser complicado.

Se marcharon a última hora de la mañana siguiente en dirección a Venecia. Por el camino pararon a comer en pueblos pintorescos e hicieron noche en algún hotelito en el que encontraron habitación.

6
La investigadora

I

Tres años antes, cuando Mercer volvió a Camino Island por primera vez después de muchos años, lo hizo con la excusa de tomarse un año sabático para terminar una novela. Se instaló en la cabaña que había construido su abuela, Tessa, que todavía era de la familia, y pasó por la librería, donde conoció a Leigh y a Myra, a Bob Cobb, a Andy Adam y al resto del grupito. Pronto se integró en la mafia literaria de la isla, de la que Bruce era el líder incuestionable.

No hizo muchos progresos con la novela, aunque ella aseguraba lo contrario. Lo de escribir era parte del engaño, la estratagema, la cortina de humo para distraer la atención de su verdadera motivación: una misteriosa empresa de seguridad, contratada por una compañía de seguros desesperada, le había ofrecido una importante suma de dinero a cambio de encontrar unos manuscritos perdidos. Había mucho dinero en juego, sobre todo en el caso de la aseguradora, y la empresa de seguridad había llegado a la conclusión de que un tal Bruce Cable tenía los manuscritos escondidos en algún lugar de la isla.

Y tenían razón. Lo que la empresa no sabía era que Bruce sospechó de Mercer desde el primer día y, a medida que se fue acercando cada vez más, tanto que llegó incluso a meterse en su cama, se fue convenciendo de que ella trabajaba para el enemigo. Su presencia le hizo enviar los manuscritos al extranjero y después devolvérselos a su dueño, cobrando una fortuna a cambio.

Aunque esa estratagema tan elaborada no funcionó, al final todas las partes quedaron satisfechas, sobre todo Bruce. La propietaria de los manuscritos, la biblioteca de Princeton, recuperó su valiosa joya. La compañía de seguros tuvo que pagar, pero podría haber sido mucho peor. De los ladrones materiales no había mucho que decir: tres estaban en la cárcel y uno muerto.

Desde entonces, Bruce no había dejado de maravillarse por la complicada trama que había ideado la empresa de seguridad. Era muy brillante y estuvo a punto de funcionar. Se dijo que tenía que saber más sobre esa gente que casi le había buscado la ruina. Se lo pidió a Mercer, que hizo la correspondiente llamada a regañadientes y los puso en contacto. El cerebro de la operación había sido una mujer muy astuta llamada Elaine Shelby, y Bruce estaba decidido a conocerla en persona.

2

El edificio era uno más de la media docena de estructuras nuevas, altas y resplandecientes que había cerca del aeropuerto Dulles, a casi cuarenta kilómetros al oeste de la capital de Estados Unidos, en una zona de expansión urbana del norte de Virginia. Bruce se sintió vigilado desde el mismo momento en que aparcó su coche de alquiler en el estacionamiento subterráneo. Nada más entrar le hicieron una fotografía, un escáner corporal y le pidieron que mirara fijamente a una cámara para grabar para siempre sus rasgos faciales.

Cuando lo acompañaron hasta el ascensor, buscó en vano un panel con placas informativas, pero no lo encontró. Era evidente que la gente que alquilaba esas oficinas no tenía ganas de publicidad. Un guardia de seguridad le estaba esperando cuando llegó a la cuarta planta. Ni una sonrisa, ni un saludo amable ni una mísera palabra. Solo un gruñido y un gesto. No había cubículos con varias mesas ni una zona para las secretarias. Desde que salió del ascensor hasta que entró en el despacho de Elaine Shelby, Bruce no vio a nadie más que al guardia.

Elaine rodeó su mesa con una sonrisa y le estrechó la mano cuando el guardia cerró la puerta.

—Tengo la sensación de que me va a cachear —comentó Bruce.

—Agáchese —respondió ella, y Bruce soltó una carcajada. Ella le señaló un sofá y dijo—: Ríase, Cable, porque bien puede hacerlo. Nos venció justa y limpiamente.

Los dos se sentaron alrededor de una mesita baja y ella sirvió café.

—Recuperaron los manuscritos —contraatacó él—. Así que todo el mundo contento.

—Para usted es fácil decirlo.

—Su idea fue brillante, señora Shelby.

—Dejemos las formalidades. Llámeme Elaine y yo le llamaré Bruce, ¿le parece bien?

—Por mí no hay problema.

—Lo que tú llamas brillante, en mi negocio se llama fracaso, algo que, por mucho que odie reconocerlo, tampoco es tan raro. Nos ocupamos de los casos más difíciles, y no siempre se puede ganar.

—Pero siempre les pagan.

—Por supuesto. ¿No adoras a Mercer?

—Lo intento con todas mis fuerzas. Es una chica estupenda y una escritora excelente.

—¿Llegasteis a acostaros?

—Soy un caballero y nunca hablo de esas cosas. Es muy poco profesional.

—Pues tienes una horrible reputación de ir detrás de todas las escritoras jóvenes.

—¿Y por qué es horrible eso? Te aseguro que todo lo que hago es consensuado. Esas mujeres liberadas están de viaje y buscan diversión. Yo solo trato de complacerlas en todo.

—Lo sabemos, sí. Ese era el plan.

—Casi perfecto. ¿Fue idea tuya?

—Tenemos equipos, aquí nadie trabaja solo. Fue un esfuerzo conjunto.

—Vale. ¿Qué me puedes decir del equipo que ideó esto?

—Entiendo que quieres contratarnos.

—Estoy interesado, pero necesito saber más.

Ella le dio un sorbo al café y cambió el cruce de las piernas. Bruce se negó a fijarse.

—Somos una empresa de seguridad, por decirlo de alguna manera y a falta de una descripción mejor.

—¿Tenéis un nombre?

—La verdad es que no.

—Y si en algún momento tengo que escribir un cheque para pagaros, diría «páguese a...»

—Alpha North Solutions.

—Qué maravillosamente anodino.

—¿Se te ocurrió a ti lo de Bay Books?

—Sí, pero es mucho más sexy.

—¿Es importante que te guste el nombre de la empresa?

—Supongo que no.

—¿Puedo continuar? Me has preguntado...

—Sí, por favor. Perdona la interrupción.

—Proporcionamos servicios de seguridad a empresas y particulares, investigamos delitos para compañías de seguros y otros clientes, y el gobierno federal nos subcontrata como asesores en asuntos de seguridad. Trabajamos en todo el mundo, pero la sede central está aquí.

—¿Por qué aquí?

—¿Por qué importa eso?

—Supongo que tampoco importa. Es solo que estáis aquí, en medio de la nada, rodeados solo de carreteras de ocho carriles que van en todas las direcciones.

—Es conveniente. El aeropuerto de Dulles está justo ahí al lado y viajamos mucho. Casi todos nuestros empleados son exagentes de la CIA y el FBI, así que viven en esta zona.

—¿Y tú?

—Estuve quince años en el FBI. Me ocupaba sobre todo de recuperar obras de arte robadas.

—Y manuscritos.

—Entre otras cosas. He estado revisando los materiales que me has enviado. Una lectura interesante. Ha sido inteligente por tu parte no enviármelas por correo electrónico. Supongo que la policía de allí no ha hecho muchos progresos.

—Ninguno, me temo.

—¿Eres consciente de que esto va a ser caro?

—Sí. No estaría aquí si estuviera buscando algo barato.

—Bien. Pues te sugiero que vayamos al final del pasillo para ver a mi colega Lindsey Wheat, una de nuestras investigadoras de homicidios y, hasta hace cinco años, una de las mejores agentes del FBI. También fue una de las primeras afroamericanas en llegar a agente de campo.

—¿Por qué dejó ella el FBI? ¿Y por qué lo dejaste tú?

—Por dinero y por política. Aquí pagan cuatro veces más que en el FBI, y la mayoría de las mujeres estamos hartas del machismo y la política interna de la institución. —Se levantó y le señaló la puerta.

Bruce la siguió por el pasillo vacío. La señora Wheat estaba en su mesa y se levantó, con una gran sonrisa, cuando entraron. Prefirieron dejar el trato formal y tutearse desde el principio. Tenía unos cincuenta años y era delgada y estilosa, como Elaine. Los acompañó a una zona de estar similar y les preguntó si querían café. Todos declinaron la invitación.

Bruce ya había pasado por una ronda de cháchara preliminar y no quería repetir.

—¿Así que está especializada en asesinatos antiguos? —preguntó Bruce.

Lindsey sonrió.

—O recientes. No importa. Empecé en la calle, como inspectora de homicidios. En Houston, Seattle, y cinco años en Tampa. Tengo un currículum muy largo. Puedes verlo, si quieres.

—Tal vez luego.

Bruce ya estaba convencido de que la gente de allí estaba más que cualificada. Durante un segundo se sintió aún más orgulloso de sí mismo por haber sido más listo que ellos tres años atrás.

—¿Ha hablado con el FBI? —preguntó Lindsey—. Si ha sido un asesinato por encargo, es un asunto federal.

—Eso es lo que me han dicho. Pero no, no he hablado con el FBI. No sé cómo se puede hacer eso, la verdad. No soy más que un librero que sabe muy poco de leyes. —Miró a Elaine y le sonrió. Ella puso los ojos en blanco.

»¿Tú también has visto los materiales que he enviado? —le preguntó a Lindsey.

—Sí.

—Antes de meternos en más profundidades, me gustaría aclarar el tema de vuestras tarifas. Sé que va a ser caro, y nosotros, la hermana de Nelson, que es su albacea, y yo, estamos dispuestos a asumir los costes, pero tenemos límites. Nelson era mi amigo y merece justicia, pero yo solo estoy dispuesto a pagar hasta cierta cantidad. Y a su hermana le pasa lo mismo.

—¿A cuánto asciende la herencia? —preguntó Elaine.

—Es complicado. Unos dos millones, entre dinero y activos, y sin deudas. Pero escondió un dinero en algún paraíso fiscal hace años, para ocultárselo a su exmujer. Está invertido en acciones de una empresa y ahora valen unos ocho millones, así que entre todo son unos diez millones. Los impuestos estatales y federales se aplican solo a partir de los once millones y pico, así que el patrimonio queda completamente libre. La exmujer está muy molesta y les ha echado encima a sus abogados, porque esto sucedió hace varios matrimonios, pero la hermana de Nelson cree que se calmaría con un par de millones. En definitiva, hay patrimonio de sobra y no hay problema en extender un cheque. La pregunta obvia es: ¿cuánto va a costar solucionar esto?

—En este negocio no garantizamos la resolución —dijo Elaine.

—Lo entiendo. Es complicado.

—Trescientos mil dólares —contestó Lindsey—. Todo, de principio a fin. Y transparencia total. Nada de facturación por horas ni balances mensuales. Gastos incluidos.

Bruce asintió y miró sus bonitos ojos sin pestañear. Polly había calculado que sería medio millón, pero ella estaba en California. Bruce esperaba más bien alrededor de doscientos mil, pero se negaba a reaccionar ante esa cantidad. Él pagaría la mitad y la hermana de Nelson la otra. Se lo podía permitir, y la señora Shelby, que estaba sentada enfrente de él con una sonrisita, lo sabía perfectamente. Lo que no sabía era dónde estaba escondido su rescate.

Se encogió de hombros, como si el dinero creciera en los árboles, y dijo:

—Hecho. ¿Qué obtendremos por ese dinero?

—Con suerte, el nombre del asesino —contestó Lindsey con una sonrisa.

3

Elaine se despidió de Bruce con un apretón de manos y los dejó con sus asuntos. Bruce siguió a Lindsey por el pasillo hasta una sala más grande con biombos en las cuatro paredes y una mesa larga cubierta de ordenadores portátiles y otros dispositivos. Se sentaron el uno frente al otro en la mesa y abrió una carpeta.

—Empecemos por la mujer —dijo. Pulsó un botón y apareció una imagen de Ingrid generada por ordenador en dos de las pantallas grandes—. Por supuesto, no conocemos a esta mujer, ni a nadie que se le parezca, pero vamos a empezar la búsqueda.

—¿La búsqueda de qué?

—De un asesino a sueldo. Conocemos a varios, pero es un grupo bastante nebuloso. No se reúnen anualmente para hacer fiestas ni tampoco tienen un registro.

—¿Conocen los nombres de asesinos a sueldo?

—Claro. El FBI lleva años vigilándolos. En los viejos tiempos la mayoría eran de la mafia y se mataban entre ellos en luchas territoriales, pero hoy en día hay unos cuantos conocidos.

—¿Cómo los conocen? ¿Cómo han sabido de ellos?

—Sobre todo a través de informantes, delatores y traidores. Casi todos los asesinatos por encargo los comenten criminales imbéciles que piden cantidades ridículas de dinero por cargarse a un cónyuge o a la amiguita del marido. Asuntos familiares, normalmente. No son raros los tratos que salen mal, y a la mayoría de los asesinos los encuentran y acaban en la cárcel gracias a las pruebas forenses.

—¿Dónde puede encontrar alguien a un asesino a sueldo?

—Te lo creas o no, puedes empezar en internet, pero no se puede confiar en la gente que se encuentra por ahí.

—Me lo imagino. Nada peor que un asesino a sueldo deshonesto.

—Eso es. Si quieres cargarte a un socio, por ejemplo, deberías empezar con un investigador privado local, alguien que conozcas y en el que confíes. Él conocerá a alguien que haya pasado un tiempo en la cárcel y que viva en los márgenes de la sociedad. O tal vez sepa de un expolicía o un soldado de asalto del ejército, alguien que sepa manejar armas. Nueve de cada diez asesinatos se cometen con armas de fuego. El sesenta por ciento de las veces empiezan a correr rumores, a la policía le dan el soplo y los detienen a todos antes de que cometan el asesinato.

—Pero en este caso no estamos tratando con un asesino idiota —replicó Bruce, disfrutando de la discusión.

—No, en este caso no. Hay unos pocos asesinos a sueldo conocidos como «maestros» en su negocio. Muy pocas veces los atrapan y están muy bien pagados.

—¿Cuánto es muy bien?

Ella pulsó otro botón. Ingrid desapareció y fue sustituida por una columna con seis nombres. Al lado de cada uno estaba el año de su muerte y, a la derecha, una cantidad de dinero. La más alta era de dos millones y medio de dólares, y la más baja de quinientos mil.

—No se puede estar segura de ninguna de estas cifras, pero hace diez años un asesino a sueldo retirado escribió un largo artículo en el que lo contaba todo para una revista de crímenes online; de forma anónima, por supuesto. Aseguró que era el responsable de los tres primeros asesinatos. La exactitud de los detalles convenció al FBI de que, al menos, estuvo ahí. Los dos últimos son de otras fuentes.

—¿Por qué se retiró? —preguntó Bruce.

—Cumplió sesenta y cinco años y la Seguridad Social entró en escena, o eso dijo. Tenía mucho sentido del humor. Escribió que casi le cogieron en su último trabajo cuando las cosas salieron mal. Un adolescente se metió en medio y recibió el disparo. Al asesino a sueldo se le despertó la consciencia y colgó la Glock.

—¿Y nunca se resolvieron ninguno de esos asesinatos?

—No. Esos casos siguen abiertos.

—Así que nuestro proyecto sigue siendo muy complicado de resolver.

—Lo es. Creía que estaba claro para todos. ¿No es así?

—Sí, totalmente claro. —Bruce no apartó la vista de los números—. Pues no pagan mal —comentó.

—De media, un trabajo son diez mil dólares pero, como ya te he dicho, el asesino a sueldo medio no es que sea muy inteligente. A la mayoría los atrapan porque alguien habla demasiado. Y la mayoría de la gente que paga tampoco es muy brillante. Estás en medio de un divorcio complicado y de repente asesinan a tu cónyuge. ¿No crees que la policía querrá que respondas a unas cuantas preguntas?

—No reconozco a ninguna de las víctimas.

—Ninguna es de Florida, ni tampoco hay divorcios de por medio. La mayoría se debe a negocios que han salido mal. El último fue por un problema con una herencia.

—¿Tienes fotos o retratos robot de algún otro asesino a sueldo?

Pulsó unas cuantas teclas y apareció otra cara dibujada por ordenador en la pantalla. Hombre, de unos cuarenta años, caucásico, nariz chata, ojos oscuros, buena mata de pelo. Solo era un dibujo.

—Hace cuatro años vieron a este hombre saliendo del puerto deportivo de Galveston segundos antes de que un barco estallara y ardiera. Tres personas murieron, pero no por las quemaduras, sino de disparos en la cabeza. Probablemente por un negocio que salió mal.

—Es un dibujo muy malo. Ese hombre podría ser cualquiera.

—Sí. Por suerte, no es uno de nuestros casos.

—¿Puedo saber cómo obtuvisteis el dibujo?

—Tenemos muchos contactos, algunos en las fuerzas de seguridad y otros fuera.

—Está bien saberlo. Así que nuestra chica es una de esas maestras.

Lindsey pulsó otra tecla e Ingrid volvió a aparecer en las pantallas.

—No estoy segura de eso. Dejó que la vieran varias personas. Se acostó con tu amigo varias veces. Comieron y cenaron en sitios públicos. Eso es muy inusual en una asesina del nivel de los maestros. Normalmente a esos nunca los ven. Pero, por otro lado, esconderse a plena vista es muchas veces una estrategia inteligente.

—Tal vez no tenía elección. Acostarse con Bob la llevó hasta su objetivo.

—¿Hay alguna posibilidad de que se acostara con Nelson?

—¿Quién sabe? Estaba soltero y cerca. Una chica guapa, con buen cuerpo y encantada de meterse en su cama, por razones ocultas, pero más que dispuesta de todas formas... Seguro que es algo que ya has visto antes.

—La verdad es que no. No es raro en el mundo del espionaje, pero no lo hemos visto nunca. Los servicios de espías de élite siempre han reclutado mujeres guapas y seductoras. Como ya sabes, el masculino a veces es un sexo muy débil.

—Eso he oído. En esto no está metido el Mossad, ¿verdad?

—Es muy poco probable. Una espía entrenada no correría el riesgo de que la grabaran en vídeo andando por un hotel.

—¿Cuántos asesinos a sueldo son mujeres?

—Hasta donde yo sé, ninguno. Ingrid sería la primera.

—¿Y cómo lo hizo?

—He leído tu resumen y creo que tu teoría es bastante acertada. Llegó a la isla con un colega, probablemente un hombre. Fingieron ser pareja para alquilar un apartamento cerca del de Nelson. Supongo que habrá muchos disponibles.

—Como un millón. Estamos en Florida.

—Después ligó con tu amigo Bob y así conoció a Nelson. Que la tormenta apareciera fue un golpe de suerte, porque eliminó prácticamente las posibilidades de que la atraparan. Y ahora ha desaparecido.

—¿No hay posibilidad de encontrarla?

—Siempre hay una pequeña posibilidad. Quedaré con los amigos que tengo en el FBI para charlar. Les encantará ver a esta Ingrid y añadirla a su lista, bastante corta, de asesinos profesionales. ¿Quién sabe? Es un mundo turbio, y siempre aparecen potenciales informantes en busca de dinero. Es complicado, pero tal vez haya alguien por ahí que sepa algo y que necesite efectivo. Pero lo dudo.

—¿Qué teoría tienes sobre lo de su ordenador?

—Después de matarlo, no se iría sin su contenido. Pero si lo hubiera robado, eso sería una pista clarísima para la policía.

—¿Lo cambió por otro?

—Eso creo. Lo reemplazó por un disco duro que no contenía nada útil, pero que estaba bien encriptado. La policía no podría llegar ni a la superficie.

—Así que conocía las especificaciones de su ordenador de sobremesa.

—Todo esto son conjeturas, pero yo diría que sí. Es probable que su compañero y ella estuvieran dentro del apartamento de Nelson. ¿Tenía algún tipo de sistema de seguridad?

—Sí, tenía una alarma. Había una cámara en la puerta principal y otra que daba al patio de atrás. Las dos quedaron destruidas por la tormenta. La policía cree que las desconectaron antes.

—¿Y dónde está su ordenador? —preguntó ella.

—Lo tiene la policía. Se supone que lo van a devolver la semana que viene, junto con los demás objetos personales. Polly McCann ha quedado con ellos para recogerlos. A mí me han dejado fuera de todo lo relacionado con la investigación, pero eso no me supone un problema.

—¿Qué día de la semana que viene?

—El miércoles.

—Me gustaría estar allí.

—Ven a la isla. Te haré la visita guiada.

—Necesitamos ver ese disco duro. Si es un señuelo que ha dejado la asesina, entonces se trata de una pista, aunque no sé lo que podremos hacer con él. Si es el disco duro real, entonces podría ser un cofre del tesoro lleno de información.

—Suponiendo que podamos acceder a él.

—Sí, pero ¿no has incluido en tus notas que la hermana tiene la contraseña de la memoria USB?

—Así es.

Lindsey le dedicó una sonrisa radiante.

—Eso es lo único que necesitamos. Nuestros chicos podrán acceder con eso.

—En eso estoy perdido. Me supera.

—A mí también. Dejemos que sean los expertos los que se preocupen por ello.

—Entonces ¿necesitáis la memoria?

—Claro. Y quiero leer la novela. La utilizaremos para entrar en el disco duro de Nelson.

—Seguro que no encontraréis gran cosa. Él era muy hermético, no se fiaba de internet, odiaba la nube, se negaba a hacer compras online, nunca decía nada importante en sus correos electrónicos, ignoraba las redes sociales y pagaba en efectivo la mayoría de sus compras. Dudo que Nelson dejara muchos rastros.

—¿El apartamento está en venta?

—Así es. Lo han limpiado, pintado, vaciado y lo han dejado como nuevo. La policía salió de allí hace tres semanas. Pero ahora mismo el mercado está muy flojo.

—¿Puedes organizarme una reunión con Polly McCann?

—Encantado. No tengo otra cosa que hacer. Nadie de la isla compra libros y estoy aburridísimo.

4

El hombre de mediana edad tenía el aire hastiado y desaliñado de un reportero veterano. Se pasó por la librería, encontró a Bruce aburrido en su mesa y se sentó con él sin haber sido invitado. Dijo que era un reportero freelance que trabajaba para *Newsweek* y le pasó una tarjeta que se suponía que demostraba lo que decía. Bruce la examinó. Donald Oester. Una dirección de Washington.

Oester estaba buscando un rastro para preparar un artículo sobre la muerte del autor superventas Nelson Kerr. Había hecho el trabajo preliminar que era de esperar. Había examinado el testamento, pendiente de aprobación, pero no había encontrado gran cosa. El inventario de activos y deudas no saldría hasta dentro de varios meses. Había perseguido a Carl Logan, el jefe de policía de Santa Rosa, pero no había conseguido nada. También había contactado con el capitán Wesley Butler de la policía estatal, pero este le contestó que no podía comentar nada de una investigación en curso.

—¿No están todas las investigaciones de homicidio en curso hasta que se encuentra al asesino? —preguntó Oester con una carcajada.

Bruce habló con mucha cautela sobre Nelson, el tiempo que había pasado en la isla y de sus libros, pero tuvo mucho cuidado de no decir nada sobre la escena del crimen ni de lo demás. Varios días después de que muriera Nelson se publicaron breves noticias sobre su muerte durante el huracán en algunos periódicos. Una revista digital sobre el mundo editorial mencionó que la policía estaba investigando, pero tampoco revelaba nada. El diario de Jacksonville publicó un breve obituario y después un artículo un poco más largo sobre la investigación. Pero hasta entonces ningún reportero había contactado con Bruce.

—¿Estaba trabajando en una nueva novela? —preguntó Oester.

—No lo sé —respondió Bruce—, pero la mayoría de los escritores siempre están trabajando en algo.

—He hablado con su antiguo editor de la editorial Simon & Schuster y me ha dicho que Kerr abandonaba el barco, que estaba buscando otra casa y que estaba trabajando en algo grande.

—Creo que seguía buscando. Hasta donde yo sé, Nelson era no tenía ningún contrato cuando murió. Tampoco tenía agente, estaba buscando uno nuevo.

—¿Cuánto sabe usted de su pasado, los viejos tiempos en los que era abogado?

—¿Cuánto sabe usted?

Oester volvió a reír, esta vez algo nervioso.

—Encontré a un antiguo colega por ahí, pero lo conoció hace diez años. No sé mucho, la verdad. Intenté hablar con su exmujer, pero es dura.

—No la conozco.

—¿Podemos decir que se trata de un autor superventas? Es decir, sé que estaba por todas partes, pero ¿de verdad vendía tantos libros?

—Sí. Sus tres novelas han entrado en las listas de los libros más vendidos del *Times* y *Publishers Weekly*. Y cada nuevo libro iba mejor que el anterior. Eso lo animaba a escribir más, pero también le gustaba viajar, la pesca deportiva y la vida en la playa.

—¿Vendió cien mil ejemplares de todos?

—Diría que sí. Pero sus cifras de ventas estarán en internet.

—He mirado, pero me han dicho que esas cifras no son fiables. ¿Usted vendía sus libros?

—Sí. Nelson tenía sus seguidores.

—¿Cree que lo asesinaron?

—No le voy a contar nada que le sirva. La policía estatal está investigando, y eso es todo lo que le puedo decir.

—Está bien. ¿Conoce a su hermana, Polly McCann?

—Sí.

—¿La podría convencer para que hablara conmigo? Me ha colgado el teléfono dos veces.

—No, lo siento. No la conozco tan bien.

Oester se puso en pie y se dirigió a la puerta.

—Volveré. Y llámeme si se entera de algo.

—Claro —respondió, mientras pensaba que ese reportero ya podía esperar sentado.

5

El aburrimiento no disminuyó cuando los días empezaron a ser más fríos. Una semana después de su viaje a Washington, Bruce recibió a Lindsey Wheat y Polly McCann en Bay Books. Se reunieron en su recién renovado despacho de la primera planta, en la sala de las primeras ediciones, con las paredes cubiertas de cientos de libros autografiados. Era sábado por la mañana y, para variar, la librería estaba llena de gente porque un grupo de madres jóvenes había llevado a sus hijos a la cafetería para una sesión de cuentacuentos. Cualquier otro día Bruce estaría con ellas, tomándose un capuchino y flirteando, pero en ese momento tenía cosas importantes que atender.

El día anterior Polly había quedado con Wesley Butler en el laboratorio de criminalística para que le diera un informe actualizado. Se habían hecho muy pocos progresos. Butler le entregó el portátil, el ordenador de sobremesa, el móvil y dos maletines de piel que pertenecieron a Nelson. Admitió que sus técnicos no habían sido capaces de descifrar los códigos de encriptación. Una vez más, no tuvo la perspicacia de preguntarle a Polly si sabía algo sobre la novela que estaba escribiendo su hermano. Dejó entrever que no sabía cuál iba a ser el siguiente paso y, en general, tampoco se le veía muy preocupado por resolver el crimen. Y dejó bien claro que no quería que Bruce Cable volviera a llamarle para meter las narices en su investigación.

Bruce se tomó bien esas noticias. Para él, la policía estatal ya no pintaba nada y ya había malgastado demasiado tiempo con ellos.

Lindsey cogió el USB que le dio Polly, lo conectó a su portátil, metió la contraseña para la encriptación y envió los datos a los técnicos en sus oficinas centrales. Después se lo dio a Bruce y le pidió que imprimiera tres copias del manuscrito en papel para que los tres se lo leyeran esa noche. Estaban de acuerdo en que ya era hora de leer la obra maestra de Nelson. El resumen de diez páginas que habían escrito Mercer y Thomas había resultado útil, pero necesitaban conocer toda la historia.

Una hora después, Lindsey recibió una llamada de su oficina con las instrucciones para descodificar el disco duro. Ella encendió el ordenador, metió los códigos y nadie se sorprendió cuando encontró dos discos duros asegurados con otra encriptación. Como ella esperaba, Ingrid había robado los dos reales cuando asesinó a Nelson y los había sustituido. La asesina y sus compinches no podían saber que Polly tenía un disco duro con una contraseña y la novela terminada. Habían supuesto, acertadamente, que la policía no podría desencriptar el ordenador de Nelson y que ahí terminaría la búsqueda.

En su portátil no había contraseñas y estaba bloqueado cualquier acceso. Lindsey dijo que se lo llevaría a la oficina para que sus técnicos le echaran un vistazo, pero no se mostró muy optimista.

Pasaron dos horas y se tomaron infinitas tazas de café solo mientras revisaban los cuadernos y las carpetas de Nelson. A mediodía, Bruce pidió comida mientras seguían trabajando en su despacho. Una de sus empleadas trajo sándwiches y té con hielo. Cuando se iba, Bruce le preguntó si había ido algún cliente esa mañana.

—Solo los niños —contestó ella, riendo.

Lindsey, la profesional a la que pagaban los otros dos, había asumido poco a poco el control de las conversaciones. Bruce y Polly no tenían problema en confiar en ella y seguir sus directrices.

—Esta mañana en la oficina hemos estado discutiendo un plan que se me ha ocurrido —dijo mientras comían—. Creo que todos estamos de acuerdo en que Nelson no mostró ningún interés por las residencias de mayores en ningún momento de su vida, hasta el final. Así que alguien tuvo que contactar con él para contarle la historia. Alguien de dentro. Un informante, un delator, aunque contárselo a un escritor no es exactamente «delatar» en términos del FBI, pero ya me entendéis. Esa persona eligió no ir a la policía por la razón que fuera, sino que fue a buscar a Nelson. Había leído sus libros y sabía que no tenía reparos en utilizar la ficción para sacar a la luz los negocios sucios de la gente malvada. Cambiando todos los nombres para proteger a los culpables, claro. Encontrar a esa persona es crucial para el éxito de nuestra tarea.

Bruce no dejaba de asentir mientras comía su sándwich. Ya había oído eso antes. Nick Sutton había predicho hacía meses que había un informante implicado en todo aquello.

—Tenemos que ponérselo fácil a esa persona para que nos encuentre —continuó Lindsey—. Es probable que esté vigilando el procedimiento que sigue el testamento, es público y está en internet, y buscando una forma de contactar con nosotros. El primer paso del plan es nombrar a Bruce albacea del patrimonio literario de Nelson. El segundo, venderle la novela a un editor y asegurarse de que la información trascienda. Bruce, este es tu territorio y tú lo harás mejor que Polly desde California.

—No estoy seguro —contestó Bruce—. No sé si quiero que Ingrid vuelva a visitar la isla.

—Olvídate de ella. Se ha ido.

—Hablamos de esto hace meses —intervino Polly—. ¿Recuerdas que te pedí que te ocuparas de los asuntos literarios de Nelson?

—Sí, claro que me acuerdo. ¿Y recuerdas tú por qué te dije que no?

—No. Todo lo que pasó entonces está un poco borroso en mi mente.

—Es lo lógico —replicó Lindsey—. Tú conoces a los agentes y los editores y puedes conseguir un buen contrato para el libro. Además, controlas mejor su bibliografía y sabes qué hacer con ella.

—¿La bibliografía? —preguntó Polly.

—Sus otros títulos, que están publicados en papel —respondió Bruce.

—¿Todavía generan *royalties*? —preguntó Polly.

—Oh, sí. Sobre todo este nuevo libro. Habrá *royalties* que añadir a su herencia durante unos cuantos años, y supongo que después irán disminuyendo hasta casi desaparecer.

—¿Y los derechos para el cine? —quiso saber Lindsey.

—Hubo conversaciones sobre eso en el pasado, pero al final no llegó a nada. Casi todos los best sellers llaman la atención del mundo del cine y la televisión. Pero yo no quiero poner a los malos tras mi pista. Trabajamos asumiendo que a Nelson lo mataron por algo, ¿no? Si yo soy el que mueve sus libros, puede que sea a mí a quien encontréis con un par de heridas en la cabeza.

Lindsey sacudió una mano para descartar esa idea.

—Ya han acabado y no van a volver. Es imposible que se arriesguen a hacer otro trabajo como este. Fue algo muy estúpido en su momento. Querían evitar que Nelson publicara el libro, pero no sabían que lo había terminado. Y ahora se va a publicar de todas formas.

—Estamos asumiendo que es lo bastante bueno para que lo publiquen... —apuntó Polly.

—Eso es —respondió Bruce.

—Ya te lo he dicho, Bruce. No puedo leer esto. Lo he intentado muchas veces y no es de mi gusto. No me imagino teniendo que gestionar su patrimonio literario durante años. Ya estoy bastante fuera de mi elemento con el resto. De verdad que necesito que aceptes hacerlo tú.

—Vale, esa es una de las razones —aceptó Bruce—. Pero la otra es atraer a ese informador que creemos que puede existir, aunque no estamos seguros.

—Correcto —contestó Lindsey—. Creemos que podría ser un elemento crucial de nuestro plan.

—¿Creemos? ¿Quiénes?

—Mi gente, Bruce. Mi equipo. Esto es lo que hacemos nosotros, por lo que nos pagas. Ponemos trampas, creamos ficciones, ponemos a la gente adecuada en el sitio correcto y esperamos que funcione. Igual que hace tres años. Tú mismo has dicho que se trató de un plan brillante.

—Lo fue, pero no funcionó.

—¿Qué pasó hace tres años? —quiso saber Polly.

—Dejemos eso para la cena —respondió Bruce con una sonrisa.

La empleada volvió a entrar con tres voluminosos manuscritos, de por lo menos diez centímetros de grosor cada uno. Los dejó en la mesa de su jefe, le devolvió le memoria y salió del despacho.

—Bueno, pues aquí tenemos nuestra siguiente tarea —anunció Lindsey.

—Yo no quiero leerlo —insistió Polly—. El resumen ya me resultó muy aburrido.

—Me temo que no tienes elección —la contradijo Bruce—. Las dos podéis iros a leer a mi casa. Podéis hacerlo en el porche, en la galería, en una hamaca o donde queráis. Noelle está allí y estará encantada de teneros cerca.

—¿Dónde vas a leer tú? —preguntó Polly.

—Aquí mismo. Yo soy rápido y necesito vigilar la librería por si algún cliente entra por equivocación.

6

Las primeras críticas de *Pulso* fueron heterogéneas. Cuando al anochecer se reunieron para tomar unos cócteles en la galería, los tres cansados lectores compararon opiniones. Bruce dijo que casi había terminado, aunque confesó que se había saltado trozos, como siempre hacía con los libros. Estaba disfrutando de la historia y reconoció que estaba encantado. Lindsey afirmó que no era crítica literaria y que sus gustos iban más bien por la no ficción y la biografía, pero también le estaba gustando la historia. Pero el estilo no era para tirar cohetes. Polly apenas había logrado llegar a la mitad del montón de quinientas páginas mecanografiadas y dudaba mucho que pudiera terminarlo.

—¿Puedes venderlo? —preguntó.

—Claro —respondió Bruce—. Dada la trayectoria profesional de Nelson, seguro que algún editor nos hará un contrato. Es muy comercial y fácil de leer. —Bruce se había dado cuenta de que Polly había utilizado la palabra «puedes», como si ya le hubiera nombrado albacea literario de Nelson. Esperaba que ella preguntara «¿por cuánto?», pero no lo hizo.

Noelle apareció con una botella de vino blanco y rellenó las copas. La invitaron a sentarse y unirse a la conversación. Bruce les había dejado claro que se lo contaba todo, pero ella prefirió irse para preparar la cena.

—Mientras leo, no dejo de preguntarme cuánto de lo que cuenta será verdad —dijo Bruce—. ¿De verdad habrá un fármaco que prolongue la vida de los enfermos terminales, con unos efectos secundarios desconocidos porque los pacientes están en coma y moribundos?

—Es muy raro, pero ahora mismo debemos asumir que es verdad —respondió Lindsey—. A Nelson lo asesinaron por alguna razón y, hasta que no sepamos algo más, tenemos que suponer que fue por su novela.

—Lo que hace que la teoría del informante sea aún más plausible —intervino Polly—. Porque no hay forma de que Nelson supiera nada de todo eso. He estado dos meses buscando por internet y no he encontrado nada ni remotamente similar a la situación que narra.

—Nosotros también —corroboró Lindsey—. Si es cierto, es un secreto muy bien guardado.

—Y hay miles de millones en juego —añadió Bruce.

—Especulemos un poco —propuso Polly—. Tú eres Nelson Kerr y has escrito tres best sellers. En ninguno se habla de fármacos, cuidados sanitarios ni nada por el estilo. Un informante contacta contigo, probablemente alguien que trabaja para la productora del fármaco o para las residencias, y quiere hablar y desenmascarar a esa gente depravada.

—Y también quiere dinero —añade Bruce—. Se está arriesgando mucho y quiere que se lo compensen.

—¿Por qué no ir al FBI? —preguntó Polly.

—Porque no está seguro de que eso sea un delito —apuntó Lindsey—. El fármaco prolonga la vida, no mata a la gente.

—Pero es un fraude, ¿no?

—No lo sé. Nunca se ha llevado a juicio algo así, es algo completamente desconocido. El informante no está seguro de que pueda sacar algo por dar el soplo a los federales. Tiene conciencia y está asustado. Necesita conservar su trabajo, así que decide contactar con Nelson Kerr, que es un escritor al que admira.

—Nelson empieza a investigar —continuó Bruce— y hace demasiadas preguntas. Los malos se dan cuenta de que puede suponer un problema y es probable que empiecen a vigilarlo. Cuando descubren lo que está haciendo, entran en pánico y deciden quitárselo de en medio.

—Una decisión estúpida —declaró Lindsey—. Pensadlo. Ya se ha publicado que murió en circunstancias sospechosas durante un huracán. Acababa de terminar una novela, la última, que estaba a punto de publicarse. ¿Os podéis imaginar la locura mediática que se va a desatar cuando se filtre que el autor fue asesinado? Si eres la persona que ordenó el asesinato, lo último que querrás es publicidad, porque habrá más gente investigando el asesinato mientras el libro vuela de las estanterías. Alguien tomó una decisión muy estúpida.

—Estoy de acuerdo. Pero ¿quién fue? —insistió Polly.

—Lo descubriremos —aseguró Lindsey.

—Me gustaría que nos contaras tu plan —pidió Bruce.

—Para eso te pagamos —añadió Polly.

Lindsey se acomodó en su butaca y se quitó las sandalias. Le dio un sorbo al vino y pareció paladearlo. Noelle apareció en el umbral de la puerta y anunció que la cena estaría lista en cinco minutos, por si alguien quería ir a lavarse y refrescarse.

Después de eso, Lindsey habló por fin:

—De entrada vamos a movernos en dos frentes. Del primero ya hemos hablado, e implica que Bruce se convierta en el albacea para los asuntos literarios, que venda el libro y genere todo el revuelo posible con el tema de la muerte de su autor. Esperemos que eso atraiga al informante de Nelson. El segundo frente implica contar con un infiltrado en la industria. Hay ocho empresas que controlan el noventa y cinco por ciento de todas las camas de las residencias de la tercera edad. Seis presentan cuentas públicas, porque tienen que responder ante sus accionistas, normalmente cumplen con las normativas e intentan no tener problemas. Las otras dos son de titularidad privada y son de las malas. Las demandan cada dos por tres por violaciones graves de la normativa sanitaria, registros chapuceros, instalaciones que dejan mucho que desear y una larga lista de lo más triste. Estas dos empresas ganan miles de millones. Así que tenemos que entrar.

Bruce y Polly se quedaron expectantes y esperaron a que dijera algo más.

—Has mencionado la palabra «infiltrado» —dijo Bruce por fin.

—Sí. Tenemos nuestros métodos. No somos el gobierno y, como sabes, tenemos formas de recopilar información que podría decirse que se produce en las zonas grises. Nunca hemos infringido las leyes, pero tampoco nos limitan sutilezas legales como la causa probable y las órdenes de registro.

—Perdón, pero ¿de qué estamos hablando? —interrumpió Polly.

—Te lo explicaré durante la cena —prometió Bruce—. Pero trabajas para nosotros, Lindsey, y es lógico que te preguntemos si os movéis fuera de la ley.

—No. Sabemos hasta dónde llegan las zonas grises. Igual que tú, Bruce.

7

Noelle era una excelente cocinera, y sus raviolis de langosta fueron todo un éxito. Durante la cena charlaron sobre seguros para inundaciones, o más bien sobre no tenerlos, y de cuánta gente en la isla se estaba dando cuenta ahora de que no tenían sus pérdidas cubiertas. Como en todas las tormentas, los equipos de ayuda y de emergencia habían sido cruciales y muy apreciados, pero con el tiempo se habían tenido que marchar a atender el siguiente desastre.

Bruce se rellenó la copa de vino y apartó el plato unos centímetros.

—Polly, no sé si te acordarás, pero hace tres o cuatro años robaron unos valiosos manuscritos de la biblioteca Firestone de la Universidad de Princeton. Aunque tenían un valor incalculable, estaban asegurados en veinticinco millones de dólares. Pero Princeton no quería el dinero. Quería los manuscritos, y como la compañía de seguros no tenía ganas de extender un cheque, decidió encontrar los manuscritos y para ello contrató a la empresa de Lindsey.

Lindsey sonrió, tomándoselo con deportividad.

—En aquel momento yo me dedicaba bastante en serio al comercio de libros raros, un mundo turbio y oscuro hasta en el mejor de los casos. Incluso hay quien ha sospechado que yo movía libros raros robados. No me preguntes si lo he hecho alguna vez, porque no te voy a responder. Y si te contesto, ten en cuenta que soy conocido por hacer mis pinitos con la ficción, como mis escritores favoritos.

—No sé si deberías estar contando esta historia, Bruce —intervino Noelle.

—No lo voy a contar todo. El hecho es que, en aquel momento, algunas personas sospecharon que era yo quien tenía los manuscritos de Princeton. Eso no me lo preguntes tampoco. Un agente con mucho talento que trabajaba para la empresa de Lindsey ideó un plan muy elaborado para infiltrarse en mi casa, mi negocio y mi círculo de amigos. La idea era acercarse mucho a mí y curiosear. Encontraron a Mercer Mann y le ofrecieron el dinero suficiente para que aceptara. Ella estaba casi en la ruina y era un buen objetivo. También tenía una relación lejana con la isla. Mercer apareció en la cabaña de la playa de su abuela y dijo que había venido a pasar seis meses para terminar su novela. Era una buena historia, una gran tapadera y funcionaba a la perfección. Hasta que dejó de hacerlo. Ella se convirtió en una maravillosa amiga que se ha sentado a nuestra mesa muchas veces. Adorábamos a Mercer, y todavía lo hacemos. Es una escritora con un talento enorme.

—¿Encontró los manuscritos? —preguntó Polly.

—No, aunque se acercó lo bastante como para implicar al FBI. Pero llegaron tarde. Por poco. Una cantidad de dinero cambió de manos y los manuscritos volvieron a Princeton. Al final, todos contentos.

—Y ya no hace falta contar más de esa historia —concluyó Noelle.

—Cierto.

—¿Se supone que debo sentirme impresionada o reconfortada? —continuó Polly.

—Impresionada —respondió Bruce—. La empresa de Lindsey no es barata, pero vale todo el dinero que le pagamos.

8

Jean-Luc murió una semana antes de Acción de Gracias. Noelle pareció encajarlo bien, así que Bruce decidió no hablar de eso con ella. Si estaba pasando el duelo, él no quería saberlo. Estuvo un poco apagada varios días, pero puso buena cara y no mencionó al que había sido su compañero durante tanto tiempo. Bruce tenía negocios en Nueva York y se ausentó de la isla durante una semana.

Cuanto más tiempo pasaba fuera de casa, más pensaba en escapar. La isla estaba destrozada y sus vecinos parecían agotados. Leo había azotado la isla hacía tres meses y medio, y según pasaba el tiempo se iba haciendo patente que tardarían años en recuperarse del todo. Era obvio todos los días, lo tenían delante de las narices. Un trozo de valla que había que arreglar o sustituir. Un árbol viejo con escombros todavía enredados entre las ramas. Un tejado que goteaba y que ningún contratista tenía tiempo de arreglar. Una casa abandonada, demasiado dañada para repararla. Una alcantarilla atascada por la basura. Un parque de la ciudad lleno de viviendas prefabricadas provisionales y gente desesperada sentada en sillas de jardín alrededor, esperando algo. En los bosques cercanos, había gente aún más desesperada todavía viviendo en tiendas de campaña.

Durante un tiempo Bruce pensó en cerrar la librería, tomarse un año libre e irse a algún lugar exótico con Noelle a no hacer nada más que leerse todos los grandes libros para los que no tenía tiempo. No tenía deudas y sí mucho dinero en el banco. Podría decir que era un período sabático o lo que fuera y volver a abrir en algún momento del futuro, cuando la isla volviera a estar como siempre y hubieran vuelto los turistas. Pero ese momento pasó. Bay Books era demasiado importante para la isla y Bruce no se podía imaginar la vida sin ella. Además, les debía lealtad a sus empleados y sus clientes.

La Navidad estaba a la vuelta de la esquina y un tercio del total de las ventas de libros se hacían durante las vacaciones. Su personal y él habían decidido decorar la librería más de lo habitual, hacer más horas, ofrecer más descuentos y ofertas y celebrar fiestas. La isla necesitaba su librería para mantener las cosas en su sitio y recordarle a todo el mundo que la vida iba poco a poco volviendo a la normalidad.

Bruce se pasó la mayor parte de diciembre en su mesa, corrigiendo *Pulso*. Siempre había disfrutado editando las obras de otros escritores, y había leído tantas novelas populares que siempre podía darle un toquecito aquí y allá para mejorarlas. Pero por primera y tal vez única vez en su vida, tenía la posibilidad de retocar un manuscrito completo. Bruce pagó a una mecanógrafa para que pasara a limpio el borrador y, cuando ella terminó, convenció a Bob Cobb de que lo leyera. Bob no se quedó impresionado por el estilo ni por la historia, pero solía ser muy crítico con otros escritores. Nick volvió de Venecia por vacaciones y Bruce le envió a Nashville una copia en papel. Él se lo leyó en dos días y le aseguró que se vendería.

La primera semana de enero, Bruce fue al juzgado con el abogado que se ocupaba de la herencia para que le nombraran albacea del patrimonio literario de Nelson. El anciano juez nunca había oído algo así, pero no tuvo problema en firmar el mandato judicial.

Al día siguiente él envió el libro al anterior editor de Nelson en Simon & Schuster. Llevaban un mes hablando del libro, así que no le sorprendió cuando llegó. Nelson había renegado de ese editor por alguna razón poco clara que ya no importaba. Pero Bruce, como albacea, no buscaba un contrato jugoso. El libro no merecía gran cosa y ningún editor estaría dispuesto a pagar mucho a un escritor muerto que no podía encargarse de la promoción del libro y mucho menos escribir una secuela. Además, el dinero no era problema. El patrimonio de Nelson era algo que le había caído del cielo a Polly y sus padres, que tampoco eran personas codiciosas.

No hacía falta decir que Bruce tampoco quería un gran contrato. Más dinero significaba más publicidad, sobre todo cuando estaba en el aire la palabra «asesinato», y Bruce no quería atraer ese tipo de atención. Ingrid estaba ahí fuera, en alguna parte, y si no era ella, probablemente aparecería otra persona. Lindsey Wheat estaba convencida de que los responsables de la muerte de Nelson no eran tan inteligentes y no lo intentarían otra vez, pero ella trabajaba en la sombra y muy pocos conocían su nombre. El juez había nombrado albacea al señor Cable y todos los detalles estaban disponibles en internet.

Una semana después el editor le llamó para ofrecerle doscientos cincuenta mil dólares por todos los derechos: los de tapa dura, tapa blanda, libro electrónico y derechos para el extranjero. Esa cantidad era la mitad de lo que valía el libro, y si Bruce hubiera sido un agente literario duro se habría puesto hecho una furia y habría amenazado con vendérselo al mejor postor. Pero como no lo era, porque no ganaba nada con esa transacción, se lo pensó durante un día, después pidió trescientos mil y los consiguió.

De hecho, el contrato era perfecto, lo bastante generoso como para ser adecuado para la herencia y lo bastante bajo como para no llamar la atención de nadie. Bruce le envió al editor un comunicado de prensa en el que había trabajado muchas horas:

> La última novela del popular escritor de suspense Nelson Kerr ha sido adquirida por Simon & Schuster, su editorial desde hace tiempo. La novela, *Pulso*, se publicará el año que viene con una primera tirada prevista de cien mil ejem-

plares. Las tres obras anteriores del señor Kerr (*Swan City*, *Blanqueo* y *Aguas duras*), que también publicó Simon & Schuster, se convirtieron en best sellers. Su editor, Tom Dowdy, ha declarado: «Estamos encantados de recibir la última novela de Nelson, aunque todavía estamos consternados por su prematura muerte. Llevaba años hablando de esta obra y estamos seguros de que sus fans la van a disfrutar enormemente».

El señor Kerr residía en Camino Island, Florida, y murió en misteriosas circunstancias el pasado agosto, durante el huracán Leo. La policía de Florida sigue investigando su muerte. Su amigo, el librero Bruce Cable, ha sido nombrado su albacea literario y es quien ha gestionado el contrato con Simon & Schuster. El señor Cable no ha querido comentar nada al respecto.

Los herederos ofrecen una importante recompensa para cualquiera que pueda aportar información útil sobre la muerte del señor Kerr.

7
La representación

I

Para llevar a cabo el plan ideado, Lindsey Wheat se había puesto unos vaqueros holgados, unas zapatillas de deporte blancas y una blusa beis debajo de una chaqueta azul marino. Vestirse de esa manera no era fácil para una mujer que se preocupaba por su apariencia, pero incluso con esos trapos, se sintió demasiado arreglada para el grupo que se había reunido esa mañana temprano para desayunar emparedados de pollo. Reconoció a Vera Stark en cuanto entró por la puerta y miró alrededor, como si fuera culpable de algo. Tenía veintiséis años, era negra, estaba casada y era madre de tres hijos, y durante los últimos cuatro años había trabajado como auxiliar en la residencia Glinn Valley Retirement Center. Su marido conducía un camión. Vivía en una caravana en un aparcamiento que estaba a las afueras de Flora, Kentucky, un pueblo con una población de tres mil seiscientos habitantes.

Lindsey había llamado a su móvil una hora antes, cuando estaba dejando a sus hijos en casa de su madre. Como era de esperar, Vera sospechó y no quiso hablar con una desconocida. Lindsey, utilizando un alias, le había ofrecido quinientos dólares en efectivo por diez minutos de su tiempo, un café y una galleta.

Tras un firme apretón de manos, la acompañó a una mesa con una enorme sonrisa y las dos se sentaron, una frente a la otra. El hecho de que Lindsey también fuera negra ayudó a romper el hielo. Vera volvió a mirar a su alrededor, convencida de que tenía que estar a punto de pasar algo malo. Su hermano mayor estaba en la cárcel y la familia ya había tenido varios encontronazos con la policía.

Lindsey le dio un sobre y le dijo:

—Ten el dinero. Y al desayuno invito yo.

Vera cogió el sobre y se lo metió en el bolsillo.

—Gracias, pero no tengo hambre —rehusó, aunque era obvio que no solía rechazar la comida—. ¿Es usted policía o algo así? —preguntó.

—Nada de eso. Trabajo para unos abogados de Louisville. Estamos investigando residencias por todo el estado. Demandamos a muchas por desatención y maltrato a los pacientes y, como tal vez hayas oído, Glinn Valley no tiene muy buena reputación. Necesito información de dentro y estoy dispuesta a pagar por ella.

—Y yo necesito el trabajo, ¿sabe? No es gran cosa, pero por aquí no sobran los empleos.

—No te vas a meter en problemas, lo prometo. No es nada ilegal, ¿vale? Solo necesito tener unos ojos dentro para reforzar los casos que estamos llevando.

—¿Y por qué yo?

—Si tú no quieres, encontraremos a otra persona. Ofrecemos dos mil dólares al mes en efectivo durante los próximos tres meses.

Lindsey no había dejado ningún rastro. Si Vera de repente se iba corriendo a su trabajo y le contaba a su jefa lo de su reunión, no podrían encontrarla. Desaparecería de ese triste pueblo y no volvería. Pero Vera ya estaba pensando en el dinero. Ganaba poco más de diez dólares la hora, trabajaba cuarenta horas a la semana y no tenía ninguna prestación social. Y estaban a punto de despedir a su marido. Vivían al día, y si dejaban de tener ingresos, no contaban con nadie que pudiera ayudarlos.

Pero Lindsey, por supuesto, ya sabía todo eso.

—Es dinero fácil, Vera —insistió para presionarla—. Y no te estamos pidiendo que hagas nada malo.

—Pues la verdad es que huele a chamusquina.

—Te aseguro que no es nada ilegal.

—¿Se supone que tengo que confiar en usted? Es la primera vez que la veo. Me llamó de repente y me dijo que tomara un café con usted.

—Te estamos ofreciendo más que un café.

—¿Y qué se supone que tengo que hacer? ¿De espía?

—Algo así. Los abogados para los que trabajo son expertos en el campo del maltrato en residencias. Seguro que has visto algunos casos.

—Pues yo no pienso ir a un juzgado; no, señora.

—No es eso lo que te estamos pidiendo. Eso no es parte del trabajo.

—¿Y qué pasará si los abogados llevan todos esos casos a juicio y Glinn Valley se arruina? ¿Qué haré yo entonces? Ya le he dicho, señora, que por aquí no sobran los empleos. Me pagan el salario mínimo por limpiar cuñas, ¿cree que me gusta? Pues no, pero mis hijos necesitan comer, ¿verdad?

Lindsey siempre admitía con rapidez una derrota. Se iba a levantar de la mesa y, si hacía falta, contactaría con el siguiente nombre de la lista. Alzó ambas manos fingiendo que se rendía.

—Gracias por su tiempo, señora Stark. Ya le he pagado. Que tenga un buen día.

—Tres mil al mes durante cinco meses —respondió Vera—. Eso son quince mil en total, en efectivo, más de lo que voy a ganar este año después de deducir los impuestos. El primer mes por adelantado.

Lindsey sonrió y la miró fijamente a los ojos. La vida se los había endurecido y le había enseñado a reaccionar con rapidez.

—Hecho —contestó con voz serena.

Vera sonrió.

—Todavía no sé cómo se llama.

Lindsey sacó una tarjeta con muy pocos detalles verdaderos. El nombre que figuraba era Jackie Fayard. El teléfono era un prepago de un mes. La dirección correspondía a la de un bufete del centro de Louisville que había sacado del registro mercantil, uno entre muchos.

—No hace falta que llame al bufete, porque nunca estoy allí —advirtió.

—¿Cuándo me dará el anticipo? —preguntó Vera.

—Mañana. Nos veremos en el Food Center, en Main Street, junto a las frutas y verduras, a la misma hora.

—Yo no voy a ese sitio. Allí compran los blancos.

—Pues por eso vamos a quedar allí. La reunión no durará ni cinco minutos.

—Vale, ¿qué tengo que buscar?

—Empecemos por los nombres de los pacientes con demencia grave. Los que ya están en cama todo el tiempo.

—Eso es fácil.

2

En el otro extremo de Flora, un colega de Lindsey llamado Raymond Jumper entró en un bar frecuentado por gente de campo y se sentó en un taburete de la barra. Aunque hacía mucho que habían quitado los carteles de SOLO BLANCOS, la política seguía vigente. Los negros tenían sus garitos y los blancos sus cervecerías, y en ese pueblo la vida nocturna seguía tan segregada como siempre. Jumper pidió una cerveza y empezó a examinar a la gente del local. Dos mujeres jóvenes y corpulentas estaban jugando al billar. Una de ella era su objetivo, la señorita Brittany Bolton, de veintidós años, soltera, sin hijos. Había acabado el instituto, estaba dando clases nocturnas en un centro de formación profesional a una hora de allí y todavía vivía con sus padres. Durante los últimos dos años había trabajado en Serenity Home, un centro de Flora que se publicitaba como «un lugar de retiro», pero que no era más que una residencia de ancianos de gama baja gestionada por una empresa con un largo historial de recortar demasiados gastos.

Jumper las vio jugar una partida desastrosa mientras se reían y hablaban sin parar. Después pidió dos botellines de cerveza y se acercó. Tenía treinta y dos años, estaba divorciado y sabía un poco de billar. Les ofreció las cervezas y las convenció de que le dejaran jugar. Una hora después estaban los tres en un reservado comiendo nachos y compartiendo una jarra de cerveza, cortesía de su cuenta de gastos. Su historia era que estaba allí para investigar un accidente para un bufete de Lexington, que estaba aburrido y buscaba a alguien con quien hablar. Se agobiaba en su habitación del motel, así que se fue al bar más cercano. No mostró preferencia por ninguna de las dos mujeres y procuró no pasarse con el flirteo, pero Brittany en particular parecía muy receptiva a sus atenciones.

Su amiga, April, tenía un novio que no dejaba de llamarla. A eso de las nueve de la noche ella tuvo que irse y dejó a Jumper con una mujer joven y gruesa con la que no tenía ganas de quedarse a solas. Le preguntó por su trabajo y ella le contó que trabajaba en un sitio horrible, en una residencia. Jumper pareció fascinado y empezó a hacerle preguntas. El alcohol le estaba haciendo efecto y Brittany empezó a hablar sin parar de su trabajo y de cuánto lo odiaba. En la residencia siempre faltaba personal, sobre todo porque a los auxiliares, cocineros, porteros y básicamente todos menos las enfermeras y el personal de dirección les pagaban poco más que el salario mínimo. Los pacientes estaban desatendidos de muchísimas formas, tantas que no quiso mencionarlas. La mayoría de ellos estaban allí, olvidados por sus familias, y aunque a ella le daban lástima, simplemente estaba agotada y harta de ese sitio. Tenía sueños más ambiciosos. Quería ser enfermera en un hospital grande, un trabajo de verdad y con futuro, que la llevara a algún lugar lejos de Flora, Kentucky.

Jumper le explicó que él hacía muchos trabajos para un bufete especializado en residencias que no atendían bien a los pacientes y le preguntó el nombre de la empresa que la contrataba. Bebieron más cerveza hasta que llegó el momento de irse, juntos o por separado. Jumper se excusó diciendo que tenía que hacer una llamada muy larga y se marchó tras intercambiar el número de teléfono.

Al día siguiente llamó a Brittany al trabajo y le dijo que quería hablar con ella. Quedaron después de su jornada laboral para tomar una pizza, a la que él volvió a invitar.

—Serenity tiene cinco centros en el Medio Oeste y muy mala reputación —dijo tras un par de cervezas.

—No me sorprende —contestó ella—. Yo odio ese sitio, a mis jefes, y no puedo soportar a la mayoría de mis compañeros, pero eso no tiene demasiada importancia, porque seguro que la mayoría ya no estará dentro de tres meses.

—¿Han demandado alguna vez a la residencia en la que tú trabajas?

—No lo sé. Solo llevo dos años allí. —Ella dejó la jarra de cerveza y se enjugó los ojos. A Jumper le sorprendió ver que estaba llorando.

—¿Estás bien?

Ella negó con la cabeza mientras se limpiaba las mejillas con una servilleta de papel. Él miró a su alrededor, esperando que no lo hubiera notado nadie. Ninguna de las personas que había en el restaurante los estaba mirando. Hubo una larga pausa en la conversación mientras esperaba que ella dijera algo.

—Has dicho que trabajas para un bufete de abogados —empezó.

—No estoy en nómina, soy un asesor, sobre todo en los casos de las residencias.

—¿Puedo contarte algo? —No era una pregunta—. Nadie sabe esto, pero todo el mundo debería ser consciente, ¿sabes?

—Sí, supongo.

—Hay una paciente en el ala donde yo trabajo, una chica que tiene la misma edad que yo, veintidós, así que ya no es una niña tampoco.

—¿Una mujer de veintidós años en una residencia de ancianos?

—Espera. Sufrió un terrible accidente de coche cuando era pequeña y está en muerte cerebral desde que tenía cuatro años. A duras penas respira sola, y la mantienen con vida con una vía de alimentación, pero lleva inconsciente mucho tiempo. Pesa menos de cuarenta y cinco kilos. Ya te lo imaginas. Da mucha pena. Su familia se mudó a otro lugar y se olvidó de ella, aunque lo entiendo. Tampoco es que tengan ninguna razón para visitarla. No puede abrir los ojos. En fin, yo odio a uno de mis compañeros, se llama Gerrard, tendrá unos cuarenta años y está intentando hacerse una carrera en la residencia. Un fracasado total, el tipo que más tiempo lleva limpiando cuñas. Adora a nuestros pacientes y siempre está bromeando y jugando a cosas con ellos. Si alguien gana el sueldo mínimo sin derecho a prestaciones y está contento, es para preocuparse, pero Gerrard es así. Lleva allí quince años y le encanta. Pero yo creo que sigue allí por otra razón.

Una pausa.

—¿Sí? —preguntó Jumper.
—El sexo.
—¿El sexo? ¿En una residencia de ancianos?
—Te sorprenderías.
—He oído historias —confesó Jumper, aunque no era verdad.

Ella se volvió a limpiar las mejillas con otra servilleta de papel y le dio un sorbo a la cerveza.

—A Gerrard le gusta rondar por la habitación de esta chica. Hace unos meses empecé a sospechar, pero no dije nada. No se puede confiar en nadie en ese sitio, todo el mundo tiene miedo a que lo despidan. Así que un día salí de mi ala para ir a comer a la cafetería. Pasé al lado de Gerrard y le conté una mentira, le dije que iba a Wendy's a buscar mi comida y que si quería algo. Me dijo que no. Diez minutos después volví a pasar por allí. La puerta de la habitación de la chica estaba cerrada con llave, una cosa que va contra las normas y es muy rara. Pero su habitación está unida a la de al lado, aunque hay un baño entre las dos. Yo había dejado la otra puerta abierta y a Gerrard no se le había ocurrido comprobarlo. Miré a hurtadillas por la puerta del baño y ese hijo de puta estaba encima de la chica, violándola. Intenté gritar, pero no pude. Quise coger algo para darle con ello, pero no pude moverme. No recuerdo haberme ido, no recuerdo nada hasta que llegué al baño de mujeres, me senté en la taza del váter e intenté controlar las lágrimas. Estaba destrozada. Tenía ganas de vomitar. No podía pensar con claridad. No podía hacer nada más que llorar. —Se limpió más lágrimas—. Conseguí acabar el día sin volver a ver a ese cerdo. Fui a ver a la chica y la bañé, algo que sigo haciendo todos los días. Pude introducirle un bastoncillo en la vagina y creo que conseguí una muestra. Todavía la tengo. Esa pobre chica, ahí, en la cama, muerta para el mundo. Quería contárselo a alguien. Pensé en decírselo a mis padres, pero no podrían ayudarme mucho y además no querrían saberlo. Se me ocurrió hablar con un abogado, pero me dan miedo. No me imagino teniendo que estar en el banquillo de los testigos en un juzgado con abogados gritándome y llamándome mentirosa. Así que esperé. Llegó un momento en que estaba decidida a ir directa al despacho de la directora y contárselo todo, pero tampoco puedo soportar a esa mujer. Ella siempre intenta proteger a la empresa, así que no se puede confiar en ella. Más o menos una semana después, Gerrard entró en la habitación de la chica y yo lo seguí. Lo señalé con el dedo y le dije: «Déjala en paz». Salió corriendo como un perrito asustado. No tiene agallas. Pero después ha seguido pasando el tiempo y aquí estamos.

Raymond Jumper se quedó fascinado con la trágica historia, pero también bastante anonadado. Eso no era parte del plan. Lindsey Wheat y su misteriosa empresa de Washington lo habían contratado para sobornar a empleados para que les entregaran los historiales confidenciales de los pacientes y, con suerte, el registro de su medicación. Habían seleccionado a Brittany Bolton como su primera candidata en Serenity Home. Pero ahora Brittany lo había elegido a él como su confidente. Su cerebro empezó a dar vueltas cuando la historia empezó a salirse del guion.

—¿Eso es todo? —preguntó.

—Hay un pequeño detalle escandaloso que descubrí más tarde —continuó Brittany—. La chica está embarazada. Imagínate. En muerte cerebral durante dieciocho años, viva solo gracias a una vía de alimentación y ahora embarazada.

—¿Estás segura?

—Casi. La baño todos los días y yo diría que está como de seis meses. Nadie más lo sabe. Cuando dé a luz, una prueba de ADN señalará claramente a Gerrard. Como lo del consentimiento queda fuera de toda cuestión, la empresa es la responsable...

—Y tendría que pagar millones.

—Eso había pensado yo. Millones. Y él irá a la cárcel, ¿no?

—Seguramente. Y por mucho tiempo.

—Qué cerdo.

—La empresa tendrá un seguro, así que el asunto se resolvería con rapidez y sin publicidad —aseguró Jumper mientras bebía su cerveza—. Es un pleito perfecto.

—Él es un criminal. He estado buscando por internet y he leído un millón de casos de maltratos en residencias. Pero ¿sabes qué, Raymond?

—¿Qué?

—No he encontrado ni uno solo como este. Y lo tengo yo. Quiero sacar algo de él. Soy una testigo ocular y tengo su semen. Y, lo que es más importante, quiero poder dejar este trabajo e irme de este sitio. Estoy cansada de bañar a hombres de noventa años que quieren que les toque sus partes íntimas. Y de carne vieja y fláccida, Raymond. Y de cuñas y llagas por estar encamado. Cansada de intentar que se sientan bien unas personas olvidadas cuando no tienen ninguna razón para sentirse bien. Quiero salir de ahí, y esto va a ser mi pasaporte para conseguirlo.

Jumper asintió, decidido a participar.

—Bien, ¿y qué plan tienes?

—No tengo ninguno, pero seguro que algún abogado estará dispuesto a pagarme algo por lo que sé. ¿Y el bufete para el que trabajas tú?

«Unos abogados que no existen», pensó Jumper, pero dijo:

—Oh, creo que matarían por hacerse con este caso. Suponiendo que se puedan verificar los hechos.

—¿Hechos? ¿Es que no me crees?

—Claro que sí, pero ese embarazo no se ha confirmado todavía. Ni le han pedido el ADN a Gerrard.

—Los hechos están ahí, Raymond, confía en mí. Me gustar verme como la confidente, la persona de dentro a la que la pagan por lo que sabe. ¿Tiene eso algo de malo?

—En mi opinión, no.

Los dos le dieron un bocado a la pizza e intentaron hacer planes. Había problemas, posibilidades, detalles que no conocían y mucho en juego. Jumper bajó la pizza con un trago de cerveza y se limpió la boca con la manga.

—Esto podría llevar meses, o años —dijo—, y yo estoy contigo. Pero ahora mismo tengo algo que hacer más urgente. Los abogados para los que trabajo necesitan información sobre Serenity.

—¿Qué tipo de información?

—De momento es todo un poco vago, pero les preocupan los pacientes con demencia grave, los pobrecillos que ya están permanentemente en cama, desconectados del mundo y sin posibilidad de volver. ¿Cómo los llamáis allí?

—Incons, tubos... Hay muchos apodos para los que no responden a los estímulos. Les puedes llamar lo que quieras, porque ya no les importa.

—¿Hay alguno en Serenity?

—Un montón.

—¿Me podrías dar sus nombres?

—Eso es fácil. Conozco a muchos. Ahora tenemos solo ciento veintitrés pacientes y podría decirte de memoria prácticamente todos los nombres.

—¿Por qué dices solo?

—Tenemos camas libres porque se están muriendo como locos. Así es ese sitio. Pero se llenarán pronto. Estoy deseando dejarlo ya.

—¿Cuántos de ellos tienen demencia grave?

—Muchos, y vemos más cada día. Yo tengo diecinueve pacientes en mi ala y siete llevan años sin decir ni una palabra. Y se alimentan por una vía.

—¿Qué les dan por esa vía?

—Una porquería. Un preparado para viejos. Les damos de comer cuatro veces al día, unas dos mil calorías. Muchas veces les damos las medicinas con la comida.

—¿Sería difícil conseguir una lista de la medicación que toman?

—¿Esto es ilegal, Raymond? ¿Me estás pidiendo que haga algo ilegal?

—Claro que no. Si sabes qué medicación toma un paciente y me lo comentas mientras tomamos una cerveza, no estás infringiendo ninguna ley. Pero si copias su historial y me lo das, entonces sí puedes meterte en problemas.

—¿Adónde quieres llegar con todo esto?

—Al juzgado. Pero tú no tendrás nada que ver en esa parte.

—¿Me vais a pagar algo por los servicios prestados?

—Sí. Pagamos dos mil dólares al mes en efectivo durante los próximos meses.

—Eso es más de lo que gano yo a diez dólares la hora.

—¿Eso es un sí?

—Supongo, pero tienes que prometerme que no me voy a meter en ningún lío.

—No puedo prometerte nada, Brittany. Si tienes cuidado, no tiene por qué pasar nada. Seguro que tampoco se preocupan mucho por la seguridad.

—Es broma, ¿no? Miembros del personal violan a las pacientes. Yo podría entrar en la farmacia mañana y llevarme lo que me diera la gana, aunque lo bueno no está ahí. A la directora se le olvida cerrar su puerta la mayoría de las veces. El único guardia de seguridad que hay es un viejo que debería ser uno de los pacientes con demencia de una de nuestras alas. No, Raymond, la seguridad no es una prioridad en nuestra querida Serenity. La seguridad cuesta dinero y a esa empresa solo le preocupa obtener beneficios.

A Jumper le hizo gracia la situación. Le tendió la mano derecha por encima de la pizza y ella se la estrechó.

3

Glinn Valley era una cadena de noventa residencias, propiedad de una empresa privada llamada Barkly Cave, que a su vez pertenecía a otra empresa privada llamada Northern Verdure. Había más capas por encima con muchas más empresas de varios estados. Por suerte, gracias a una investigación federal realizada dos años antes, se sabía que toda esa estructura de propiedades, tan intencionalmente densa, acababa en un grupo de inversores de Coral Gables, Florida. Su fachada visible se llamaba Fishback Investments, que era la propietaria y gestionaba doscientas ochenta y cinco residencias de veintisiete estados. Era una empresa privada sin escrúpulos que estaba en constante enfrentamiento con las autoridades por el tema de cuántos datos financieros tenía que hacer públicos. Los habían pillado mintiendo más de una vez y la culpa siempre recaía sobre un contable con poca experiencia, que acababa despedido en el acto con una indemnización. Su historial de cumplimiento de las normas era patético. Y sus instalaciones acumulaban las peores infracciones de todo el país y no escaseaban los pleitos.

Peor aún era la cadena Serenity Home, propiedad de un grupo misterioso con domicilio fiscal en Bahamas y dirigido por unos inversores que nunca habían pisado esas islas. Su empresa matriz, Grattin Health Systems, tenía trescientas dos residencias en quince estados y las gestionaba bien, si lo que importa es el resultado del balance anual. Según un artículo muy poco halagüeño publicado por Forbes, Grattin había ganado un total bruto de tres mil millones de dólares el año anterior y un neto del once por ciento después de impuestos.

La empresa tenía problemas en todos los estados en los que tenía residencias por culpa de las instalaciones en malas condiciones, cuidados médicos de tercera, personal inadecuado... La lista era larga y muy desagradable. Las demandas eran parte de su forma de vida.

En otro artículo de una revista jurídica hacían el perfil de dos bufetes nacionales cuya principal ocupación era ir detrás de las instalaciones de Grattin y ponerles pleitos. Grattin siempre llegaba a un acuerdo rápido y sin publicidad, pero no se molestaba en mejorar sus cuidados. Debido a la avanzada edad y las pocas capacidades de sus pacientes, las demandas no ascendían a grandes cantidades. Había una cita de uno de los abogados que decía: «La mayoría de nuestros clientes no puede pasar física ni emocionalmente por un pleito difícil, y Grattin lo sabe. No es posible conseguir ni que se acerquen a un juzgado. Siempre llegan a acuerdos».

Nadie de Grattin había querido participar en el artículo; aparentemente esa era la política de la empresa. La investigación presentaba la imagen de una estrategia silenciosa, espectral, momificada incluso, que se escondía en las plantas superiores de una torre, como si de un búnker se tratara, en la parte sur del centro de Houston.

Lindsey Wheat se reunió con los dos bufetes que andaban detrás de la empresa, pero no consiguió información sustancial. Los abogados admitieron que no tenían gran cosa porque a lo largo de los años no habían descubierto nada de interés. Ella quería los nombres de los fármacos que les prescribían a los pacientes con demencia, pero ninguno de los dos bufetes le facilitó ese dato. A cambio de las resoluciones, los bufetes habían firmado muchos acuerdos de confidencialidad con Grattin y los archivos estaban protegidos por la empresa.

4

Con Vera Stark y Brittany Bolton en nómina, el plan iba desarrollándose según lo planeado. La única complicación que había surgido eran las acusaciones de violación, algo a lo que Lindsey y Raymond seguían dándole vueltas.

Para la representación, Lindsey había alquilado una casa pequeña y anodina a las afueras de Lexington, a una hora al norte de Flora. Ese cubil había acabado convertido en una especie de sala de guerra en forma de oficina con sillas plegables y mapas colocados en las paredes. El más grande era uno de carreteras de Kentucky ampliado, con chinchetas de colores desperdigadas por el estado. Fishback Investments tenía trece residencias; Grattin, diecinueve.

Si sus dos informantes les traían lo prometido, Lindsey y su equipo evitarían tener que trasladarse a otro lugar. Pero si Vera y Brittany se echaban atrás, o fallaban de alguna otra forma, tendrían que volver al mapa y empezar de cero. Hasta ahora, Vera les había proporcionado los nombres de dieciocho pacientes con demencia tan avanzada que no podían salir de la cama, eran alimentados a través de una vía y no respondían a ningún estímulo. En ese momento había ciento cuarenta pacientes en la residencia que Glinn Valley tenía en Flora, así que era más o menos del mismo tamaño que Serenity. Allí, Brittany había identificado a veinticuatro pacientes.

Los expertos de Lindsey predecían que ese tipo casos ascendería al veinticinco por ciento de los pacientes totales en las residencias que ambas empresas tenían en Kentucky. Sus asesores legales habían analizado el caso de violación desde todos los ángulos y habían llegado a la conclusión obvia: que era un pleito enorme y difícil de perder, pero también complicado de manejar. Tendría que presentarlo la familia de la víctima de violación, que parecía desestructurada, incluso caótica. El dinero calmaría muchas tensiones, pero el caso exigiría mucho seguimiento. Y además estaba el problema del bebé no deseado. No había un solo matrimonio estable en toda la familia, ni cercana ni lejana, así que había muchas posibilidades de que se desataran desagradables peleas internas.

Pero nada de eso importaba, al menos no a Lindsey Wheat y su proyecto. Su prioridad era aumentar la confianza de Vera Stark y Brittany Bolton hasta conseguir hacerse con la medicación. Los laboratorios estaban a la espera.

Se reunió con Vera la fría mañana de un sábado de enero en una lavandería junto a Main Street, en Flora. Estaba llena de gente y no pudieron hablar, pero Vera le pasó un trozo de papel amarillo doblado que decía: «Cuatro más».

Lindsey insistía en que no hicieran nada por escrito o a través del correo electrónico, porque todo deja rastro. Solo utilizaban el teléfono para establecer el sitio y la hora de la reunión.

Le dio las gracias a Vera, salió de Flora y fue hasta el pequeño pueblo de Harrodsburg. A las diez de la mañana, puntual, Raymond Jumper entró en el restaurante de tortillas y se sentó frente a ella. Una camarera les sirvió café mientras los dos miraban la carta.

Una atractiva mujer negra de cincuenta y pocos años estaba sentada con un agradable hombre blanco de treinta y tantos. No tendría por qué suponer un problema, y en realidad no lo era. Entonces ¿por qué los miraba más gente de lo normal? Los dos prefirieron ignorar al resto de los parroquianos.

—¿Has tenido suerte con Vera? —preguntó Raymond.
Lindsey dejó la carta en la mesa.

—Otros cuatro nombres —anunció—. ¿Y tú?

—Tres, lo que hace veinticuatro, y Brittany cree que no

hay más. Quedé con ella anoche en un bar. A esa chica le encantan la cerveza, los nachos y la pizza.

—No creo que Vera esté lista para hacer una incursión en la farmacia. ¿Y Brittany?

—Lo hemos hablado. A una pregunta que le hice antes me contestó que suele manejar las vías de alimentación, pero que la comida y la medicación la prepara otra persona. A ella le dan una jeringuilla llena de una mezcla de preparado y medicinas y ella la inserta en la sonda de alimentación. No ve los fármacos, pero cree que algunos son líquidos y otros pastillas machacadas o cápsulas abiertas. Como ya ha dicho antes, no tienen mucha seguridad en la farmacia y no le da miedo entrar, pero no sabe qué tiene que buscar.

—Pero ¿está dispuesta a intentarlo?

—No lo sé. Ya lo hemos hablado. Decirnos nombres es una cosa y robar fármacos, otra. No está muy segura. De lo único que quiere hablar es de la demanda. Le estoy dando largas, diciéndole que hablaré con los abogados cuando ella esté preparada.

—Me gusta la idea de que aconsejes a Brittany sobre la demanda. Eso crea confianza y familiaridad. Pero adviértele de que el pleito no es suyo. Puede que sea el testigo más importante, pero eso no le da derecho a un montón de dinero.

—Ha leído en alguna parte, quizá esté leyendo demasiado, que en algunos casos, el que da el chivatazo se lleva el veinte por ciento de lo que se consiga en el acuerdo. ¿Te suena algo de eso?

—Yo solo sé que cada caso es diferente, así que las recompensas varían mucho. Sigue hablando de ello. Pregúntale si sería difícil sacar de allí una de esas jeringuillas llenas. Podemos darle una para sustituirla, que lleve comida y agua, pero sin medicación. Puede reemplazarla, alimentar al paciente y no pasa nada. Nuestros técnicos de laboratorio están seguros de que pueden identificar los fármacos.

—¿Qué tipo de fármacos?

—¿Tienes un par de horas libres? La lista es larga. Diuréticos y betabloqueantes para la tensión alta. Antibióticos para las escaras y las infecciones, porque casi todos tienen escaras y eso puede ser fatal. Suplementos de proteínas para que tengan una piel mejor y para mejorar las escaras. Metformina o algún otro de una lista de cien medicamentos para la diabetes. Warfarina para los coágulos. Algo para la tiroides. Donepezilo para la demencia. Antidepresivos. Y podría seguir.

—¿Esa gente que lleva años en coma toma antidepresivos?

—Continuamente. Y Medicaid y Medicare lo aprueban.

—¿Las residencias están también metidas en el negocio de las farmacéuticas?

—No. Los fármacos y sus precios están muy regulados. Pero si uno se aprueba, seguro que lo usan.

Por fin se acercó una camarera y les rellenó las tazas de café. Lindsey pidió una tortilla y Raymond tortitas.

—Brittany me dijo algo interesante anoche —siguió él cuando la camarera se alejó—. Dice que los pacientes inconscientes, a los que llaman Incons, reciben los mejores cuidados. A ellos les dan la comida a su hora, las mejores medicinas, tienen las camas más limpias y el personal les dedica más atención. A los otros pacientes no los cuidan tan bien, incluso los maltratan a veces, pero a los Incons no.

—Son más valiosos —contestó Lindsey—. Cuanto más vivan, más dinero dan. —Raymond Jumper no era más que un investigador freelance que nunca había oído hablar de Nelson Kerr y no tenía ni idea de quién estaba detrás de lo que estaba pasando. Le pagaban cien dólares la hora por hacer un trabajo y no hacer demasiadas preguntas.

—Quiero que Brittany cambie las jeringas —insistió Lindsey—. A ver si consigue sacar una vacía y dártela, para que sepamos la marca y el modelo. Después la podrá devolver. Eso no es ningún delito. Pregúntale si puede averiguar el nombre del preparado. El plan es cargar una de las nuestras y dársela para que reemplace la de verdad. Ella tiene que hacer el intercambio. Dudo que nadie la vigile.

Jumper hizo una mueca y negó con la cabeza.

—No sé, llevará tiempo —contestó él—. No está preparada todavía. ¿Y la tuya?

—Tampoco está lista. Creo que Brittany es nuestra mejor opción.

—Conseguiré que lo haga. Tal vez tenga que acostarme con ella, pero lo hará.

—Buen chico.

El teléfono de Jumper vibró y él lo sacó del bolsillo. Lindsey sacó el suyo y los dos dedicaron los siguientes diez minutos a contestar mensajes y correos electrónicos. Lo dejaron cuando llegó su comida.

—Tengo una pregunta —dijo Jumper.

—Suéltala.

—¿Por qué no hackear los registros de la residencia para conseguir toda la información que necesitas? La seguridad es mala. Cualquier hacker decente podría hacer ese trabajo en muy poco tiempo. Yo conozco algunos.

—Porque eso va contra la ley, simple y llanamente.

Lindsey se dio cuenta de que había sonado muy moralizante. La verdad era que habían hackeado antes y volverían a hacerlo. Sus hackers eran mucho mejores que cualquier sistema al que se enfrentaran. Pero la pura verdad era que ese misterioso fármaco que buscaban no estaría en ninguno de los historiales de los pacientes.

8

El informante

I

Un cálido y ventoso día de principios de marzo, Bruce estaba sentado en su mesa, disfrutando de un café mientras abría el correo que había llegado a la librería, algo que insistía en seguir haciendo después de casi veinticuatro años. También se empeñaba en abrir cada una de las infinitas cajas de libros nuevos que llegaban tres veces a la semana. Le encantaba el olor y la sensación de cada nuevo libro, y sobre todo disfrutaba de encontrar el lugar perfecto en las estanterías para cada uno. También solía embalar los libros que no se habían vendido y se los enviaba de vuelta al editor como devoluciones, unos actos de derrota que aún le deprimían.

Entre las cartas había un sobre sencillo, de color amarillo limón, que iba dirigido a su nombre en Bay Books, Main Street, Santa Rosa. La dirección estaba escrita en mayúsculas en una etiqueta y no había remitente. La habían franqueado en Amarillo, Texas y, a primera vista, parecía correo basura. Estuvo a punto de tirarlo directamente a la papelera. Pero lo abrió. En una hoja de papel también amarillo alguien había escrito a máquina:

La última persona con la que hablé de esto fue Nelson y los dos sabemos lo que le pasó. ¿Cree que deberíamos tener una conversación?

También había una tarjeta de cartulina amarilla con el mensaje: «Crazy Ghost es una sala de chat para correo anónimo. Cuesta veinte dólares al mes y hay que pagar con tarjeta de crédito. La dirección allí es: 3838Bevel».

Bruce dejó la carta y la tarjeta en su mesa, cogió la taza de café, subió a la cafetería y la enjuagó. Luego la secó, se sirvió otra, miró un rato por la ventana, sin hablar con nadie porque la cafetería estaba desierta, y se volvió a su despacho. Entró en internet, no encontró nada, y fue hasta la caja de la entrada para preguntarle a su empleada veinteañera y llena de tatuajes por el sitio que mencionaba la tarjeta. En menos de tres minutos y sin levantar la mirada de la pantalla, dijo:

—Parece de verdad. Una sala privada de chat en el extranjero, Singapur o Ucrania. Hay muchas. Borran los mensajes cinco minutos, o quince, o lo que sea, después de enviarlos. Veinte dólares al mes.

—¿Usarías tú una de esas páginas? —preguntó Bruce.

—No me pagas lo suficiente.

—Ja, ja. En otras palabras, ¿qué es lo que harías tú si quisieras privacidad total?

—Utilizar el lenguaje de signos. En serio, hay que suponer que nada es privado en internet, así que yo solo cuelgo las cosas que no me importan. Los mensajes de texto son un poco más privados.

—¿Pero algo así no te echaría para atrás?

—Probablemente no. ¿Está blanqueando dinero otra vez?

—Ja, ja —repitió. Y eso se lo decía una chiquilla de veinte años. Ya no quedaba respeto en el mundo.

Bruce entró en el sitio web, pagó con una tarjeta de crédito y saludó a 3838Bevel.

Aquí Bay Books. ¿Hay alguien en casa? Recibí el mensaje 050BartStarr.

Pasaron quince minutos sin respuesta y su mensaje desapareció. Esperó media hora y lo intentó otra vez, con el mismo resultado. Como ahora le iba a resultar imposible hacer nada útil, se entretuvo un rato en su sala de las primeras ediciones, intentando parecer ocupado. Obtuvo respuesta en su tercer intento.

Aquí Bevel. ¿Cuál fue la última novela de Faulkner?

Los rateros.

¿Y de Hemingway?

El viejo y el mar.

¿Y de Styron?

La decisión de Sophie.

¿La última novela de Nelson tenía más de un título?

No lo sé.

Pulso es un buen título.

El libro también está bastante bien. ¿Qué nivel de riesgo corremos aquí, en esta página?

¿Eres tecnólogo?

No, hombre de las cavernas.

Es seguro. Pero puedes asumir que hay mala gente vigilándote.

¿Los mismos que llegaron hasta Nelson?

Sí. No pongas nada por escrito. Y asume que escuchan tus llamadas.

Suena un poco intenso.

Así son ellos. Mira lo que le pasó a Nelson. Tengo que irme. Mañana a las dos de la tarde.

Bruce se quedó mirando la pantalla hasta que la conversación desapareció. Cuando fue consciente de que se había desvanecido para siempre, apuntó todo lo que recordaba. Salió de la librería y fue hasta un bar, donde pidió una gaseosa y fingió leer una revista. Decidió que no se lo iba a decir a Noelle hasta más adelante. Ese podría ser un momento importante en la resolución del misterio de Nelson. O no.

No, tenía que ser importante.

Al día siguiente, en su segundo intercambio de mensajes, no hicieron demasiados progresos. Bruce preguntó:

> ¿Por qué la carta?
>
> Tenemos que hablar, pero no sé si podemos.
>
> ¿De Nelson?
>
> Pillas las cosas al vuelo...
>
> Oye, si quieres hablar, hablemos. Hasta ahora solo estamos mareando la perdiz.
>
> Eso es más seguro.
>
> ¿Sabes quién lo mató?
>
> Tengo una idea bastante aproximada.
>
> ¿Y por qué no contarlo?
>
> Eso es mucho más seguro, créeme. Ahora hay otro cadáver.
>
> No tengo ni idea de lo que me hablas.
>
> Una chica de Kentucky.
>
> No te sigo.
>
> Será mejor que me vaya. Mañana a la misma hora.

Bruce intentó imprimir la conversación, pero la página no lo permitía, así que copió todo lo que habían dicho en un papel.

Al día siguiente Bevel no apareció. Y al siguiente tampoco. Bruce no quería alarmar a Noelle, así que no se lo dijo.

2

Dos días después Bruce voló hasta el aeropuerto Dulles de Washington y se alojó en un hotel cercano. Tres horas después llegó Nick Sutton en coche. Lo acompañaba una chica, algo que Bruce no se esperaba. Nick le aseguró que ella no se iba a entrometer y que tenía familia en la zona.

Tras un semestre divirtiéndose en Venecia, Nick se acercaba a sus últimas semanas en Wake Forest y aseguraba que le daba vértigo acabar la universidad. A Bruce no le dio ninguna lástima; le dijo que ya era hora de que moviera el culo y encontrara un trabajo de verdad, no su habitual pasatiempo de verano en la librería, donde dividía su vida entre leer novelas de misterio y perseguir universitarias en la playa. Nick quería ganarse la vida escribiendo ficción y hacerlo como se había hecho siempre, cobrando un buen anticipo que le permitiera trabajar a un ritmo tranquilo, unas cuantas páginas al día, y pasar el resto del tiempo disfrutando de largas comidas regadas con mucha bebida. Su sueño era convertirse en un famoso escritor y calavera a una edad temprana, siguiendo la tradición de Hemingway, Faulkner y Fitzgerald, aunque él planeaba olvidarse de cualquier aspiración literaria para escribir novelas de misterio que se vendieran bien. Bruce creía que tenía talento, pero a estas alturas le preocupaba su ética del trabajo.

En cuanto pudieron dejaron a la chica y se dirigieron al bar del hotel, donde pidieron unos sándwiches. Bruce le resumió las escasas novedades de la investigación policial y después le habló de sus esfuerzos para resolver el crimen con la colaboración de Alpha North Solutions. A Nick le encantó la idea de contratar a una hermética empresa de seguridad para que se encargara de una investigación que la policía estaba a punto de cargarse.

Bruce quería que estuviera allí porque, hasta entonces, su instinto había dado casi siempre en el clavo. Y a sus veintiún años tenía mucha más pericia con la tecnología de la que Bruce podría soñar.

Le enseñó las transcripciones de las dos conversaciones con 3838Bevel.

—Es un gran paso en la dirección correcta —le aseguró Nick con una sonrisa de satisfacción—. Este es nuestro hombre, el delator que lo sabe todo y que contactó con Nelson para contarle la historia. Genial.

—Pero no he tenido más noticias suyas. ¿Cómo conseguimos volver a echarle el lazo?

—Dinero. Esa fue su motivación desde el principio. ¿Cuánto has sacado por la novela?

—Trescientos mil.

—¿Se ha hecho público?

—No, pero la venta de la novela sí. Bevel seguro que sabe que hay un contrato para publicar el libro.

—Y Bevel quiere la parte que le prometió Nelson. No va a desaparecer, pero tiene miedo hasta de su sombra.

—¿Cuál debería ser nuestro siguiente paso, entonces?

—Esperar. Ya contactará él contigo, porque te necesita, no al contrario. Tu objetivo es resolver el asesinato de Nelson. Si no lo consigues, tu vida no sufrirá ningún cambio. No era tu hermano. Pero Bevel quiere el dinero que Nelson le prometió. Eso sí que es una forma definitiva de cambiar las cosas para él.

3

A las nueve en punto de la mañana del viernes, Bruce y Nick entraron en la torre de cristal sin nombre en la que se ocultaba Alpha North Solutions. Lindsey Wheat acudió a recibirlos al ascensor y Bruce le presentó a Nick. Ella lo miró de arriba abajo: vaqueros gastados, zapatillas muy usadas, camiseta muy colorida y un chaquetón deportivo demasiado grande con unas coderas raídas.

—Nick también era amigo de Nelson y estaba conmigo cuando encontramos el cadáver —explicó Bruce en tono de disculpa, aunque no le importaba si ella lo aprobaba o no. Al fin y al cabo, era él quien le pagaba.

La siguieron hasta su despacho. Nick intentaba empaparse de todos los detalles, por pequeños que fueran. El diseñador de interiores que había decorado ese lugar parecía haber recibido instrucciones para evitar el color y la calidez.

Se sentaron alrededor de una pequeña mesa de reuniones y prepararon café. Bruce no tenía ganas de cháchara, así que al oír a Lindsey preguntarle a Nick por sus planes al acabar la universidad, dijo:

—Vamos a saltarnos los preliminares. Tienes noticias que darme. Y yo también. Al grano.

Ella sonrió.

—Claro —contestó. A continuación cogió un informe, se ajustó las gafas de leer y empezó—: Nos hemos infiltrado en tres residencias del Kentucky rural: una es propiedad de Fishback, otra de Grattin y la última de Pack Line Retirement. Como sabes, Fishback y Grattin son de titularidad privada y tienen un historial deplorable en cuanto a cumplir las normativas se refiere, y Pack Line es la peor de las de titularidad pública. Después hablaré más de ellas. Hemos empezado en Flora, un pequeño pueblo de tres mil habitantes. No tardamos en conseguir la colaboración de un par de empleadas de allí. La primera era Vera Stark, de Glinn Valley, una residencia de Fishback. Contacté con ella personalmente y finalmente logré convencerla. Me ha dado los nombres de pacientes con demencia grave, los que no responden a los estímulos, que el personal llama Incons, según me han dicho, además de unos cuantos apodos muy desafortunados. Después la convencí de que se enterara del nombre del preparado y de los fármacos que les administran por la vía de alimento a los pacientes. Como ese sitio siempre anda corto de personal, Vera empezó a presentarse voluntaria para encargarse de administrarles el alimento, lo que no es raro. Las jeringas suelen cargarse en la farmacia y se las dan al personal que esté trabajando en ese turno, pero no tienen mucha seguridad. Las normas y los procedimientos no se siguen siempre. Ella consiguió sacar una jeringa vacía, me la trajo y yo pedí una caja de otras iguales. Cargamos una de esas jeringas con el mismo preparado y Vera aceptó sustituirla por una de las que utilizan. A lo largo de dos semanas hizo unas tres docenas de intercambios de las jeringas de cuatro Incons, lo que nos proporcionó muchas muestras para analizar. La conclusión es que a esos pacientes no se les administra nada sospechoso, al menos no en Glinn Valley. Hasta donde sabe Vera, a esos pacientes siempre se les administra la medicación con la comida, tres o cuatro veces al día. También se ha fijado en que los Incons reciben mucho mejores cuidados que los otros pacientes. Muchas calorías y agua, camas más limpias, se les cambia de postura cada hora, etc. Hay que mantenerlos con vida, ya sabes.

»En el mismo período de tiempo, mi colega Jumper estaba en contacto con una joven llamada Brittany Bolton, auxiliar en Serenity Home, una de las residencias de Grattin situada al otro extremo del pueblo. La historia de Brittany se complicó mucho, porque planeaba ser la testigo estrella en un caso de abusos sexuales. Al parecer, vio a uno de sus compañeros de trabajo violando a una chica que lleva mucho tiempo en muerte cerebral. Brittany aseguró que la chica estaba embarazada, y seguramente estaba en lo cierto. Brittany hizo también el intercambio de jeringas y nos proporcionó cuarenta muestras de siete pacientes diferentes. Los técnicos de laboratorio que tenemos en Washington encontraron la mezcla habitual de varios preparados y fármacos para la tensión arterial, la diabetes, la demencia, anticoagulantes, coagulantes y diluyentes de la sangre, todo el conjunto, además de unas vitaminas. Pero también encontraron algo que no han podido identificar. Un ingrediente misterioso que no era alimento ni vitamina y que aparecía en las cuarenta muestras que había sacado Brittany de Serenity. Nuestros científicos hicieron todas las pruebas imaginables, pero no consiguieron nada. Así que Jumper habló con Brittany y le dijo que necesitábamos más, que tenía que entrar en la farmacia.

»Pero eso llevaría tiempo. Voy a pasar a la tercera residencia, Pack Line Retirement Home, que está en una zona aún más rural, a una hora de Flora. Allí contacté con un veinteañero recién casado y padre de un niño que trabaja por trece dólares la hora. Como Pack Line es una empresa pública, pagan un poco mejor. Necesitaba dinero y aceptó nuestra propuesta. Consiguió muestras de cinco Incons y todos estaban limpias. No encontramos nada sospechoso.

»Así que volvamos a Brittany. Se presentó voluntaria para trabajar turnos dobles y así poder estar en la planta a altas horas de la noche. Le dimos una lista de todos los fármacos y vitaminas que los laboratorios habían identificado hasta el momento y ella la memorizó. Ya conocía la mayoría de los fármacos, así que fue fácil. Aprendió a colarse en la farmacia sin levantar sospechas y se dio cuenta de que podía llevarse ciertos productos sanitarios sin receta (aspirinas, jarabe para la tos, tiritas...) prácticamente siempre que quisiera. Debido al problema de falta de personal, le dijo a su supervisor que quería aprender a elaborar el preparado con la comida y la medicación para las jeringas. Y al final consiguió salir de allí con algo que llamaban vitamina E3, una cápsula con pinta genérica que podría pasar por cualquier tipo de suplemento. No sé cuánto sabrás de vitaminas, pero no existe la vitamina E3. Eso disparó las alarmas en el laboratorio, así que hicieron todas las pruebas posibles. Y la conclusión a la que llegaron es que se trata de un fármaco de origen poco claro que se llama Flaxacill, y que nunca ha estado en el mercado. No ha sido aprobado en ningún país porque ni siquiera se ha intentado. Se dice que se creó accidentalmente como subproducto en un laboratorio chino hace veinte años y se probó allí en unos cuantos humanos que hicieron de conejillos de Indias. Pero lo abandonaron en cuanto se dieron cuenta de que el fármaco provoca vómitos y ceguera.

—Eso iba a ser complicado de vender, incluso para una farmacéutica —bromeó Bruce, sin mucho éxito.

—En apariencia es un fármaco fácil de producir, pero solo se fabrica bajo demanda.

—¿Qué efectos tiene el fármaco? —preguntó Bruce.

—Hace que el corazón siga latiendo, lo justo, pero solo en personas que están prácticamente en muerte cerebral. Estimula el bulbo raquídeo, la parte inferior del tronco cerebral que está conectada con la médula espinal, y controla las funciones involuntarias del cuerpo, como la respiración, la frecuencia cardíaca, el reflejo de deglución y la tensión arterial. Una zona muy pequeña, pero muy importante.

—También regula el vómito —aportó Nick—, lo que explica que produzca ese efecto secundario.

—Correcto.

—Y nadie sabe que los pacientes están ciegos, porque tampoco pueden abrir los ojos, ¿verdad? —añadió Bruce.

—Exacto.

—Así que Nelson de verdad había dado con algo —confirmó Nick.

—Está claro que sí. Sabía que existía ese fármaco, y la única forma posible de conocer su existencia es que tuviera un informante, alguien con profundas conexiones con Grattin.

—Eso pensé yo —replicó Nick, casi sin aliento. Miró a Bruce con una sonrisa de suficiencia. Bruce sacudió la cabeza.

—¿Qué le ha pasado a Brittany? —preguntó Bruce.

Lindsey le dio un sorbo a su café despacio sin apartar los ojos de Bruce.

—¿Ya sabes lo que ha pasado?

—Así es. La cuestión es si tenías intención de contármelo.

—Sí, te lo iba a decir. Está muerta.

—Sobredosis de opiáceos, según el periódico de Kentucky. ¿Os lo creéis?

—No, la verdad es que no. Todo se complicó y no acaba ahí ni mucho menos. Nuestra parte había acabado, pero la trama se pone más interesante. Evidentemente, había cámaras de vigilancia en la farmacia que Brittany no descubrió. La vieron robando vitamina E3, además de otros medicamentos. Tal vez eran analgésicos, o tal vez no. La verdad es que no lo sabemos. Guardan una gran cantidad de fármacos muy fuertes en la farmacia que deberían estar bajo llave. Si Brittany robaba los opiáceos, nosotros no lo sabíamos. Hay unas cuantas cámaras en la residencia, pero casi nunca las comprueba nadie. Un colega suyo llamado Gerrard, un verdadero personaje, tenía acceso a las cámaras y se había fijado en el nuevo y repentino interés de Brittany por la farmacia. Parece que Gerrard estaba muy pendiente, y guardó los vídeos para extorsionarla en el futuro. Brittany y él se odiaban. Poco después de eso lo pilló en la habitación con la paciente en coma y tuvieron una pelea enorme. Ella lo acusó de dejar embarazada a la chica y le amenazó con decírselo a un abogado. Él la acusó a ella de robar medicamentos y le dijo que tenía el vídeo para probarlo. Él le enseñó el vídeo a la directora y la despidieron de manera fulminante. Dos días después, la chica embarazada murió por «complicaciones». Brittany estaba segura de que Gerrard le inyectó un cóctel de fármacos. Enviaron el cadáver a su madre en Ohio y la enterraron lo antes posible. La posibilidad de un pleito desapareció. Pero la empresa se había enterado de que Brittany había robado la E3, aunque en ese momento nuestro trabajo de laboratorio no había terminado y todavía no sabíamos lo del fármaco chino. Tampoco lo sabía Brittany. Jumper le sugirió que se fuera del pueblo una temporada, e incluso le ofreció la posibilidad de mandarla a alguna parte. Se lo estaba pensando cuando murió.

—¿Cómo murió?

—Estaba en un bar lleno de gente el sábado pasado, por la noche, bebiendo sin control, y parece que alguien le echó algo en la bebida. No sabemos nada más, aparte de eso. Encontraron su cuerpo en una zanja detrás del bar. La causa oficial de la muerte fue sobredosis de oxicodona, algo difícil de creer teniendo en cuenta que estaba bebiendo y de fiesta con amigos, no tomando analgésicos. Supongo que alguien la cogería cuando estaba desmayada, le inyectó una sobredosis letal y la dejó morir allí.

—La misma gente que mató a Nelson —concluyó Nick.

Lindsey asintió, pero no dijo nada.

—Así que, en cierta forma, nosotros somos los responsables de su muerte —dijo Bruce.

—No estoy de acuerdo —contradijo ella—. No somos más responsables de la suya que de la de Nelson. Los asesinos se están asustando e intentan ocultar secretos sucios. Sabían que Brittany había robado la E3 y no podían correr riesgos. También se enteraron de que Nelson lo sabía y quisieron silenciarlo.

—Lo siento, pero yo siento que tengo cierta responsabilidad —insistió Bruce—. Me aseguraste que vosotros no incumplíais las leyes.

—Mira, Bruce, en este trabajo muchas veces nos movemos en zonas grises. Nosotros no robamos el frasco de E3. Más bien lo cogimos prestado y luego lo devolvimos.

Bruce resopló, frustrado, se puso de pie y dio una vuelta a la sala, claramente molesto. Lindsey lo observó con una sonrisa de suficiencia, como si a ella no le preocupara nada lo más mínimo. Ya se le pasaría, no tenía otra opción.

Bruce se detuvo y dijo:

—No me convences, Lindsey, lo siento. Esas dos chicas están muertas por nuestra... ¿Cómo lo llamáis vosotros? Infiltración.

—Nosotros tenemos las manos limpias, Bruce —respondió ella con frialdad, sin inmutarse—. La paciente llevaba años en muerte cerebral. Si la violaron y la dejaron embarazada, no tiene nada que ver con nosotros. En cuanto a Brittany, tampoco hemos tenido nada que ver en su asesinato.

—Pero ¿cómo puedes decir eso? Tenemos mucho que ver. Según lo que has contado, la mataron porque robó un frasco de su fármaco secreto, algo que está claro que les puso nerviosos. Y ella «tomó prestada» la E3 a sugerencia vuestra y siguiendo vuestras instrucciones. Le estabais pagando. Eso hace que estemos mucho más que implicados.

—No tuvo cuidado, Bruce. Jumper le advirtió en varias ocasiones que tuviera cuidado con las cámaras de vigilancia, sobre todo cuando estuviera en la farmacia. Ella dejó que la grabaran...

—Mientras estaba robando para vosotros, para nosotros. No me lo puedo creer. Nick, ayúdame.

Nick se encogió de hombros y levantó ambas manos en gesto de rendición.

—Yo no soy más que un universitario, y ahora mismo me encantaría estar en el campus. ¿Qué es lo que hago yo aquí?

—Gracias por nada —contestó Bruce.

—De nada.

Lindsey, decidida a recuperar el control de la situación, respondió:

—No estamos implicados porque no hemos cometido

ningún delito, y nada de lo que hemos hecho en Kentucky conduce hasta nosotros. Como te prometí en un principio, tenemos mucho cuidado y sabemos lo que hacemos. A Brittany se la trató como había que hacerlo, y el único problema fue que ella no vio una cámara de vigilancia.

—Muy bien, vamos a culparla a ella por hacer que la mataran —replicó Bruce.

—Si hubiera visto la cámara, seguramente seguiría viva.

—No me creo lo que estoy oyendo. —Bruce estaba de pie junto a la ventana, mirando desde detrás de los estores y hablando por encima del hombro.

—¿Alguien está investigando su muerte? —preguntó Nick después de aclararse la garganta.

—Sí, algo así. Le hicieron una autopsia, pero no conozco los resultados. Si encontraron rastros de drogas de discoteca, sabrán que tienen un problema entre manos.

—¿Drogas de discoteca? —preguntó Bruce.

—Rohipnol, GHB, éxtasis, ketamina... Las típicas drogas de violación.

—Jumper dice que corre un rumor de que un testigo la vio fuera del bar con un desconocido. ¿Quién sabe? No es fácil confiar en los chicos de la Kentucky rural.

—Bueno, en nuestro caso está implicada la policía estatal de Florida y no han hecho ni el más mínimo avance —comentó Nick.

—Nosotros no hemos tenido nada que ver en la muerte de Brittany —repitió Lindsey, a la defensiva.

—No dejas de repetir eso —contestó Bruce, todavía mirando los estores—. ¿A quién intentas convencer?

—Bruce, estoy un poco perpleja por tu tono y tu actitud. Estamos en una zona gris en este caso; muchas veces tenemos que meternos en ellas. ¿Tengo que recordarte dónde estabas tú hace tres años, cuando mi empresa tuvo el primer contacto contigo? ¿Lo de los manuscritos robados? Tú estabas tan lejos de los límites establecidos que ni siquiera veías la zona gris.

—¿Qué pasó hace tres años? —preguntó Nick.

—No es asunto tuyo —replicó Bruce.

—Solo preguntaba...

Bruce se giró de repente y se acercó a Lindsey. La miró fijamente y la señaló con un dedo.

—Tu empresa queda despedida desde este preciso instante. Cierra el caso y quédate con el cambio. No volváis a mover un dedo en mi nombre ni en el de la albacea de Nelson Kerr. Envíame una carta confirmando la conclusión del encargo.

—Vamos, Bruce...

—Vámonos, Nick.

El joven se puso de pie y salió por la puerta detrás de Bruce. Lindsey Wheat se quedó donde estaba y se tomó otro sorbo del café.

4

No hablaron ni una palabra durante los siete minutos que duró el trayecto en coche hasta el hotel. Ni tampoco cuando entraron, cruzaron el vestíbulo y fueron directos al bar. Los dos pidieron café, aunque lo que ambos querían de verdad era una copa. Nick logró seguir callado, consciente de que Bruce hablaría primero.

Ignoraron el café cuando llegó. Por fin, Bruce se frotó los ojos y dijo:

—¿Crees que he hecho mal?

—No. Hay algo en ella que no me acaba de gustar, y no estoy seguro de que llegue a contar alguna vez todo lo que sabe.

—Ya no la necesitamos. Es una de las razones por las que

la he despedido. Conocemos el nombre de la empresa, del fármaco secreto y del informante que ha contactado conmigo. No le hemos contado a Lindsey lo de los mensajes secretos. Lo debatimos y por suerte decidimos no decirle nada. Seguro que lo fastidiarían todo y haría que mataran a alguien. Probablemente a mí. Casi lograron que le hicieran daño a Mercer hace tres años.

—¿Y por qué los contrataste?

—Porque son buenos. Han encontrado el fármaco. ¿Quién podría haberlo hecho? ¿La policía de Florida? ¿Los pueblerinos de Kentucky? Ni siquiera el FBI, porque tienen que cumplir las normas.

—¿Me vas a contar la historia?

—Te puedo contar parte, pero como digas una palabra, te retiro el descuento de empleado.

—Solo es el veinte por ciento. En Barnes & Noble me hacen el cuarenta.

—No puedo hablar de esto con un café. Necesito un trago.

—Yo también.

Bruce fue hasta la barra y volvió con dos cervezas. Bebió y chasqueó los labios.

—¿Te acuerdas de los manuscritos de Fitzgerald que robaron de Princeton hace unos cuatro años?

—Claro. Fue un gran escándalo. Alguien pagó un rescate y los ladrones devolvieron los manuscritos.

—Sí, algo así. El botín robado estuvo en Camino Island. Es una larga historia.

—Para eso tengo todo el tiempo del mundo.

5

En el orden normal de las cosas, Camino Island volvía a la vida todos los años a mediados de marzo, cuando los estudiantes tenían las vacaciones de primavera y se dirigían en hordas a Florida, invadían los hoteles de la playa, los apartamentos y los pisos de alquiler y bebían, bailaban y se enrollaban en las playas porque tenían diecinueve años y estaban cansados de los rigores del estudio. Sus papás se lo podían permitir, y les decían que todo eso era parte de la experiencia universitaria. Lo más seguro es que sus padres también hubieran pasado en su día toda una semana en primavera borrachos y quemados por el sol de Florida.

Pero la isla seguía sufriendo los estragos del huracán, así que las fiestas se trasladaron más al sur. Habían reabierto unos cuantos hoteles y había obras por todas partes. Lo último que necesitaba la recuperación era veinticinco mil jóvenes idiotas sueltos por sus calles. Por eso la isla había dejado caer, prudentemente, que todavía no estaba a pleno rendimiento. Mejor venid el año que viene, que ya estaremos listos.

Cuando Ole Miss los soltó, Mercer y Thomas cogieron al perro y sus pantalones cortos y se dirigieron a la isla. Larry ya había terminado las reparaciones de la cabaña y Mercer estaba ansiosa por pasar una semana lejos de las clases. También emocionada porque iban a celebrar la primera fiesta por uno de sus libros después de que Leo estropeara la anterior. Durante semanas, Bruce había insistido en montar «un gran acontecimiento literario» y no aceptaba un no por respuesta. Acababa de salir la versión de bolsillo de *Tessa* y Mercer acababa de aceptar otra extenuante gira de verano para promocionarlo. Bruce insistió en que su primera parada fuera Bay Books y convenció al editor para que financiara la mitad del evento.

La fiesta empezaba el sábado por la tarde con una barbacoa en la acera y la calle de delante de la librería, amenizada por un grupo de música bluegrass. Los vecinos de la isla necesitaban diversión y se reunió una buena multitud que no dejaba de crecer. A las tres de la tarde, Mercer se sentó en su sitio en la planta de abajo, tras una mesa, rodeada por pilas de libros, y saludó a sus admiradores.

Charló con ellos, posó para una docena de fotos y selfis, autografió libros de bolsillo y algunos de tapa dura, cogió en brazos a un par de bebés, firmó la escayola de un brazo roto, respondió a preguntas de gente que aseguraba haber conocido a Tessa, hizo una breve entrevista para el periódico de la isla y en general se lo pasó genial sintiendo lo que siente una autora popular con una larga cola de fans que llegaba hasta la calle.

Cuando Bruce no estaba organizando a la multitud o seleccionando otros títulos para algunos clientes preferentes, Thomas, Bob Cobb y él se quedaban sentados afuera, en la terraza, bebiendo tequila. A última hora de la tarde la banda pasó al reggae y el aire se llenó de una música relajante y de muchas risas. El camión de ostras de Benny llegó a las cinco, y un montón de gente empezó a abrirlas y comerlas en una calle lateral. Aparecieron como por arte de magia dos barriles de cerveza que atrajeron como moscas a los fieles.

Era primavera y el tiempo era perfecto.

A las seis, Mercer subió a la planta de arriba, donde había cien sillas plegables preparadas para la lectura. Tres años antes, durante un breve período sabático en la isla, había asistido a muchas charlas de autores en ese mismo espacio, y no pudo evitar recordar las punzadas de celos que sintió al ver a aquellos escritores de gira que ya estaban publicando, vendiendo y atrayendo multitudes. Ahora había llegado su turno de subir al estrado.

Leigh y Myra estaban en la primera fila, como siempre, y sonreían como unas abuelas orgullosas. Leigh parecía a punto de echarse a llorar. A su lado estaba Amy Slater, la chica de los vampiros, con su marido y sus tres hijos. Andy Adam estaba de pie en una esquina con un refresco sin azúcar y sonreía a Mercer. Jay Arklerood, el poeta taciturno, estaba en la segunda fila y parecía fuera de lugar, como siempre. Mercer estaba segura de que Bruce le había amenazado con traerlo a la fuerza. Su último libro, una escasa colección de poemas incomprensibles de verso libre, había vendido solo mil copias en todo el país, la mitad de ellas en Bay Books. Si Bruce le pedía un favor, Jay no podía decirle que no.

En los viejos tiempos, antes de Leo, en la librería se hacían varias presentaciones de libros con sus autores cada semana. Algunos de los escritores eran populares y tenían muchos seguidores, así que era fácil reunir una multitud. Pero otros eran noveles, o autores de ventas modestas que buscaban desesperadamente vender más, y Bruce garantizaba una buena asistencia también a esos. Y lo conseguía llamando, camelando, encandilando y obligando con mano dura a sus amigos y clientes más leales. Para él, que fuera poca gente a una presentación era una derrota aplastante, y eso era algo que no podía tolerar.

Estaba decidido a convertir a Mercer Mann en un éxito. La admiraba como escritora y la adoraba como persona, y quería hacer con ella algo que nunca había llegado a lograr del todo: convertirla en una estrella literaria, una que apabullara a los críticos y vendiera libros al mismo tiempo. Y él, Bruce Cable, quería ser el responsable de ese logro. Nadie lo sabía, ni siquiera Noelle, aunque era consciente de que le tenía mucho cariño a Mercer. Ella tenía el talento, pero Bruce no estaba seguro de que tuviera el empuje, la ambición.

Ella sonrió a Bruce y a Thomas, que estaban casi al fondo, y empezó su charla. Estaba encantada de haber vuelto allí, como siempre, e impactada con la capacidad de recuperación de la isla. Habían pasado seis meses desde su última visita y estaba muy impresionada por el cambio. Dio las gracias a los miles de voluntarios y cientos de organizaciones sin ánimo de lucro que habían acudido al rescate desde el primer momento. Después cambió de tema y habló de sus veranos en la isla: todos, de los diez a los diecinueve años, los había pasado allí con Tessa, su querida abuela. Sus padres estaban divorciados. Su madre, enferma. Durante nueve meses sufría en casa, en Memphis, con un padre que no tenía el más mínimo interés en ella. Le suplicó que le dejara vivir con Tessa de forma permanente, pero no cedió.

Thomas la miraba y la escuchaba con un orgullo enorme. La había acompañado el verano anterior, durante su gira promocional de treinta y cuatro paradas, y había oído esa historia todas esas veces, como mínimo. Pero su trasformación había sido impresionante. Nunca había sido tímida, pero había pasado de ser una oradora que hablaba demasiado y que se quedaba sin cosas que decir a los treinta minutos a una anecdotista con experiencia que podía contar la misma historia de tres formas distintas y conseguir que cayeran lágrimas todas las veces. Al final de la gira nadie del público quería que dejara de hablar cuando la hora de presentación había llegado a su fin.

Y Thomas conocía un gran secreto que pronto iba a saber todo el mundo. Mercer estaba trabajando intensamente en su siguiente novela. Ya había escrito la mitad y era brillante, la mejor hasta la fecha con diferencia. Bruce, por supuesto, había intentado con unas copas de por medio enterarse de todo, y Mercer había advertido a Thomas, así que él solo admitió que ella estaba trabajando, pero aseguró que no se lo enseñaba a nadie.

Ella abrió el debate admitiendo preguntas de los asistentes. Como quedó claro que podrían estar así horas, Bruce cerró el acto a las siete y media alegando que Mercer necesitaba comer algo. Le agradeció su presencia, le dio un abrazo y le hizo prometer que volvería pronto con su siguiente novela. El público se levantó y aplaudió con ganas. Tanto Leigh como Myra estaban llorando.

6

Se dirigieron dando un paseo hasta Marchbanks House, a cuatro manzanas largas de la librería. Noelle, que había disfrutado de las primeras quinientas firmas de libros más o menos, pero que hacía mucho que había dejado de asistir, estaba ocupada yendo y viniendo entre la cocina y la galería mientras llegaban sus invitados. Todos fueron directos a la barra, donde Bruce y Noelle prepararon las bebidas. Andy Adam se tomó otro refresco light, le dio un abrazo a Mercer y se fue. Tras un par de rondas, Noelle los llamó al orden y consiguió que se sentaran.

Durante un segundo, Bruce recordó el agosto anterior, cuando su pequeña mafia literaria se reunió alrededor de esa misma mesa. Fue su última reunión antes de Leo, y su amigo Nelson Kerr estaba sentado a su izquierda, disfrutando de la velada. Veinticuatro horas después estaba muerto.

Pero ese era el día de Mercer y todas las conversaciones giraban alrededor de ella, aunque empezaba a estar cansada de tanta atención. Sirvieron las ensaladas y el vino. Bruce encendió una estufa de exterior cuando el aire de primavera refrescó. Pasaron las horas mientras parecía que todos hablaban a la vez.

Tras el postre, de pronto Bruce se puso de pie y le tendió la mano a Noelle. Cuando esta la cogió, dijo:

—Atención todos, por favor. Tengo que hacer un anuncio. Mañana por la tarde, a las seis en punto, estáis invitados a una boda en la playa. La asistencia no es voluntaria, sino obligatoria.

—¿Y quién demonios se casa? —preguntó Myra.

—Nosotros.

—Pues ya era hora.

—Hace muchos años Noelle y yo nos casamos en el sur

de Francia. Estábamos en un pequeño pueblo rústico cerca de Aviñón y visitamos una iglesia muy pequeñita que tenía quinientos años. El sitio era tan hermoso y sobrecogedor que decidimos allí mismo que queríamos casarnos en ese lugar. Y lo hicimos. Sin cura y sin papeleos. Nada oficial. Preparamos unos votos y nos declaramos marido y mujer. Así que durante los últimos veinte años hemos estado...

—Viviendo en pecado —concluyó Myra.

—Algo así. Gracias. Pero ahora hemos hecho el papeleo, tenemos un pastor de verdad y lo vamos a hacer bien. Vamos a jurarnos amor eterno y fidelidad el uno al otro.

La palabra «fidelidad» los dejó a todos atónitos. Se quedaron con la boca abierta, e incluso se oyeron un par de exclamaciones. ¿Es que por fin iban a dejar lo del matrimonio abierto? ¿De verdad Bruce Cable, playboy extraordinario y legendario seductor de autoras solitarias de gira, iba a madurar? ¿Y Noelle iba a abandonar sus aventuras a la francesa al otro lado del océano?

Myra, con tan poco tacto como de costumbre y con bastante alcohol en el cuerpo, preguntó:

—¿Has dicho «fidelidad»?

Los otros soltaron risitas nerviosas y recordaron que debían volver a respirar.

—Sí.

—Eso me había parecido.

—Pero Myra... —la reprendió Leigh.

Bob Cobb la miró e hizo el gesto de cortarse la garganta con el dedo índice en un claro gesto que quería decir: «¡Cállate!».

Ella le hizo caso.

—Esperamos que asistáis todos. Es en la playa, así que los zapatos son opcionales. Y nada de regalos, por favor.

7

Los del catering colocaron una carpa cerca de Main Pier, que había sido reconstruido e inaugurado con el tradicional corte de cinta una semana antes. Media isla estuvo presente en la reinauguración, y los políticos estuvieron hablando durante horas. El nuevo muelle era el ansiado símbolo de que la famosa extensión amplia y abierta de casi veinte kilómetros de arena estaba limpia y lista para el nuevo futuro.

Bajo la carpa, dos empleados de la librería, a los que les estaba pagando doble, servían champán mientras unos altavoces ocultos emitían un jazz suave. Había dos camareros moviéndose de un lado para otro con bandejas de ostras frescas crudas y gambas marinadas en brochetas. Los cincuenta invitados se sentían honrados de estar allí. Eran todos amigos, nada de familia. Los padres de Noelle se habían divorciado años atrás y no se hablaban. El padre de Bruce había fallecido y su madre vivía en Atlanta, que no estaba lejos, pero tener que aguantarla hacía que no mereciera la pena que asistiera. Se llevaba razonablemente bien con su hermana, pero ella estaba demasiado ocupada para ir a una boda improvisada.

Noelle estaba impresionante con un traje pantalón de lino blanco con las perneras enrolladas hasta mitad de la pantorrilla. Bruce, fiel a su estilo, llevaba un flamante traje de sirsaca blanco, con pantalones cortos en vez de largos. Ninguno de los dos llevaba zapatos. A las seis y media, cuando el sol empezó a ponerse, se reunieron todos a la orilla del mar y formaron un semicírculo. El oficiante era un pastor presbiteriano joven oriundo de la isla que había trabajado en la librería mientras estaba en el instituto. También descalzo, dio la bienvenida a todos los presentes y entonó una oración antes de recitar un versículo de la Segunda carta a Timoteo. Bruce y Noelle intercambiaron los votos que habían escrito, centrados en el hecho de que estaban allí para renovar su amor y su devoción y para embarcarse en un nuevo estilo de vida en el que estarían comprometidos en cuerpo y alma el uno con el otro.

Todo acabó en quince minutos y, cuando los declararon marido y mujer, Bruce sacó una hoja de papel, el certificado de matrimonio, para que todos lo vieran, como prueba de que esta vez estaban debidamente casados.

La boda se celebró en la carpa, donde tomaron más champán y ostras.

8

El segundo sobre amarillo llegó con el correo del martes. Bruce lo miró fijamente durante un buen rato. Sin remite. Una etiqueta impresa llevaba su nombre y la dirección de la librería. Y, lo más extraño, un matasellos del día anterior de la oficina de correos de Santa Rosa, que estaba al otro lado de la calle.

—Así que ha estado aquí —murmuró Bruce entre dientes—. Y probablemente en la librería.

Pensó en hacerle una foto al sobre, pero después cambió de idea. Todo era hackeable, ¿no? Si le estaban vigilando y escuchando con una sofisticación que iba más allá de su comprensión, ¿qué les impediría robarle unas fotos?

Abrió despacio el sobre y sacó una hoja de papel doblada del mismo color amarillo. El mensaje, escrito a máquina, decía:

> Una bonita ceremonia la del domingo por la tarde en la playa. Tu esposa estaba muy guapa. Enhorabuena.
>
> El correo tradicional y el electrónico dejan rastro.

Hay gente muy seria vigilando todos tus movimientos.

Han matado a Nelson. Y a Brittany.

Son personas desesperadas.

Bullettbeep, una sala de chat, mañana a las tres de la tarde. Tú serás 88dogman.

hasta entonces. Hoodeenee36

Bruce estaba seguro de que en sus cuarenta y siete años nunca se había sentido observado, seguido o vigilado, y mucho menos por gente con intereses distintos a los suyos. Salió de la librería a Main Street, algo que solía hacer al menos cuatro veces al día. Prácticamente pudo sentir cómo los láseres de quien le vigilaba le taladraban la espalda. Se irguió y echó a andar con paso decidido, pero cincuenta metros más allá pensó que era idiota por mostrarse tan paranoico. ¿Qué ganaría nadie vigilando a Bruce Cable mientras paseaba por Main Street en Santa Rosa, Florida?

Entró en su vinoteca favorita y pidió una copa de rosado. Se sentó en su rincón preferido, de espaldas a la puerta, y estudió lo que tenía anotado. ¿Por qué «él» había mencionado a Noelle? ¿Era una forma de amenazar a Bruce? A él le parecía una amenaza. ¿«Él» era amigo o enemigo? Nadie ajeno al círculo de Bruce sabía lo de la boda, ¿cómo podía haber estado «él» en la playa en ese preciso momento? Bruce no le había hablado de la ceremonia a nadie por correo electrónico ni por mensajes de móvil. ¿Cómo pudo «él» acercarse tanto a Noelle como para saber que estaba «muy guapa»? Bruce estaba concentrado en la novia y en la fiesta que estaban dando y no se preocupó de echar un vistazo a los que andaban por la playa. Siempre había gente por allí, pero en una fresca tarde-noche de mediados de marzo no eran demasiados, y no recordaba haber visto a nadie.

Si estaban escuchando sus llamadas y leyendo sus correos electrónicos, ¿cuánto tiempo llevaban haciéndolo? Recordó que la primera vez que contactó con Elaine Shelby lo hizo por teléfono. Ella le advirtió inmediatamente que no utilizara el email. Después, él viajó a Washington para conocer en persona a Lindsey Wheat. ¿Era posible que «ellos» supieran que había contratado a una empresa privada de seguridad para encontrar al asesino de Nelson? Lo dudaba, pero todo era posible con la tecnología adecuada.

Estuvo cavilando, reflexionando y llenando páginas y páginas de notas, pero ninguna resultó reveladora ni útil. Pidió otra copa de vino. La segunda no le resultó mucho más eficaz que la primera.

9

Como Nick estaba de vuelta en la universidad, la empleada favorita de Bruce era Jade, una mujer de treinta años con dos diplomaturas y dos bebés en casa que trabajaba a tiempo parcial. Todavía estaba intentando encontrar una carrera propia, pero mientras tanto disfrutaba del horario flexible que le ofrecía Bruce. Era muy buena con la tecnología, adicta a las redes sociales, conocía las últimas apps y las que estaban más de moda y estaba pensando en estudiar informática. Sin darle muchos detalles, Bruce le pidió que le enseñara lo básico para poder mantener conversaciones en una sala de chat anónima si se diera la situación. Mintió y le dijo que había una subtrama en la novela de Nelson que incluía esa actividad y que quería comprobar que todos los detalles eran correctos. Sabía que era muy improbable que Jade leyera alguna vez esa novela.

Ella se sentó en el despacho de Bruce y empezó:

—BullettBeep es una más de las muchas salas de chat secretas que existen. Tiene su sede en Bulgaria. La mayoría están en países de Europa del Este porque las leyes que protegen la privacidad son más duras allí. Crazy Ghost está en Hungría, por ejemplo. He encontrado tres docenas de sitios similares en media hora. Son totalmente legales, pero cobran una tarifa. La mayoría ronda los veinte dólares por tener acceso durante treinta días.

—¿Se pueden hackear? —preguntó Bruce.

—En mi opinión, sería muy difícil que alguien que te esté vigilando pudiera leer los mensajes que intercambies en uno de esos sitios.

—¿Por qué no? Supongamos que tiene mi ordenador hackeado y que están leyendo mis correos. Cuando encienda el ordenador y entre en BullettBeep o en cualquier otro sitio así, estarían vigilándome también, ¿no?

—Hasta cierto punto. Cuando pagas y te conviertes en miembro, por así decirlo, tus mensajes se encriptan al instante y quedan protegidos. Tienen que hacerlo así o este tipo de sitios no funcionarían. Deben garantizar el anonimato total.

—¿Son populares?

—¿Quién sabe? Todo es secreto. Yo no los he usado nunca y no conozco a nadie que los utilice, pero tampoco tengo una aventura, ni trafico con armas ni hago ninguna de las cosas de las que Nelson habla en sus novelas.

—Gracias.

Ella se fue y Bruce esperó. Y esperó. A las tres y un minuto entró en BullettBeep, siguió las instrucciones, pagó con una tarjeta de crédito (que supuso que también tendrían monitorizada) y saludó utilizando el apodo 88DogMan. Ya estaba cansado de esos nombrecitos tan tontos.

Hola, HooDeeNee36. Ya estoy aquí.

Buenas tardes. ¿Qué tal tu vida de casado?

Igual que antes. ¿Por qué mencionas a mi esposa? No me gusta nada.

No debería haberlo hecho. Perdón.

¿Eres amigo o enemigo? No lo tengo claro.

A Brittany la asesinaron. ¿Te diría eso un enemigo?

Sí, si el enemigo intentara asustarme.

Deberías tener miedo. Yo lo tengo. ¿Quieres que te sugiera un destino para tu luna de miel?

Oh, sí, claro.

Nueva York. Estaré allí por trabajo la semana que viene. Deberíamos conocernos en persona. Hay muchas cosas de las que hablar.

¿De qué, por ejemplo? ¿Adónde va todo esto? ¿Cuál es el fin?

¿Quieres saber quién es el asesino de Nelson?

Solo si nadie sufre ningún daño, sobre todo yo. Puedo dejar esto ahora mismo.

No lo hagas. Ellos no lo harán. No quieren que se publique ese libro.

Ellos son Grattin, ¿no?

Hubo una larga pausa durante la que esperó sin apartar los ojos de la pantalla. Inspiró hondo e hizo tamborilear los dedos junto al teclado. Por fin apareció una frase en la pantalla:

Creo que me acabas de provocar un ataque al corazón.

Lo siento, no era mi intención. Oye, yo sé unas cuantas cosas.

Obviamente.

Y estoy cansado de estas salas de chat y los apodos estúpidos. ¿Por qué no nos vemos y tenemos una charla de verdad?

Nueva York, la semana que viene, luna de miel. Estaré allí por trabajo.

¿Algún hotel en particular?

El Lowell, en la calle Sesenta y tres. Yo te encontraré.

10

Después de dos días con sus noches en el Lowell sin que nadie contactara con él, Bruce se pasaba todo el tiempo refunfuñando para sus adentros sobre los precios de los hoteles en Manhattan y pensando en irse en cualquier momento. Y, para empeorar las cosas, Noelle se había ido de compras por aburrimiento. Fuera cual fuese la razón, allí todo era muy caro y las cajas empezaban a acumularse. Bruce había comido con el editor de Nelson, tomado unas copas con su agente y salido por ahí con un par de sus libreros favoritos, pero ya estaba cansado de la ciudad. Durante el tercer día de su estancia, Noelle estaba tomándose un té en el bar del hotel cuando una atractiva mujer de pelo castaño se acercó a su mesa.

—Es usted Noelle, ¿verdad? —le dijo.

Por el acento, era del norte de Florida.

—Sí.

Entonces le dio un sobre pequeño, amarillo.

—Haga el favor de darle esto a Bruce.

Y desapareció.

Bruce leyó la nota. Decía: «Reúnete conmigo en el bar de la segunda planta del hotel Peninsula, en la calle Cincuenta y cinco, a las tres y media de la tarde. Iré solo yo».

Llegaron pronto y el bar estaba vacío y oscuro. Noelle se sentó en una mesa cerca de la barra, pidió una gaseosa y empezó a leer una revista. Bruce se fue al fondo y se sentó de espaldas a los espejos, desde donde podía ver todo el bar. A las tres y media, la misma mujer de pelo castaño entró caminando como una modelo, vio que la pareja no estaba sentada junta, fue hasta la mesa de Bruce y se sentó.

—Me llamo Danielle —se presentó sin tenderle la mano.

—¿También conocida como Dane? —preguntó Bruce con

calma. Ella no pudo ocultar la sorpresa. Resopló, hundió los hombros y toda su fachada de frialdad y control de la situación se desvaneció. Mostró una sonrisa falsa y miró a su alrededor. Dientes perfectos, pómulos altos, unos bonitos ojos marrones. Se había pasado un poco con el bótox en la frente pero, en general, era una mujer guapa. Alta, delgada, arreglada, con ropa de diseño. Muy elegante.

—¿Cómo lo has sabido?

—Es una larga historia. Una de muchas. Yo soy Bruce. No esperábamos que apareciera una mujer.

—Perdón por la decepción. Me sentiría mejor si hubiera más privacidad. Tengo una habitación en la cuarta planta.

—No voy a subir a tu habitación, porque no estoy seguro de lo que puedo encontrarme allí.

—Nada.

—Si tú lo dices. Noelle y yo estaremos encantados de invitarte a venir a una habitación de la sexta planta.

—Muy bien.

Subieron en el ascensor con tres desconocidos, así que guardaron silencio. Una vez a salvo dentro de la habitación, consiguieron relajarse y se sentaron alrededor de una mesita de café. Con una naturalidad pasmosa, Bruce se presentó:

—Yo soy Bruce Cable —se presentó con una naturalidad pasmosa—, librero de la pequeña ciudad de Camino Island, Florida. Y esta es mi mujer, Noelle, incomparable importadora de antigüedades desde el sur de Francia. ¿Y tú quién eres?

—Danielle Noddin, de Houston, Tejas, y tengo muchas preguntas.

—Yo también —replicó Bruce—. ¿Cómo sabías lo de nuestra boda en la playa?

La sonrisa de ella fue tan agradable que Bruce estuvo a punto de derretirse.

—Estaba en la isla con una amiga para pasar unos días en

la playa. Quería verte más de cerca en tu propio terreno. Cuando estuvimos en la librería oímos una conversación sobre la ceremonia, así que nos pasamos por allí. Es una ciudad muy pequeña y la gente habla mucho.

—Muy cierto —apuntó Noelle.

—Perdona. No quería asustarte. Solo lo mencioné para que te tomaras en serio mi carta.

—Pues lo hice —contestó Bruce—. Esto no es ningún juego.

—No, seguro que no. ¿Por qué sabes que me llaman Dane?

—Revisamos las cosas de Nelson cuando la policía terminó con ellas. No había nada destacable. Casi todas sus notas y su investigación estaban, evidentemente, en su ordenador, protegido con una fuerte encriptación. Pero había tres cuadernos con un montón de cosas sueltas de todo tipo. Nombres de los mejores alojamientos para bucear en las Bermudas; restaurantes de Santa Fe; un relato de tres páginas que era una idea para una novela que no llegó a nada porque no era buena; unos cuantos números de teléfono que la policía comprobó y no resultaron en nada. Esas cosas. Pero había cuatro referencias a una «Danielle», a la que también llamaba Dane. Si no entendí mal, os visteis una vez en San Antonio.

Ella sacudió la cabeza, incrédula.

—Sí.

—La policía no prestó atención a ese detalle. Tampoco me sorprende.

—¿En qué punto está su investigación?

—Todavía abierta, pero han encontrado poca cosa. ¿Alguien quiere café?

—Me vendría bien —aceptó Dane. Noelle asintió.

Bruce fue hasta el teléfono y llamó al servicio de habitaciones.

—¿Vienes mucho a la ciudad? —preguntó Noelle con voz suave.

—Dos veces al año, con unas amigas de Houston. Lo habitual: compras, Broadway y algún que otro restaurante.

Estaba claro que Dane tenía gustos caros y vivía sin estrecheces. Noelle calculó que tendría cuarenta y un años, como máximo.

Bruce regresó al sofá.

—¿Por dónde íbamos? —preguntó.

—¿Cuánto sabes de Grattin? —quiso saber Dane.

—Todo lo que se ha escrito sobre la empresa, que se esfuerza mucho por no revelar demasiado. Estructura corporativa básica, cifras de ventas, número de residencias, unos cuantos nombres de los peces gordos y toda la mala prensa sobre maltrato en residencias. Parece que a esa compañía le encantan los problemas.

—Le encanta el dinero y se le da muy bien ganarlo. ¿El nombre de Ken Reed te dice algo?

—La empresa es suya. Es CEO y presidente.

—Cuando Ken tenía unos treinta años, su padre murió en un accidente de avión y él heredó una cadena de residencias de gama baja en Texas y Oklahoma. Aprendió sobre el negocio, le dio un lavado de cara a sus geriátricos y empezó a expandirse. Era, y todavía es, un hombre muy ambicioso. Ahora tiene sesenta y dos años, es rico y sigue trabajando siete días a la semana.

—¿Trabajas para él?

—Duermo con él. Soy su tercera esposa. Primero era su secretaria, barra asistente, barra novia. Pero cuando se cansó de su segunda mujer yo recibí el gran ascenso. Ahora está buscando a la cuarta. Ese hombre nunca tendrá suficiente dinero ni bastantes mujeres. Está encantado de que me vaya cuando quiera de la ciudad. Nunca ha sido un matrimonio muy sano y se acabará pronto.

—*Forbes* dice que su fortuna neta asciende a seiscientos millones.

—Nadie lo sabe. Esconde dinero por todas partes, trabaja mucho con bancos con sede en paraísos fiscales, mueve el dinero a través de un entramado de empresas. Es un paranoico de la privacidad y defrauda muchísimo en los impuestos. No es el típico tejano rico que está deseando alardear de su dinero. Siempre hay alguien más rico por ahí, así que él no participa de ese juego.

—¿Por qué se va a acabar pronto ese matrimonio?

Ella sonrió otra vez y miró por la ventana.

—No tenemos suficiente tiempo para que te cuente eso.

—Eres tú la que ha sacado el tema. Pero podemos hablar de otra cosa.

Ella lo miró con suavidad, pero sus ojos estaban enfocados en él, casi fijos.

—Cuando tenía veinte años, conseguí un trabajo de secretaria en una empresa de Tulsa que tenía unas cuantas residencias. Ken compró la empresa y un día apareció por allí. Le llamé la atención, básicamente porque él siempre lleva el radar activado. Conseguí un ascenso que no me merecía y me trasladaron a Abilene, donde conseguí otro ascenso milagroso y un billete solo de ida a Houston, donde estaba la sede de la empresa. Entonces se llamaba West Abilene Care. Después se fusionó con Grattin y a Ken le gustaba más ese nombre. Nada de lo que tiene lleva su nombre, excepto las matrículas de su coche y algunas escrituras de propiedad, aunque no todas.

»Cuando llegué a Houston me estaba esperando. Me ofreció un puesto como secretaria ejecutiva con un salario generoso y poco después ya éramos pareja. Seguimos así unos cinco años. Al final le dio el dinero que le correspondía a su segunda mujer y yo me convertí en la tercera. Eso fue hace catorce años. Yo trabajaba mucho, me tomaba mi trabajo muy en serio. Aprendí todo lo que pude sobre la empresa, aunque preferiría olvidar la mayoría de esas cosas, y procuré estar al día con la tecnología. Con el tiempo, Ken empezó a preocuparse por si yo sabía demasiado, así que me obligó a dejar mi trabajo para sacarme de su despacho. Pero yo no estaba muy contenta sentada en casa sin hacer nada (me negué a tener hijos con él, lo que ha resultado ser una sabia decisión) e insistí en que quería trabajar, hacer algo útil. A él no le gustó la idea, pero por fin accedió. Poco después de que volviera a trabajar me enteré de que tenía una chica nueva en Dallas con la que iba en serio. En realidad no fue una sorpresa, porque nunca había dejado de ir detrás de las faldas. Así que yo hice lo mismo. No estamos hablando de un matrimonio abierto exactamente, pero ha conseguido mantenerme cuerda.

Bruce miró incómodo a Noelle, que lo ignoró. El término «matrimonio abierto» le traía recuerdos.

—Y entonces conociste a Nelson —sugirió Bruce.

Ella sonrió seductora al recordar.

—Sí. Me gustaba mucho. Obviamente, has leído su última novela.

—La he leído, corregido y vendido.

—Pues la historia es cierta, la novela trata de Grattin y su fármaco secreto. Cuando decidí cantar, dar el soplo, soltarlo todo... puedes decirlo como quieras, recurrí a Nelson Kerr. Había leído una entrevista con él en la que hablaba de su obra y sus investigaciones sobre conspiraciones turbias y esas cosas. Contacté con él, nos vimos, congeniamos y empezamos una relación.

—Menudo campeón, Nelson —comentó Bruce.

—Bruce... —le regañó Noelle.

—No pasa nada —contestó Dane—. Nos teníamos mucho cariño. Y me siento responsable de su muerte. Si no nos hubiéramos conocido, tal vez seguiría vivo.

—Te estás saltando capítulos enteros —protestó Bruce, pero en ese momento llamaron a la puerta y tuvo que ir a abrir.

Un botones dejó el juego de café sobre la mesa y Bruce firmó la cuenta. Noelle lo sirvió mientras él cerraba la puerta.

Se entretuvieron un momento con el azúcar y la leche.

—Una pregunta —dijo Dane después—. ¿Se puede impedir la publicación de la novela ahora?

—De ninguna manera —aseguró Bruce—. Ahí es donde la han fastidiado. No sabían que Nelson la había acabado cuando lo mataron. He vendido el libro y saldrá el año que viene. Y a lo grande. Si podemos demostrar que lo mataron por él, no va a haber imprentas suficientes para dar abasto. Yo también tengo una pregunta para ti. ¿Cómo se enteraron de la investigación que estaba haciendo Nelson?

—Fue a China y encontró el laboratorio. Le dije que no lo hiciera, igual que le advertí que no profundizara mucho en la investigación. Simplemente coge la historia, conviértelo todo en ficción y escribe una novela. Pero eso no era suficiente para Nelson. Quería desenterrarlo todo. De alguna forma, en alguna parte de los bajos fondos se corrió el rumor de que Nelson Kerr, el autor de best sellers, estaba escribiendo sobre una empresa que tenía residencias geriátricas y el fármaco misterioso que usaban allí.

—¿El laboratorio chino tuvo algo que ver en su muerte?

—Lo dudo. Lo que hay allí es una enorme farmacéutica que hace todo tipo de fármacos ilegales o semilegales. No les importa, y son inmunes ante cualquier denuncia o demanda de responsabilidad. Fabrican fentanilo e incluso metanfetamina. ¿Cuánto sabes del fármaco?

Con un ademán muy teatral, Bruce sacó una bolsa de plástico de su bolsillo y la lanzó sobre la mesa. Dentro había tres cápsulas llenas de una sustancia marrón.

—Esta es la misteriosa vitamina E3. Garantiza que tu corazón siga latiendo aunque no veas nada y vomites hasta las entrañas.

Dane miraba las pastillas con la boca abierta, incapaz de creérselo. Los dos la observaron mientras ella hacía todo lo posible por permanecer estoica mientras su mente iba a mil por hora. Por fin, respiró hondo y dijo:

—Nunca había visto el fármaco. ¿Cómo demonios lo has conseguido?

—Esa es una larga historia de la que no hace falta que hablemos. Pero Grattin tiene trescientas residencias en quince estados, así que hay muchas de estas dando vueltas por ahí. No ha sido tan difícil hacernos con unas cuantas cápsulas.

—¿Cómo sabes lo de los efectos secundarios?

—Hemos hecho pruebas en laboratorios de última generación y lograron identificar que se trataba de Flaxacill. Hemos trabajado mucho en esto, Dane.

—Ya lo veo. ¿Esas cápsulas, por casualidad, salieron de Flora, Kentucky?

—Sí. Las sacó Brittany, que ya no está entre nosotros. Tú te sientes responsable por la muerte de Nelson. Nosotros por la de Brittany.

—Pues no lo hagáis. A Brittany la mató la misma gente que se ocupó de Nelson.

—¿Los chicos de Grattin?

—Sí. Yo no estaba allí, pero estoy segura de que cuando Ken Reed y su círculo se enteraron de que una auxiliar que trabajaba por diez dólares había robado un frasco de E3, entraron en pánico.

—Pero ¿es que están matando gente todo el tiempo? —preguntó Noelle.

Dane intentó recuperar la compostura con un sorbo de café. Después dejó despacio la taza y respiró hondo dos veces.

—Estos hombres, cuatro, para ser exactos, empezaron siendo gente decente. Pero el dinero los corrompió. Ganaban millones y solo podían pensar en formas de conseguir más. Proporcionan unos cuidados pobres a precios caros, cortesía de los contribuyentes. Si hay alguna forma de sacarles más a Medicare, Medicaid, la Seguridad Social, Agricultura, Defensa... el que se os ocurra, ellos sabrán cómo hacerlo. ¿Han matado antes? Probablemente, pero no se ha podido probar nada. Hace unos diez años, un inspector cárnico federal de Nebraska murió en extrañas circunstancias. Una de las empresas con domicilio en paraísos fiscales de Reed era propietaria de varias plantas de procesamiento de carne en el Medio Oeste, vacuno y porcino de ínfima calidad que vendían a cadenas de comida rápida, comedores escolares, incluso a los militares. Un inspector les hizo una visita sorpresa y encontró muchísimos incumplimientos de las normativas. Les cerró dos plantas. La empresa fue directa a Washington, habló con todos los políticos que tiene en nómina y las reabrió. Pero el inspector no quiso olvidarlo y siguió haciendo inspecciones. Las volvió a cerrar una y otra vez. Al final murió en un accidente de coche, una madrugada, en una carretera solitaria.

—¿Quiénes son esos cuatro hombres? —preguntó Bruce.

—Ken Reed; su primo, Otis Reed, que es abogado; Lou Slader, jefe de seguridad y el que se encarga de los sobornos; y un contable llamado Sid Shennault. Slader es del que más hay que preocuparse. Exagente del FBI y ranger del ejército, es un tipo taimado que siempre lleva pistola. Dirige toda la seguridad, al menos en la sede. En las residencias no hay mucha, es demasiado cara. También se ocupa de la parte política y reparte enormes sumas de dinero a políticos, de forma oficial, y a legisladores de manera extraoficial. Grattin opera a gran escala, así que siempre hay que mantener alejados a muchos inspectores y burócratas. Es mucho más barato pagar sobornos que proporcionar unos cuidados de buena calidad.

—¿Y esos cuatro hombres toman todas las decisiones?

—No, ni mucho menos. Ken Reed es el dictador. Los otros tres son aduladores. Hacen lo que él dice, le hacen quedar bien y nunca le cabrean. Él exige una lealtad total.

—¿Hay algún eslabón débil? —preguntó Bruce.

—Lo dudo, pero no creo que se hayan sentido amenazados alguna vez. Ken les paga una fortuna y los tiene contentos. Creo que morirían por él.

—¿Quién es el más joven?

—Sid tiene unos cuarenta y cinco años, está felizmente casado y con cinco hijos que aún viven en casa. De aspecto impecable, cristiano baptista devoto, un chico de campo proveniente de algún lugar cerca de Waco. La última vez que miré ganaba casi un millón al año. Con eso se compra una buena cantidad de lealtad.

—¿Qué nivel de acceso tienes tú? —preguntó Noelle.

—Más de lo que ellos saben. Cuando era la asistente ejecutiva de Ken, lo sabía prácticamente todo. Pero me di cuenta de que le incomodaba. Conocía sus ordenadores y sus sistemas. Nunca he hackeado nada, pero sigo viendo muchas cosas que ellos no saben que veo.

—¿Sigues en nómina?

—Soy vicepresidente de marketing, un área en el que no se hace prácticamente nada. En este negocio no hace falta anunciarse.

—¿Sospecha de ti? —preguntó Bruce esta vez.

—No. Si sospecharan que fui yo quien habló con Nelson no estaría aquí hoy —dejó esas palabras en el aire. Después continuó con voz tranquila—. Pero ha llegado la hora de que salga de allí. A Nelson lo mataron en agosto y desde entonces el humor de Ken cuando está conmigo ha cambiado muchísimo. No creo que se sienta culpable por el asesinato y, como ya os he dicho, no creo que sospeche de mí, pero está muy preocupado por verse expuesto. El Flaxacill no es un fármaco ilegal, y de hecho sirve para alargar la vida, pero teme que se produzca una gran investigación federal sobre el fraude a Medicare y que acaben presentando cargos. Luego llegarían las demandas: decenas de miles interpuestas por las familias de las víctimas cuyo sufrimiento se vio alargado gracias al fármaco. Ninguna compañía de seguros saldría al paso para salvar a Grattin, mucho menos si ha habido actos ilegales. Necesito salir mientras pueda. Odio lo que hace la empresa y aborrezco a la mayoría de la gente que trabaja allí. Quiero una nueva vida.

—¿Qué es lo que quieres? —preguntó Noelle.

—Nelson me prometió la mitad de los *royalties* del libro. No puso nada por escrito. De hecho, me lo prometió cuando estábamos en la cama. Pero para mí sigue siendo vinculante.

Bruce ya estaba negando con la cabeza.

—Ahora sería muy difícil sacar esa cantidad de la herencia. De estar vivo, él podría haber cumplido su promesa, pero no estoy seguro de que su albacea y el juez que tienen que ratificarlo lo aceptaran. Además, tampoco es que tú puedas demandarlo en los tribunales y esperar que la cosa pase desapercibida.

—Eso pensé. ¿Sabes algo sobre el estatuto de protección del denunciante?

—¿Yo? Solo soy un librero de una ciudad pequeña.

—Lo dudo mucho. Necesito ayuda. Yo no puedo contar toda la historia porque estoy casada con Ken Reed, el conspirador jefe. Bueno, no hay leyes que prohíban a un cónyuge contar cosas horribles del otro, pero no podría hacerlo.

—Divórciate —propuso Noelle—. Parece que lo estás deseando.

—Ese es el plan, pero es complicado. Ken no lo aceptaría

ahora mismo. Está demasiado paranoico y teme que mis abogados escarben en su mundo oscuro. De todas formas, hay un acuerdo prematrimonial que firmé prácticamente bajo coacción. Solo me llevaré un millón de dólares y nada más. Podría intentar rebatirlo utilizando sus ganancias netas, pero se trataría de otro pleito enorme que se alargaría durante años. Y también está el miedo. Estamos hablando de gente peligrosa. Quiero salir, pero viva.

Por primera vez se le quebró un poco la voz. Recuperó la compostura de inmediato, mostró una bonita sonrisa y bebió un poco más de café.

—¿De cuánto dinero estamos hablando? ¿A cuánto asciende ese chanchullo que llevan haciendo... durante cuántos años? —preguntó Noelle.

—Veinte, como mínimo.

—Bien. Durante los últimos veinte años, ¿cuánto dinero ha sacado Grattin gracias a la vitamina E3?

—¿Has leído la novela de Nelson?

—La mitad.

—Él estima una cifra de doscientos millones por año en pagos que ha hecho Medicare innecesariamente —apuntó Bruce.

Dane sonrió y asintió.

—Yo diría que esa cifra se acerca mucho. Pero tened en cuenta que nadie lo sabe de verdad, porque es imposible saber cuánto tiempo extra sobreviven los pacientes gracias al fármaco. Uno puede aguantar seis meses más y otros tres años.

—Eso hace un total de cuatro mil millones —calculó Noelle.

—Más o menos. Y nadie se puede quejar. Es un plan brillante, hasta que se descubra. Tengo la corazonada de que Ken Reed está a punto de dejar de hacerlo. Ya le ha sacado bastante y ahora huele el peligro.

—¿Por el libro de Nelson? —preguntó Bruce.

—Eso, y ahora el frasco que ha desaparecido. Solo tiene que chasquear los dedos y la E3 desaparecerá. Nadie sabrá nunca nada. El personal no tiene ni idea de lo que es. Los pacientes morirán, pero eso es de esperar. Las pobres familias se sentirán aliviadas. Nadie hará preguntas. —Miró el reloj y se sorprendió al darse cuenta de que llevaba allí casi dos horas—. Tengo que irme. Mis amigas me estarán esperando. ¿Puedo hacerte una sugerencia? —Abrió su voluminoso bolso y sacó dos cajas pequeñas—. Son teléfonos baratos, de prepago; los he comprado en el Walmart de Houston. Podemos utilizarlos para hablar entre nosotros, ¿te parece bien?

—Sí, claro —contestó Bruce—. ¿Cuándo volveremos a hablar?

—Pronto. Las cosas se están complicando y yo quiero alejarme de esa gente.

Se levantó y los tres se estrecharon las manos. Bruce la acompañó hasta la puerta, la cerró cuando ella salió y después se dejó caer en el sofá. Se frotó los ojos, los cerró y apoyó un brazo en la frente. Noelle sacó una botella de agua del minibar y sirvió dos vasos.

—¿Te has preguntado alguna vez por qué estás haciendo esto? —preguntó ella—. ¿No podríamos volver a casa tranquilamente, cerrar este capítulo, dejar que la policía de allí haga su trabajo, o no, y olvidarnos de Nelson? ¿Por qué tenemos que resolver nosotros este asesinato? Como dices siempre, tampoco es que fuera tu hermano.

—Solo lo digo unas cinco veces al día. —Se incorporó y continuó—. Noelle, a ti no tengo que decirte que esto es insostenible. No quiero vivir pendiente de mi espalda. ¿Crees que podríamos seguir con nuestra rutina pensando que alguien escucha nuestras llamadas y lee nuestros correos electrónicos? Yo no estoy hecho para esto. Por supuesto que estoy cansado de no dormir y agotado de preocuparme por quién mató a Nelson.

—¿Y no puedes dejarlo?

—Claro que no. Soy su albacea literario y su novela se va a publicar el año que viene. Gestionaré esa novela y el resto de su bibliografía durante años.

—Lo comprendo. Pero nadie te ha nombrado su detective privado.

—Cierto, y fue un error por mi parte contratar a esa empresa de Washington e implicarme tanto.

—Pero ya está hecho. Así que, ¿qué hacemos ahora?

—Nos vamos a Washington.

11

Salieron del hotel Lowell en un taxi en dirección a Penn Station en lugar de al aeropuerto de LaGuardia. Los dos asientos que habían comprado para el vuelo se quedarían sin ocupar. En vez de eso subieron en un Acela Express y tres horas después entraban en Union Station, en Washington, donde cogieron otro taxi para el largo trayecto hasta Dulles. Cerca del aeropuerto entraron en un edificio sin distintivos. Eran más de la una de la tarde y Lindsey Wheat les estaba esperando. Elaine Shelby se les unió y fueron juntos a una sala de reuniones. La conversación fue educada. Menos de tres semanas antes Bruce había salido como una tromba del edificio con Nick pisándole los talones.

Bruce les pasó un documento.

—Esta es la carta de finalización del encargo —dijo—. No la he firmado.

—Excelente —contestó Lindsey con una sonrisa generosa—. Me alegro de mantenerte como cliente.

—Eso no es seguro todavía. Necesitamos ayuda y os hemos pagado la tarifa completa.

—Es cierto.

—Pero tengo una condición imprescindible. No podéis infiltraros ni organizar ninguna maquinación para recopilar información sin notificármelo primero. Y no es negociable.

Lindsey miró a Elaine y después a Bruce.

—No solemos hacer ese tipo de concesiones, porque pueden atarnos de pies y manos después. No siempre sabemos dónde nos va a llevar la verdad. Tenemos que ser flexibles, y a veces hay que adaptarse sobre la marcha.

—Y a veces también provocáis que dañen a otras personas. Como Brittany. Hace tres años llegasteis solo unos minutos antes de que Mercer resultara herida, incluso podría haberle ocurrido algo peor. O me lo prometéis, o me voy. De nuevo.

—Está bien —intervino Elaine—. Tienes nuestra palabra.

Todos inspiraron hondo y después Bruce continuó:

—Nos hemos visto con mi informante y nos ha confirmado todo lo que sospechábamos en relación con Nelson y Grattin y su uso del Flaxacill, o E3. Los números que daba Nelson estaban muy cerca de la realidad: han ganado unos doscientos millones al año durante los últimos veinte años. Están desesperados por detener la publicación de *Pulso*, y por eso mataron a Nelson. Y a Brittany Bolton.

Lindsey asintió como si fuera lo que esperaba.

—Vale. Cuéntanos toda la historia.

12

—Veo que insistes en decir «mi informante» —dijo Elaine cuando Bruce terminó—, poniendo cuidado de no mencionar su sexo. Pero si fuera un hombre, no tendrías problemas en decir «el informante». Así que, obviamente, se trata de una mujer. —Le sonrió a Lindsey y ella le devolvió la sonrisa, congratulándose de lo listas que eran.

Noelle estaba pensando lo mismo.

—Vale, sí, es una mujer —reconoció Bruce—. Es la antigua ayudante de Ken Reed, que más tarde se convirtió en su tercera esposa. Y sabe mucho. Pero como está casada con él, no quiere denunciarlo. Y, además, tiene miedo. No podéis revelar su identidad hasta que yo lo diga.

—Ella cree que hay que actuar con urgencia —comentó Noelle—. La empresa podría dejar de utilizar el fármaco de un día para otro y nadie notaría la diferencia.

—No nos has contratado para sacar a la luz los chanchullos de la empresa, sino para encontrar al asesino de Nelson, ¿no es así? —dijo Lindsey.

—Así es.

—La cuestión es —continuó Elaine—: ¿una cosa lleva a la otra? No tenemos la respuesta, pero sí hemos esbozado un plan, uno que teníamos preparado antes de la... cancelación.

—¿Quieres compartirlo con nosotros? —pidió Bruce.

—Implica ir al FBI —advirtió Lindsey.

—Tenemos contactos en altas instancias del FBI —explicó Elaine— y si podemos convencerlos de que se está produciendo un fraude épico a Medicare, creo que lo aceptarían sin dudarlo, sobre todo con unos hechos tan peculiares como estos.

—Les encantará —corroboró Lindsey—. Solo necesito hacer tres llamadas.

Elaine miró su reloj.

—Me muero de hambre —anunció—. ¿Habéis comido?

—No. Pero es buena idea —contestó Bruce.

Lindsey se puso de pie para despedirlos.

—Id a comer. Traedme un sándwich. Voy a hacer esas llamadas.

13

Por recomendación de Lindsey, pasaron la noche en el Willard Hotel, en Pensilvania. La mañana siguiente, un viernes, amaneció como un día perfecto de primavera. Llevaban fuera una semana que en ningún momento habían planeado pasar lejos de casa. Caminaron cinco manzanas hasta la entrada principal del Hoover Building, donde se encontraron con Elaine y Lindsey. Nada más entrar por la puerta los escanearon, fotografiaron, les pidieron la identificación y les ordenaron que posaran delante de una cámara diminuta para registrar sus rasgos faciales. Cuando pasaron todos los filtros, los recibieron dos mujeres jóvenes muy serias que los acompañaron hasta una sala de reuniones de la tercera planta.

—¿Con quién nos vamos a reunir? —le preguntó Lindsey a una de las mujeres.

—Con el señor Dellinger —contestó antes de irse, cerrando la puerta.

Bruce y Noelle no tenían ni idea de quién era ese tal Dellinger, pero Lindsey y Elaine sí.

—Impresionante, el director adjunto —comentó Lindsey.

Pocos minutos después, Dellinger entró con un equipo de cinco asistentes siguiendo su estela, todos con trajes negros a juego, zapatos del mismo color, camisas blancas y todo un abanico de anodinas corbatas. La presentación fue breve, un intercambio de nombres que olvidaron al minuto. Dellinger hizo un gesto para señalar la mesa y todos se sentaron. Una secretaria sirvió café mientras Elaine y Dellinger hablaban de viejos amigos del FBI. En cuanto la secretaria se fue y se cerró la puerta, miró a Bruce y dijo:

—Lo primero, señor Cable, gracias por contarnos todo esto. Siento lo de su amigo, Nelson Kerr. —Eran unas palabras agradables, aunque sonaran carentes de cualquier calidez o emoción.

Dellinger miró a su derecha y le hizo un gesto con la cabeza al señor Parkhill, que sacó unos papeles y fue directo al grano.

—También quería darle las gracias por esto, que parece ser un fraude a Medicare histórico, del que no sabríamos nada si no fuera por usted.

Bruce asintió, cansado de tanta gratitud.

—Anoche dedicamos unas cuantas horas a verificar gran parte de la historia que tenemos sobre la mesa. Nuestros planes son empezar inmediatamente por los niveles más bajos. Escogeremos unos cuantos auxiliares y enfermeros de varias residencias para recoger muestras, y lo haremos sin que salten las alarmas en Houston. Después seguiremos el rastro del fármaco y descubriremos sus canales de distribución. El Flaxacill nunca ha recibido ningún tipo de autorización, así que su uso de esta forma tan generalizada y extensiva seguro que nos permite encontrar miles de infracciones. Solo eso ya podría hundir a la empresa. En algún momento registraremos sus oficinas, arrestaremos a esa gente y nos incautaremos de todos sus registros.

—¿Y el asesinato de Nelson? —preguntó Bruce.

—Eso puede ser complicado. Cuando los encerremos, presentemos los cargos y los acusemos, empezaremos a apretarles y ofrecerles tratos. Normalmente alguien cede e intenta salvar su pellejo. Sid Shennault parece especialmente vulnerable, con esos cinco hijos en casa. Pero, en cualquier caso, veremos cuando lleguemos a ese punto. Sabemos ser eficaces a la hora de tratar con delincuentes ricos que prefieren seguir fuera de la cárcel y conservar sus juguetes. Dicho esto, parece que esta empresa está muy bien gestionada y dirigida con mano dura por un tipo duro. Puede que nadie hable.

—Obviamente, señor Cable —continuó Dellinger—, no es necesario decirle que todo esto es totalmente confidencial.

—Claro. ¿Y a quién se lo iba a decir, de todas formas?

—¿Va a hablar con su informante en breve?

—Tal vez. No lo sé. ¿Debería?

—Necesitamos el nombre de su informante.

—No puedo revelarlo sin su aprobación.

—Bien. Nos gustaría hacerle unas cuantas preguntas y grabar sus respuestas, ¿le parece bien?

—Encantado. ¿Puedo hacerles yo una pregunta?

—Claro —contestó Dellinger.

—Parece que fue un asesinato por encargo, así que es un caso federal, ¿me equivoco?

—Es probable.

—¿Es posible que la oficina del FBI de Florida se haga cargo de esta investigación?

—Hecho.

—Gracias.

—No, gracias a usted, señor Cable.

Dos de los hombres trajeados se fueron con Dellinger. Bruce y Noelle se pasaron las siguientes tres horas respondiendo las preguntas de Parkhill sobre Nelson, su muerte, sus libros, su herencia y las historias que les había contado Dane Noddin, la informante todavía anónima. Cuando por fin pudieron marcharse a mediodía, se apresuraron a bajar por Pennsylvania Avenue hasta la calle Quince, donde estaba el Old Ebbitt Grill, para disfrutar de una exquisita comida con Lindsey y Elaine.

9
La captura

I

Se suponía que todas las residencias de Grattin contaban con una enfermera titulada, pero los sueldos bajos y las pésimas prestaciones que ofrecían garantizaban que siempre les faltara personal en todas las categorías. Laurie Teegue, la actual enfermera titulada de Madison Road Nursing Home, trabajaba también en otras dos residencias quince horas al día, sin cobrar horas extra.

La siguieron hasta su trabajo, a las afueras del pueblo de Marmaduke, Arkansas, esperaron unos minutos para que le diera tiempo a acomodarse en su diminuto despacho, y después entraron mostrando las placas y anunciando al unísono que eran del FBI. Mientras uno de ellos cerraba la puerta, el otro le hizo un gesto para que se sentara. Los dos llevaban atuendos a juego (pantalones chinos, americanas azul marino y camisas blancas sin corbata), como si vistiéndose de forma informal no atrajeran tanto la atención. Pero por mucho que lo intentaran, iban demasiado arreglados para ese entorno rural.

Laurie se dejó caer en una silla demasiado pequeña tras su desordenada mesa e intentó hablar, pero el agente Rumke la detuvo con un gesto de la mano.

—Preferimos que nadie sepa que estamos aquí, ¿vale? Venimos en son de paz, aunque tenemos una orden de detención contra usted.

El agente Ritter sacó unos papeles y se los tiró sobre la mesa.

—Un cargo por dispensar una sustancia controlada y sin aprobación sanitaria conocida como Flaxacill —dijo—. ¿Ha oído ese nombre alguna vez?

Ella ignoró los papeles y negó con la cabeza.

—¿Quién es el jefe aquí? —preguntó Rumke.

—No tenemos ahora mismo. No duran mucho.

—Es comprensible. Lo de mantener esto en secreto va muy en serio, señora. Así que si alguien pregunta, diga que éramos un par de contables de la oficina central que veníamos a revisar los libros. ¿Lo ha entendido?

—Lo que quieran. ¿Me van a detener?

—Todavía no. Le vamos a ofrecer un trato que evitará que vaya a la cárcel y que hará que nadie se entere de esto. ¿Quiere saber en qué consiste?

—¿Tengo elección? —Sacó un pañuelo y se limpió los ojos.

—Claro. Puede mandarnos a la mierda, y en ese caso la esposaremos y la llevaremos a la cárcel de Jonesboro. Desde allí podrá llamar a un abogado para que intente sacarla.

—Preferiría no seguir ese camino. No he hecho nada malo.

—Eso tendrá que determinarlo el jurado —contestó Ritter—, si es que llega a juicio. Pero el trato que podemos ofrecerle le permitiría evitar jurados, tribunales, abogados, reporteros, todo. Ni siquiera tendría que decírselo a su marido.

—Creo que me gusta más ese trato. ¿Qué es eso del Flaxacill?

—Un fármaco ilegal que se fabrica en China y se envía a

Estados Unidos por correo postal. Creemos que su empresa la llama vitamina E3. ¿Ha oído ese nombre alguna vez?

—Sí.

—¿A quién se la administran?

—A pacientes con demencia grave. ¿Necesito un abogado?

—Solo si quiere ir a la cárcel. Escuche. Este es el trato. Usted coopera con nosotros para ayudarnos a localizar el fármaco y actúa de informante sobre su empresa y, si las cosas van según lo planeado, entonces los cargos contra usted se desestimarán.

—¿Y qué le pasará a la empresa?

—¿Le importa mucho?

—No.

—Bien, porque a ellos no les importa usted. Hay una amplia investigación que se está realizando simultáneamente en quince estados y que va a sacar a la luz un enorme fraude a Medicare. Es posible que su empresa sobreviva. O no. Pero si yo fuera usted, dejaría de preocuparme por la empresa y me centraría en mi pellejo.

—Mi hermano es abogado en Jonesboro.

—Lo sabemos. Está especializado en casos de suspensión de pagos y no sabe nada de derecho penal.

Ella miró primero a Rumke y después a Ritter. Los dos tendrían unos treinta años, con pintas de chulos y engreídos. Ellos lo sabían todo y ella, nada. Tenían poder para ponerle las esposas en las muñecas y sacarla por la puerta principal para que la vieran todos sus compañeros de trabajo y sus pacientes. También tenía cuatro hijos en casa, el mayor de solo once años, y la idea de que vieran a su madre en la cárcel era demasiado para ella. Se echó a llorar.

Al día siguiente, Laurie fue a la farmacia en la hora de la comida y sacó un frasco de cápsulas de E3. Charló un rato con la farmacéutica y se enteró de que las vitaminas y los suplementos llegaban en un envío urgente una vez a la semana desde un almacén de la empresa situado en Texas. Las sustancias controladas las entregaba en mano todos los miércoles por la mañana un mensajero que venía de Little Rock.

Rumke y Ritter se turnaban para ir a recoger las pruebas. Hacían lo mismo en otras once residencias del noreste de Arkansas. El operativo vigilaba cien geriátricos de Grattin en quince estados y, pasado el primer mes, a la sede de Houston no había llegado ni la más mínima noticia.

2

El teléfono de prepago empezó a vibrar por primera vez una semana después. Bruce se encerró en su despacho para hablar con Dane. Estaba en Houston, se había saltado su clase de yoga y estaba esperando a una amiga con la que había quedado para comer. La noticia del día era que había ido a ver a un abogado de divorcios el día anterior y que la primera toma de contacto había ido bien. No tenía prisa por pedirlo; aunque estaba harta de vivir en la misma casa que Ken Reed, tampoco es que pasara mucho por allí. El gran problema era la estrategia. ¿Tenía estómago para alegar adulterio y pasar por toda la pesadilla de intentar demostrarlo y arriesgarse a un juicio largo y desagradable? No estaba segura. Pero si los planes salían bien, el señor Reed y su empresa pronto estarían hasta el cuello de todo tipo de demandas, civiles y penales.

Bruce no sabía mucho sobre la investigación del FBI y no tenía ni idea de cuándo llegarían las buenas noticias. Un agente de Washington lo llamaba una vez a la semana para ponerlo al día en una conversación de cinco minutos que no era más que una pérdida de tiempo.

—Estoy muy preocupada por ti, Bruce —dijo Dane—.

Eres muy vulnerable ahí, en tu librería, donde cualquiera puede encontrarte.

—¿Y qué van a hacer? ¿Matarme a tiros en plena calle? ¿Qué ganarían Reed y sus chicos viniendo a por mí? Ya no pueden parar esa publicación. Lo intentaron con Nelson, algo que, cuanto más lo pienso, más estúpido me parece. Él estaba escribiendo una novela de ficción. Reed se entera y piensa que cuando la gente lea el libro va a asumir automáticamente que está basada en Grattin y su estafa a Medicare. Es un poco peregrino, ¿no?

—No. Reed no sabía que el libro era de ficción. Creía que Nelson estaba escribiendo un libro de investigación, una historia real sobre su empresa.

—Aun así, matarlo no le sirvió de nada. El libro ya estaba terminado.

—Son mala gente. Y están desesperados. Ken cree que se le está escapando todo de las manos.

—No me importa, Dane. Me he cambiado de teléfono y de dirección de correo electrónico, y de todas formas tengo cuidado, algo que por cierto es agotador. El sábado nos vamos a Martha's Vineyard a pasar un mes. Noelle necesita un cambio de ambiente y en la librería no hay movimiento. La isla está muerta. No me pasará nada. ¿Y tú?

—Yo estoy bien. Te llamaré.

Bruce colgó y se quedó mirando el teléfono. Si no fuera por los votos matrimoniales que había hecho hacía tan poco tiempo, tendría muchas ganas de volver a ver a Dane.

Bien por Nelson.

3

Como solía decirse en su mundo, antes o después la suerte se pone de tu parte.

El francotirador tuvo que subir casi medio kilómetro por una pendiente, en medio de un espeso bosque y campo a través, sin ni siquiera contar con la ventaja de un sendero. El lugar perfecto estaba resguardado entre los árboles. Su compañera y él habían reconocido el terreno cuatro horas antes. Encontró una posición de vigilancia elevada, un grueso roble blanco con ramas bajas, y trepó unos doce metros hasta quedar por encima de las copas de los otros árboles. Abajo, a casi cuatrocientos metros, estaba la puerta del patio de atrás de una enorme y hortera casa de campo propiedad del señor Higginbotham, el mayor empresario del asfalto del oeste de Ohio.

El dueño estaba en Las Vegas con sus amigos, un viaje para jugar en los casinos que hacían varias veces al año. Estaba seguro de que su joven segunda mujer se estaba viendo con uno de sus exnovios mientras él estaba fuera. El francotirador nunca había visto en persona a Higginbotham y si lo viera, no lo reconocería. A él lo había contratado un agente de confianza. Higginbotham pagaba también a unos buenos investigadores que habían hackeado teléfonos y confirmado la terrible noticia de que los tortolitos habían planeado verse a las cuatro y media de esa tarde, cuando se fuera el ama de llaves.

Una vez asegurado y bien colocado entre el tronco y una rama, el francotirador abrió despacio su funda y empezó a montar su rifle, una belleza de tecnología militar que le había costado veinte mil dólares. En su mundo, nunca tenías suficiente armamento. Nunca lo había utilizado en una situación real, aunque había practicado puntería en sus ratos libres y estaba seguro de que podría darle a lo que fuera a una distancia de quinientos metros o menos. Ajustó la mira, la fijó en la puerta del patio y metió tres cartuchos. Si no pasaba nada, solo tendría que utilizar dos. Cada uno podía valer un millón de dólares.

Era una casa aislada en una carretera rural asfaltada y sin vecinos a la vista. Tenían todas las comodidades: una piscina de forma rara con el agua muy azul, una pista de tenis, un garaje independiente donde Higginbotham guardaba sus coches antiguos y un pequeño establo donde la señora tenía sus caballos. Los niños estaban con su primera esposa en la otra punta del estado.

A las cinco menos veinte un Porsche Carrera negro redujo la velocidad y enfiló la entrada. El francotirador cogió su arma. El conductor aparcó en la parte de atrás de la casa, de forma que el coche no pudiera verse desde la carretera. Perfecto para el francotirador, que lo siguió despacio con la mira. Romeo salió del coche: treinta y cinco años, una buena mata de pelo rubio, delgado y vestido con vaqueros. Cruzó el patio con confianza, se detuvo en la puerta y lanzó una mirada alrededor, innecesaria pero nerviosa de todas formas, y después entró.

Pasó un minuto. ¿Cuánto aguantaría? En circunstancias normales no tendrían por qué tener prisa, pero se trataba de una aventura y no podrían entretenerse mucho. Unos buenos preliminares, el acto, un poco de conversación en la cama y tal vez el cigarrito de después. Menos de cuarenta minutos.

Se equivocó. A las 5.28, cuarenta y siete minutos después de entrar en la casa, Romeo salió, cerró la puerta y caminó, tal vez con un paso un poco más lento, hasta su coche. No había señal de ella. En cuanto tocó el tirador de la puerta, el francotirador apretó el gatillo. Un milisegundo después, una bala de seis milímetros del rifle de calibre 243 entró en la cabeza del objetivo, justo sobre la oreja izquierda, y salió a través de un orificio por el lado derecho, llevándose la mayor parte del cerebro con ella. La sangre y la masa encefálica salpicaron las ventanillas y las puertas del coche y el objetivo cayó pesadamente al suelo.

El francotirador sacó el cartucho de la recámara, recargó la semiautomática y dirigió la mira a la puerta del patio. Con la distancia y la densidad del bosque, no tenía ni idea de si la señora Higginbotham había oído el disparo, pero sospechaba que sí. Vio una silueta que cruzaba corriendo la sala de estar. Unos segundos después la puerta del patio se abrió un poco y ella miró la dantesca escena junto al Porsche.

Decisión, decisión. ¿Qué hace uno en esa situación? Pedir ayuda provocaría un escándalo que alteraría su mundo para siempre, y seguro que no sería para bien. La policía la bombardearía con preguntas para las que ella no tenía respuestas. Su marido le daría una paliza y después contrataría a todos los abogados de la ciudad para asegurarse de que ella acababa en la calle y sin un céntimo.

¿Qué podía hacer una chica en esa situación? No tenía ni idea y no podía pensar.

No había duda de que su amante estaba muerto. ¿O acaso respiraba? Al final tomó la fatídica decisión de salir corriendo para comprobarlo, y a partir de ahí ya pensaría en su siguiente paso. Pero no lo habría. Abrió la puerta, dio un paso para salir y el francotirador disparó. Un momento después la bala impactó en sus dientes y le proyectó la cabeza hacia atrás tan violentamente que se estrelló contra la pared de ladrillo que había al lado de la puerta. Llevaba un albornoz blanco corto, un tanga de tiras negro y nada más, según pudo comprobar el francotirador al examinarla a través de la mira, mientras pensaba: qué desperdicio. Estaba bronceada y tenía los músculos bien perfilados, sin un gramo de grasa. Su defecto fatal había sido su afición al sexo ilícito, aunque nunca se había imaginado que moriría por ello.

El francotirador quitó la mira con rapidez, desenroscó el cañón y volvió a meter el rifle en su funda con movimientos precisos. No tenía por qué apresurarse. Pasarían horas antes de que alguien descubriera los cuerpos. Su compañera y él habían hecho planes para disfrutar de un buen filete en Harvey's Rib Shack, en el centro de Dayton, unas cuantas horas después. Rememorarían esos asesinatos perfectos con champán y buen vino y beberían a la salud de los dos millones de dólares que les iban a pagar. Mirarían los periódicos por la mañana para leer sobre la impactante historia, que tal vez incluso traería una cita del afligido Higginbotham, desde Las Vegas, todavía en shock ante los dos asesinatos a sangre fría ocurridos en su casa. Después se separarían durante unos cuantos meses hasta el próximo trabajito.

Pero una rama podrida lo cambió todo. Para ser un exagente de operaciones especiales famoso por conocer a la perfección el terreno que pisaba, al menos en su momento, cometer un error como ese era impensable, aunque no llegaría a recordarlo, ni tampoco tendría tiempo para analizarlo. Cayó de cabeza, pesado y rápido, sin nada a lo que agarrarse y sin tiempo para prepararse para un muy mal aterrizaje. Su frente se estrelló contra el duro suelo y el cuello crujió con tal fuerza que supo en ese mismo instante que era una muerte segura. Se desmayó. Cuando volvió a abrir los ojos no tenía ni idea de la hora que era. Ya estaba oscuro. Quiso mirar el reloj, pero no podía levantar las manos. No podía mover nada. El dolor del cuello era insoportable y quiso gritar, pero lo único que emitió fue un gemido amortiguado, y luego otro. Estaba boca arriba, retorcido por la cintura de una forma extraña. Intentó recolocarse, pero nada, no podía moverse en absoluto. Solo le funcionaban los pulmones, pero su respiración era trabajosa. No veía la funda del rifle. Tenía el teléfono móvil en el bolsillo de atrás, pero no podía alcanzarlo.

Cuando llevaba un uniforme y perseguía enemigos por todo el mundo, siempre llevaba una píldora de cianuro en un bolsillo para acabar con todo si la situación lo exigía. Cerró los ojos y deseó tener la píldora en ese momento. Esa no era la forma en que quería morir.

Aunque ella lo encontrara, tenía la espina dorsal aplastada. Intentar moverlo solo empeoraría las cosas.

4

Ella oyó los gemidos cuando estaba a punto de tropezar con él. Se puso de rodillas y lo miró a los ojos.

—¿Qué ha pasado? —preguntó en voz baja.

—Me he caído —respondió con un gruñido—. El cuello...

—¿Les has dado?

—Sí, a los dos. Y después me caí.

—Mierda.

—Lo siento.

—He oído sirenas por ahí abajo. Tenemos que irnos.

—No puedo. Estoy paralizado. No puedo mover nada.

—Y una mierda, Rick. Te voy a sacar de aquí.

Él cerró los ojos y gimió más fuerte. Ella se puso de pie, rodeó el árbol e intentó ver la casa, pero desde ahí no llegaba a ver nada. Con la ayuda de una linterna pequeña encontró la funda con el rifle y pensó en qué hacer con ella. Si se la llevaba y la pillaban con ella, se metería en un buen lío.

¿Y qué hacer con él? El imbécil se había roto el cuello. Intentar cargar con él colina abajo en terreno agreste más de un kilómetro le provocaría más daños cerebrales. Lo había aprendido en la formación.

Estaban a punto de atraparlo por culpa de su propia estupidez. Pero no tenían por qué cogerla a ella. Y así no habría que repartir los dos millones. Oyó una sirena a lo lejos.

Fue a su lado y lo miró. Él abrió los ojos y la vio sacar su pequeña automática del bolsillo.

—No, Karen, no.

Ella le apuntó a la frente.

—No, por favor.

Y disparó dos veces.

5

Decir que Rick Patterson estaba medio muerto cuando lo encontraron no le hacía justicia a su estado. Con la médula espinal destrozada, dos disparos en la cabeza, la mitad de su sangre empapando el suelo, un pulso de veintiocho y una tensión arterial diastólica de cuarenta, estaba mucho más que medio muerto. Un grupo de paramédicos y operarios de emergencias estuvieron una hora tratándolo allí, bajo el árbol, hasta que lo estabilizaron lo suficiente para que lo llevaran en helicóptero al hospital de Cincinnati, donde estuvo once horas en el quirófano. Cuarenta y ocho horas después seguía en estado crítico.

Y todavía no era Rick Patterson. No llevaba nada encima que revelara su identidad, dirección, teléfono... nada. Un inspector de la policía estatal de Ohio consiguió una orden y le sacó un juego de huellas parciales mientras el sospechoso luchaba por su vida enchufado a un respirador artificial. Las huellas coincidían con las de un veterano del ejército de Estados Unidos, Rick Patterson, de Tacoma, Washington. Un hermano les dijo que trabajaba en seguridad privada. Las pruebas de balística determinaron que su rifle de francotirador coincidía con los proyectiles de la carnicería del patio de Higginbotham, pero las dos heridas de la cabeza las habían causado las balas más pequeñas de una pistola. Volvieron a la escena y peinaron todo el lugar, pero el esfuerzo no sirvió para mucho: unas cuantas marcas de botas y de neumáticos que no condujeron a nada.

Durante días, el gran misterio tuvo desconcertada a la policía. Los asesinatos de la señora Higginbotham y su amante, Jason Jordan, estaban resueltos, pero ¿quién le había disparado a Patterson para después huir? ¿Y por qué? ¿Y quién le pagó para cometer los asesinatos? Ya habían estado investigando al señor Higginbotham, que tenía buenos abogados.

Patterson luchó durante días, negándose a morir. Se aferró a la vida con la ayuda de las máquinas, unos fármacos increíbles y una tenacidad que los médicos habían visto en pocas ocasiones.

Y, al noveno día, empezó a hablar.

6

Bob Cobb acababa de volver tras un largo paseo por la playa y se estaba sirviendo una cerveza fría en una jarra helada junto a la piscina para tomarse un descanso cuando sonó el teléfono. Era el agente Van Cleve, de la oficina del FBI en Jacksonville. Bob lo había conocido un mes antes, cuando estuvo investigando en la isla.

Van Cleve le preguntó a Bob si podía pasarse por su despacho al día siguiente. Como ese despacho estaba en el centro de Jacksonville, por lo menos a una hora de su casa, Bob dudó. Estaba escribiendo por fin y, como siempre, iba retrasado y no tenía ganas de perder un día con el FBI.

—Es bastante importante —insistió Van Cleve—. Y es algo que tenemos que tratar aquí.

Bob sabía que no conseguiría nada intentando retrasarlo, así que accedió a regañadientes a reorganizar toda su jornada para que el federal se quedara tranquilo.

Llegó a las diez de la mañana y siguió a Van Cleve a una sala pequeña con grandes pantallas en tres de sus cuatro paredes. Van Cleve estaba nervioso e impaciente. Era obvio que tenía algo.

—Tengo un par de vídeos para usted —anunció mientras atenuaba las luces.

El primero, en color, era de una cámara diminuta que había en el interior de la mira del rifle del francotirador.

—Esto ocurrió hace dos semanas cerca de Dayton, Ohio —explicó Van Cleve—. El hombre que está saliendo del Porche es el novio, no el marido, y va a entrar a la casa para echar un polvo rápido con la mujer. El marido está en Las Vegas con sus amigos, pero había contratado el asesinato. El amante entra, los dos se dedican a lo suyo durante cuarenta y siete minutos y después empieza la diversión. Aquí vuelve. Sale por la puerta y va hasta su coche. Y pam. El francotirador, que está casi a cuatrocientos metros, le vuela media cabeza. Pasan veintiséis segundos, la señora decide ir a ver si está muerto y, pam, pierde la mitad de la cara.

—Muy impresionante —comentó Bob.

—Pensé que le gustaría.

—¿Puedo saber cómo lo han conseguido?

—El francotirador era, o más bien es, un imbécil que, por alguna razón que se nos escapa, creyó que estaría bien grabar alguno de sus mejores momentos. Dudo que tuviera intención de colgarlos en Facebook; lo más seguro es que pretendiera mostrárselos al marido. ¿Quién sabe? Pero ha sido una estupidez. Ahora es portada de todos los periódicos del oeste de Ohio. Tal vez lo haya visto, por casualidad.

—No, me lo había perdido.

La primera página del *Dayton Daily News* apareció en otra pantalla. Tenía un titular en letra negrita que decía: ASESINATO POR ENCARGO DE LA ESPOSA Y EL AMANTE. Debajo había dos fotos grandes de las víctimas y una más pequeña de Higginbotham, el marido.

—El francotirador estaba subido a un árbol —continuó Van Cleve— y después de los asesinatos se cayó y se dañó la médula espinal. No podía moverse, así que su compañera le disparó dos veces en la cabeza, como si acabara con la vida de un animal herido. La ley de la selva. La policía de allí, junto con el FBI, tomaron la inteligente decisión de no decir nada sobre el francotirador, que parecía un profesional. Disparaba muy bien, aunque lo de subir a los árboles no era su fuerte. Pero por eso no ha salido una palabra sobre el tema en la prensa, al menos hasta ahora.

Van Cleve pulsó un botón y empezó a cargarse otro vídeo.

—Pero aquí es donde las cosas se ponen más interesantes. El francotirador sigue vivo y empezó a hablar hace cuatro días. —La imagen que se veía era la de Rick Patterson en una cama de hospital, con un respirador artificial, la cabeza envuelta en una venda blanca y tubos y cables por todas partes, rodeado de cinco hombres con trajes oscuros y caras muy serias que lo miraban fijamente. Van Cleve pasó el vídeo y dijo—: Es el francotirador con su abogado, un fiscal, un juez federal y dos agentes del FBI. —Al otro lado de la cama había dos médicos con sus batas. La cámara estaba al pie de la cama y permitía ver una escena bastante peculiar.

—No esperan que Patterson sobreviva —continuó Van Cleve—. Tiene dos hemorragias cerebrales, pequeñas pero activas, que al parecer los médicos no pueden detener y, aunque lo consigan, su vida está prácticamente acabada. Y lo sabe. Por eso está hablando. O más bien comunicándose. Por supuesto, con todos esos tubos y esa mierda en la boca no puede hablar, pero ha recuperado parcialmente el movimiento de las manos. Puede escribir mensajes muy despacio y gruñir para asentir. Junto con todos los demás cables y tubos hay uno conectado con una unidad de audio. En la oficina del fiscal, que está al otro lado de la ciudad, lo están grabando todo. Él no está en condiciones de responder preguntas, pero ha insistido. Está muy motivado. Sus médicos pusieron objeciones al principio, pero como ya le han condenado a muerte, ¿qué importancia puede tener?

Se oía al juez explicándole unos principios legales básicos al paciente, que tenía un rotulador en la mano y escribía de una forma un poco rara en una pizarra blanca que apoyaba sobre el vientre.

A continuación, el fiscal se inclinó un poco y dijo:

—Señor Patterson, voy a hacerle unas preguntas. Todas han sido previamente aprobadas por su abogado. Tómese todo el tiempo que necesite. No tenemos prisa.

«Nada de prisa», pensó Bob. Con dos hemorragias cerebrales activas y el cuello roto, el hombre se estaba muriendo por momentos.

—¿Estuvo usted implicado en la planificación y ejecución de los asesinatos de Linda Higginbotham y Jason Jordan?

Él escribió la palabra «sí» y el fiscal la leyó en voz alta para que constara en la grabación.

—¿Fue usted el ejecutor de ambos asesinatos?

Sí.

—¿Le pagaron por esos asesinatos?

Sí.

—¿Cuánto?

Dos.

—¿Dos millones de dólares?

Sí.

—¿Quién le pagó por los asesinatos?

Una larga pausa mientras Patterson escribía despacio las palabras: «No lo sé».

—Dice que no lo sabe —repitió su abogado.

—Vale, volveremos a eso después. ¿Actuaba usted solo?

No.

—¿Cuántos cómplices tenía?

Una.

—¿Su nombre?

Sin dudar, Patterson escribió un nombre: Karen Sharbonnet.

—¿Dónde estaba esa persona durante los asesinatos?

No respondió.

—El hombre se queda quieto durante cinco minutos ahora —explicó Van Cleve—, hasta pensaron que había muerto. Pero después se recupera y admite que su compañera estaba cerca y que lo encontró en el suelo. Y en vez de ayudarlo, intentó acabar con él. Dos tiros en la cabeza. Pero ya hemos visto bastante. El siguiente vídeo es el que seguro que le interesa. Este es del interior de un gimnasio pijo de Laguna Beach. Obviamente, lo teníamos vigilado.

Ocho mujeres en dos filas de cuatro giraban y sudaban al ritmo de una música alta mientras seguían las órdenes que gritaba su entrenador. Todas eran jóvenes, bien tonificadas, atractivas y tenían un bronceado muy californiano. La cámara hizo zoom a una que tenía el pelo pelirrojo y corto.

—¡Oh, vaya! —exclamó Bob sonriendo—. Reconocería ese cuerpo en cualquier parte.

—Creo que usted la conocía como Ingrid —comentó Van Cleve—. Su nombre real es Karen Sharbonnet, exranger del ejército, exasesina a sueldo y excompañera de Rick Patterson.

—¿Ex?

—Sí, la hemos detenido. Después de que Patterson la delatara, la encontramos y la seguimos durante tres días. Ella empezó a sospechar e intentó huir. La atrapamos en el aeropuerto de Los Ángeles cuando estaba subiendo a un vuelo con destino a Tokio. Con pasaporte alemán, uno de los seis que, como mínimo, usaba. —Van Cleve pulsó otro botón y apareció el retrato robot.

—Lo del pelo corto y pelirrojo es un buen detalle, y efectivo, pero los ojos nunca mienten —afirmó Bob—. Es ella, seguro. ¿Ha dicho algo?

—Ni una palabra. Y todavía no le hemos contado lo de

Rick. Ella cree que lo dejó muerto en el bosque y no sabe que lo encontramos, ni mucho menos que puede comunicarse.

—¿Cuánto sabéis de ella? —preguntó Bob.

—Como ya te he dicho, todo va muy despacio porque la vida de Patterson está pendiendo de un hilo. Dice que llevan cinco años trabajando en equipo en asesinatos por encargo para clientes ricos. Consiguieron dos millones por el trabajo de Higginbotham. Hemos encontrado sus cuentas bancarias, tiene como una docena en cuatro países como mínimo y es verdad, porque el dinero llegó a San Cristóbal hace dos días. Dos millones.

—¿Se sabe algo de Nelson Kerr?

—Todavía no. Pero ayer Patterson todavía seguía hablando.

—Hagan que hable más rápido.

—Lo siento, pero creo que se está apagando.

7

Al salir de Jacksonville, Bob siguió un impulso y salió de la Interestatal 95 en dirección al aeropuerto internacional, donde compró un billete. Voló al aeropuerto de Newark, cogió una conexión a Boston, donde se subió a otro avión más pequeño que enlazaba con Martha's Vineyard. Siete horas después de despegar, estaba de nuevo en tierra y llamó al móvil de Bruce. Este se sorprendió al enterarse de dónde estaba.

—¿Qué te trae por Martha's Vineyard? —preguntó.

Bruce no recordaba haber invitado a Bob, pero muy pronto se dio cuenta de que estaba pasando algo.

—Ven a verme al bar del Sydney Hotel de Edgartown dentro de una hora —propuso.

Una hora después, Bruce estaba esperando, solo, cuando Bob entró sonriendo de oreja a oreja. Se sentaron en un rincón y pidieron bebidas.

—No te vas a creer a quién tiene detenida el FBI —empezó Bob.

—¿A quién?

—A Ingrid. En realidad se llama Karen Sharbonnet y vive en Laguna Beach, California.

Bruce estaba demasiado perplejo para responder. Miró hacia otro lado y sacudió la cabeza. Llegaron las copas y, tras darle un largo sorbo al vino, dijo:

—Vale, cuéntamelo todo.

—Es una maravilla. No te lo vas a creer.

8

Lo vigilaron de cerca mientras estacionaba su enorme SUV en uno de los aparcamientos que rodeaban el perímetro del parque. Abrió el maletero y sacó una bolsa de viaje grande llena de todo tipo de equipamiento infantil de béisbol. Su hijo, Ford, una estrella de once años, estaba a su lado, vestido para jugar y cargado con una bolsa para el bate personalizada en la que llevaba más equipamiento del que tenía un profesional cuarenta años antes.

Avanzaron despacio por el camino que había entre dos campos, uno de los miles de equipos de padres e hijos listos para la acción ese sábado perfecto para el béisbol.

Sid no era el entrenador, sino más bien el mánager de los Raiders. Encontraron su banquillo, saludaron a los entrenadores y compañeros de equipo y se relajaron mientras los operarios rastrillaban los cuadros y echaban tiza. El partido no empezaba hasta dentro de una hora, así que los niños comenzaron a lanzarse bolas en el césped mientras los entrenadores y los padres discutían sobre la derrota de los Astros la noche anterior contra los Cardinals.

Cuatro agentes del FBI se acercaron despacio, todos vestidos con ropa informal, como si fueran padres de jugadores.

Sid salió del banquillo y fue al bar a por un refresco. Compró uno y lo llevó a otro campo donde ya se estaba jugando un partido. Cuando se detuvo junto a la valla de tela metálica para estudiar al futuro oponente, un hombre que llevaba una tarjeta en la mano lo abordó y le dijo lo bastante bajo para que nadie lo oyera:

—Sid, soy Ross Mayfield, del FBI.

Sid cogió la tarjeta y la examinó detenidamente.

—Un placer. ¿Qué puedo hacer por usted? —preguntó sin apartar la vista del campo.

—Tenemos que hablar. Y cuanto antes, mejor.

—¿Sobre qué?

—Sobre Grattin, el Flaxacill, el fraude a Medicare y tal vez incluso de Nelson Kerr. Hay muchos temas que tratar, Sid. Hay una red ahí fuera, y se está cerrando con rapidez. Tenemos todo lo necesario. Podrías enfrentarte a cuarenta años o más en prisión.

Él cerró los ojos, como si le hubieran dado un puñetazo en el estómago, pero intentó que no se le notara. Hundió un poco los hombros pero, como informarían los agentes más tarde, consiguió aguantar notablemente bien ese momento terrible.

—¿Necesito un abogado?

—Oh, sí. Tal vez un par. Llámalos y que concierten una reunión en un plazo máximo de cuarenta y ocho horas.

—¿Y si prefiero no hacerlo?

—No seas idiota, Sid. Conseguiremos una orden e iremos a tirar abajo tu puerta a las tres de la mañana. Eso puede resultar traumático para tu mujer y tus cinco hijos, además de que los vecinos lo verán todo. Y por cierto, Sid, lo estamos oyendo todo. Si le dices una palabra a Ken Reed o a cualquiera de los demás, tu oportunidad de oro se desvanecerá de inmediato. ¿Lo has entendido? Es hora de que salves tu cuello. Reed es historia, y dudo que la empresa sobreviva.

Sid apretó la mandíbula y asintió levemente.

—Veinticuatro horas —insistió Mayfield—. Quiero saber algo de ti o de tus abogados en veinticuatro horas, ¿vale? Y nos veremos dentro de cuarenta y ocho.

Sid no dejó de asentir.

El domingo por la mañana, temprano, tras pasarse la noche sin dormir, Sid Shennault se dirigió al despacho de su abogado en Bellaire, una comunidad acomodada de la parte residencial de Houston. El abogado, F. Max Darden, era un conocido especialista en delitos de guante blanco y nunca había oído hablar de Ken Reed ni de su empresa. Durante dos horas, Sid Shennault se sinceró y le contó todo sobre Grattin, Reed, la dirección y el uso de la vitamina E3, también conocida como Flaxacill. Aseguró que no sabía nada de Nelson Kerr.

A las once, justo a la hora acordada, llegó el agente Ross Mayfield acompañado por sus tres colegas, ahora vestidos con los trajes negros estándar. F. Max los condujo a todos a una sala de reuniones de su espléndido bufete. Una secretaria sirvió café y dónuts mientras los hombres charlaban de banalidades, intentando aliviar la tensión.

Cuando la secretaria se fue, F. Max tomó el control de la reunión.

—Supongo que estarán aquí para ofrecerle a mi cliente algún tipo de trato.

—Así es —respondió Mayfield—. Trabajamos en colaboración con el fiscal de Houston y tenemos intención de acusar a la mayor parte de los principales directivos de Grattin, entre ellos el señor Shennault. Estamos seguros de que su cliente ha estado implicado en un enorme fraude a Medicare y Medicaid que se ha realizado durante muchos años, y va a ser acusado por eso, junto con muchas otras personas que trabajan para la empresa.

—¿De qué tipo de fraude diría usted que estamos hablando? —preguntó F. Max, tanteando, aunque ya sabía lo básico.

—Tiene que ver con un fármaco llamado Flaxacill, más conocido en la empresa como vitamina E3. Está registrado, pero no tiene la aprobación de ningún organismo porque es un fármaco con efectos nocivos. Se descubrió por accidente en un laboratorio chino hace veinte años y al principio creyeron que tenía un gran potencial, porque podía alargar la vida al hacer que el corazón siguiera latiendo. Pero resultó que solo funcionaba en pacientes que habían perdido todas las funciones cerebrales. Además, provoca ceguera casi instantánea. No sabemos cómo la gente de Grattin descubrió la existencia del fármaco e hizo un trato con el laboratorio chino. Durante los últimos veinte años, Grattin ha estado utilizando esta vitamina milagrosa para mantener unos cuantos meses más respirando a decenas de miles de pacientes con demencia.

—Entonces ¿el fármaco realmente alarga la vida? —preguntó F. Max, incrédulo.

—En pacientes con lesiones críticas o demencia avanzada, sí. Pero está lo de la ceguera. No sé si yo querría pedirle a un jurado que creyera que en realidad se trata de un fármaco beneficioso.

—Yo sé perfectamente lo que tengo que pedirle a un jurado, señor Mayfield.

—Seguro que sí, y tal vez incluso le demos la oportunidad. No estamos aquí para discutir y negociar. Estoy convencido de que usted en el juzgado es el héroe, señor Darden, pero, por decirlo sin rodeos, no tiene caso.

Sid intentó calmar los ánimos.

—¿Qué trato me ofrecen?

Mayfield le dio un sorbo al café y siguió mirando a Darden. Al final dejó su taza y se dirigió a Sid cuando habló.

—Primero nos das información. Tienes dos semanas para entregarnos los documentos. Necesitamos las rutas de pago del fármaco. Cuánto se paga y adónde va el dinero. Y durante cuánto tiempo. También quién está implicado en los pagos al laboratorio chino. Eso son cosas de contabilidad, que es lo tuyo. Y necesitamos los nombres de los otros ejecutivos o miembros de la dirección que aprobaron o sabían lo del fármaco. Segundo, hacemos las acusaciones y las detenciones. Eso se tiene que coordinar con mucho cuidado, porque en el caso de Ken Reed existe un evidente riesgo de fuga. Hasta ahora hemos encontrado tres aviones de empresa y otras tantas residencias fuera de Estados Unidos. Te detendremos a ti primero, con discreción, sin montar ningún escándalo. Nadie lo sabrá. Al día siguiente enviaremos el equipo de los SWAT para el gran espectáculo. Tercero, le darás al fiscal las pruebas y todas las declaraciones juradas que necesitemos y te prepararás para testificar si es necesario. Después hablaremos del acuerpo y le pediremos indulgencia al juez.

—¿Cuánta indulgencia? —preguntó Sid.

—Ninguna multa, seis meses en la cárcel como máximo y después arresto domiciliario.

Sid lo aceptó con aire de resignación. Sus días de gloria habían terminado, fue muy bueno mientras duró. Tenía mucho dinero en el banco y le quedaba tiempo suficiente para reconstruir su futuro. Su mujer y sus hijos lo apoyarían, soportarían la vergüenza y seguirían adelante. Después de todo estaban en Texas, una tierra en la que se olvidaba fácilmente el pasado si conseguías recoger los pedazos y ganar más dinero. Además, parecían sentir cierta admiración por los forajidos. Francamente, no le unía ningún lazo de lealtad con

Ken Reed ni con su círculo cercano. La mayoría de los hombres ya iban por su tercera mujer y tenían estilos de vida que resultaban repugnantes según las creencias de Sid. El día que saliera de Grattin sin mirar atrás, sería un buen día para él.

—¿Por qué no nos ofrecen inmunidad? —preguntó F. Max—. Yo me sentiría mucho mejor si mi cliente tuviera total inmunidad ante cualquier acusación. Así cooperaría completamente y les daría lo que quieren.

—En este caso no va a haber inmunidades. Es una orden directa de Washington.

9

Ante la insistencia del FBI, y tras ofrecerse a hacerse cargo de los gastos, Bob Cobb viajó desde Boston hasta Los Ángeles, donde dos agentes lo esperaban a la salida para llevarlo a sus oficinas de Wilshire Boulevard. Lo acompañaron a un despacho sin ninguna identificación del tercer piso y le presentaron al agente Baskin, que era todo sonrisas. Tenían la victoria al alcance de la mano y todo el mundo parecía notarlo. Baskin cruzó con él el pasillo hasta una pequeña sala de reuniones donde le estaba esperando un técnico. En una gran pantalla digital apareció muy clara la misma imagen del pobre Rick Patterson intentando morirse.

—Creo que usted ya ha visto parte de eso —comentó Baskin.

—Sí, en Jacksonville —respondió Cobb.

—Pues ha habido avances. Esto es de hace dos días.

Alrededor de la cama estaban todos ya sin chaqueta, y los cinco hombres blancos parecían agotados después de tanto interrogatorio. El fiscal tenía un cuaderno y le hablaba al testigo-paciente:

—Señor Patterson, el 5 de agosto del año pasado un escritor

llamado Nelson Kerr fue asesinado en Camino Island, Florida. ¿Estuvo usted implicado de alguna forma en ese asesinato?

Una agotadora pausa y después un débil y lento «sí».

—¿Mató usted a Nelson Kerr?

No.

—¿Lo mató su compañera, Karen Sharbonnet?

Sí.

—¿Sucedió durante un fuerte huracán?

Sí.

—El señor Kerr murió de varios golpes con un objeto contundente en la cabeza, ¿no es así?

Sí.

—¿Sabe qué arma se utilizó?

Sí.

Una larga pausa y después su abogado se inclinó para acercarse a unos pocos centímetros de la boca de Patterson. Él gruñó y murmuró algunas palabras. El abogado le susurró algo al fiscal, que preguntó:

—¿El arma del crimen fue un palo de golf?

Sí.

Bob Cobb no pudo evitar reírse.

—Hijo de puta... —exclamó.

—¿Cómo dice? —preguntó Baskin.

—El chico lo descubrió el día después del asesinato. Es una larga historia. Se lo explicaré después. O no. Tampoco tiene importancia.

Volvieron al interrogatorio. El fiscal le preguntó al testigo:

—¿Cuánto les pagaron a usted y a Karen Sharbonnet por el asesinato de Nelson Kerr?

Otra larga pausa y después un suave: «Cuatro».

—¿Cuatro millones?

Sí.

—¿Se repartieron el dinero a partes iguales?

Sí.

—¿Quién les pagó?

Una pausa. El abogado volvió a agacharse y escuchó con mucha atención. Patterson gruñó, el abogado se incorporó, le susurró algo al fiscal y este preguntó:

—¿Le pagó un intermediario?

Sí.

—¿Quién era ese intermediario?

El abogado volvió a susurrar y el fiscal preguntó:

—¿El intermediario se llama Matthew Dunn?

Sí.

En ese momento el testigo perdió el conocimiento y los interrogadores se apartaron. Se acercó un médico, les susurró algo y les hizo un gesto para que se fueran. La pantalla se quedó en blanco.

—Eso fue todo por ese día —explicó el agente Baskin—. Solo estuvo en condiciones unos veinte minutos. Hemos encontrado a Matthew Dunn y lo tenemos bajo vigilancia. Un verdadero personaje. Tiene antecedentes por tráfico de armas y drogas, e incluso trabajó como mercenario en Siria. Un mal tipo, pero lo atraparemos muy pronto. ¿Quiere ver a la mujer?

—Sí.

—Le advierto que ella no tiene ni idea de que Patterson está vivo. Suponemos que cree que acabó con él en el bosque y ahora mismo se está haciendo la dura.

—Vamos.

Bajaron un tramo de escaleras hasta la segunda planta y se detuvieron ante una puerta custodiada por dos agentes. Baskin la abrió y le hizo un gesto a Bob para que entrara. A ver qué pasaba.

Karen Sharbonnet estaba sentada en una silla metálica a un lado de una partición de malla metálica que no llegaba hasta el techo. Tenía la mano izquierda esposada a una cadena sujeta a la silla. Bob se sentó enfrente de ella y le sonrió. Ella no le devolvió la sonrisa.

—¿Qué tal estás, nena? —saludó—. Parece que al final te han cogido.

Ella se encogió de hombros, como si le diera completamente igual.

—Nos lo pasamos bien juntos, ¿eh? Menudo fin de semana largo. ¿Te acuerdas?

—No.

—Qué pena. Nos pasamos el fin de semana en la cama, en mi casa, y nos lo pasamos muy bien, ¿de verdad que no te acuerdas?

—No.

—Supongo que eres tan putón que no recuerdas todos tus ligues, ¿no?

Ella se encogió de hombros otra vez y sonrió. No había nada que pudiera perturbarla.

—La última vez que te vi corrías como una loca por la calle en medio de un huracán de categoría 4, aunque casi ni podías andar. Te grité una y otra vez, y al final decidí que podías irte al carajo. Las mujeres están locas. No sabía que ibas a casa de Nelson. Me llamó, ¿sabes? Me dijo que estabas en su casa, que actuabas como una loca, y yo le respondí que no me sorprendía. «Esa zorra está como una cabra», le respondí.

—No tengo ni idea de qué me habla.

—Eso es porque eres una profesional con hielo en las venas. ¿Sabes? Incluso en la cama había algo muy distante en ti. No me quejo, no te preocupes, pero siempre hubo algo que no estaba bien. ¿Sabes que encontraron tus huellas en el apartamento de Nelson?

—¿De quién?

La pared que había detrás de Bob era de sencillo yeso blanco, o eso parecía. Una sección era en realidad una pantalla oculta, y tras ella había tres cámaras que apuntaban a la cara de Karen Sharbonnet. También había expertos analizando cada tic, cada parpadeo y los movimientos de los ojos, los músculos de la frente y los que le rodeaban la boca. Era todo hielo. Tenía las manos congeladas. La respiración tranquila. Su expresión no cambió. Al encontrarse inesperadamente con Bob no había hecho ni el más mínimo gesto.

Hasta que...

—¿Le diste un buen golpe con el hierro siete? —preguntó Bob, sin poder creérselo del todo.

Una leve separación de los labios, como si necesitara aire. Un mínimo endurecimiento de los ojos, como si estuviera sorprendida. Después los entornó y aparecieron dos arrugas en la parte superior de la nariz. Pero después todo desapareció y lo convirtió en una sonrisa.

—Debe de estar usted loco.

—No te lo niego, pero no lo bastante para matar. Ni soy tan idiota como para dejarme atrapar. Bueno, nena, te veré pronto. Te van a extraditar a Florida, donde está la escena del crimen, y harán que sientes tu culito pelirrojo en la sala de vistas. Y allí estaré yo, observando, deseando testificar contra ti. Lo estoy deseando. Mi amigo Nelson se merece justicia, y yo estaré más que feliz de contribuir a que la tenga.

—No sé de qué me habla.

Bob se levantó, fue hasta la puerta y salió.

10

Matthew Dunn tenía alquilado un apartamento de un dormitorio en una torre de cristal cerca del Strip de Las Vegas. Tras cuarenta y ocho horas de vigilancia descubrieron que llevaba una forma de vida bastante despreocupada que incluía un largo paseo cada tarde hasta el Belaggio, donde jugaba al blackjack a diez dólares la mano mientras bebía whisky barato.

Sus antecedentes eran mucho más interesantes. Lo echaron de los Marines por insubordinación, y después lo contrató una banda de mercenarios privados estadounidenses que hacían trabajos sucios en Irak. Sobrevivió durante dos años en una cárcel siria tras ser condenado por contrabando de armas. En Nueva Orleans fue acusado de importar cocaína, pero consiguió librarse. Después pasó tres años en una prisión federal por fraude a un seguro y una semana después de obtener la libertad condicional consiguió un contrato de cinco millones de dólares con Defensa para suministrar zumo de naranja a las tropas de Estados Unidos. En algún momento empezó a cometer asesinatos por encargo y se convirtió en el hombre al que llamaban los ricos para librarse de sus problemas. Una investigación de sus cuentas bancarias, mediante orden judicial, no les reveló gran cosa: tenía menos de veinte mil dólares. El FBI supuso que prefería el efectivo y los bancos del extranjero. Con su portátil vigilado y el teléfono pinchado, los federales se empezaron a preocupar cuando reservó un vuelo a la capital de México. Lo arrestaron sin incidentes en el aeropuerto McCarran International y lo encerraron en aislamiento en la cárcel de Clark County.

11

Dieciocho días después de romperse el cuello, Rick Patterson por fin murió en la UCI del hospital de Cincinnati. Tenía cuarenta y cuatro años, era soltero, nunca se había casado y casi no tenía familia. Un hermano lo incineró y sus restos se enviaron por mensajería a un mausoleo en Seattle «a efectos futuros». Había lagunas en su pasado, pero la mejor teoría decía que Karen y él se conocieron veintiún años antes, cuando estaban destinados en el este de África. Sus caminos se cruzaron varias veces y los dos pasaron varios años en Afganistán e Irak. Nunca se casaron ni había pruebas de que mantuvieran una relación, aparte de la laboral que acabó con su muerte. Los intentos por encontrar el dinero resultaron inútiles. Como otros personajes de ese mundo turbio, parecía preferir el efectivo y las cuentas en paraísos fiscales.

A Karen no le informaron de su muerte y el FBI supuso que ella seguía creyendo que él había muerto en el bosque, donde lo dejó. Estaba bajo custodia, vigilada, y no tenía acceso a periódicos ni a internet. Cuando le comunicaron que la iban a encarcelar por los asesinatos de Linda Higginbotham, Jason Jordan, Nelson Kerr y un cirujano plástico de Wisconsin, ella pidió un abogado con toda la calma del mundo.

12

Después de firmar la petición preliminar para un trato que había conseguido F. Max Darden, Sid Shennault se puso manos a la obra revisando los registros financieros de Grattin Health. Como fue él quien puso en marcha los sistemas y los actualizó a lo largo de los años, no le resultó difícil. Cuarenta y ocho horas después le envió a F. Max unos correos electrónicos encriptados con información financiera prolija y detallada. El agente Ross Mayfield y su equipo empezaron a salivar. El Flaxacill era un fármaco muy barato. Grattin gastaba una media de ochenta millones al año en él, que pagaba a través de una red de empresas y cuentas en paraísos fiscales a un intermediario financiero de Singapur que, después, enviaba todo al laboratorio que estaba en la provincia de Fujian.

El tesoro escondido de documentos se convirtió en una avalancha cuando Sid vendió su alma empresarial para impresionar a sus nuevos explotadores con la esperanza de sacarles un trato mejor. Se había convertido en un traidor desde la primera filtración y ya no había vuelta atrás. En setenta y dos horas había enterrado al FBI con más datos en bruto de los que podían procesar. Y, además, todos eran maravillosamente admisibles como prueba ante un tribunal.

Entonces comenzó la dura negociación. F. Max llamó al agente Ross Mayfield y le pidió una reunión a solas. Quedaron en un bar pijo cerca del despacho de Darden a última hora de la tarde. F. Max pidió vino tinto; Mayfield, que estaba de servicio, solo café. En cuanto llegaron las bebidas, F. Max fue directo al grano.

—Queremos inmunidad, total y sin restricciones. Nada de acusaciones ni detenciones, nada. Sid sale de esto libre e inmaculado.

Mayfield negó con la cabeza.

—Ya hemos tenido esta conversación.

—Sí. Pero ahora hay más. ¿Y si Sid pudiera entregar pruebas sobre todas las cuentas en paraísos fiscales y la propiedades de Ken Reed? Tiene más de quinientos millones en bancos de todo el mundo, desde Estados Unidos hasta Nueva Zelanda, y Sid puede daros todos los detalles. Y también los de todos sus juguetitos: casas, yates, aviones...

—Te escucho.

—Piensa en la parte judicial cuando esto se sepa. Decenas de miles de demandas contra la empresa, y entonces Reed se saca un as de la manga: se declara en bancarrota y se esconde tras los tribunales para protegerse. ¿Y si los demandantes y sus ambiciosos abogados tuvieran acceso a esa fortuna oculta? A mí me parece verdadera justicia. Reed acaba arruinado y en la cárcel para el resto de su vida. Sid puede dároslo todo, pero solo a cambio de inmunidad.

—No sé...

—Vamos, Ross. Piensa en la montaña de jugosa información que ya os ha dado. No dais abasto para procesarla, ¿no?

Sabe lo que hace y quiere hacer más, pero tiene un precio. ¿Qué ganaríais acusándolo y destrozando su reputación?

Mayfield sonrió, asintió y miró a su alrededor. Le gustaba, estaba claro.

—¿Y el asunto de Nelson Kerr?

—Nada. No ha encontrado ni un pago. Sid está convencido de que Reed lo pagó todo de una vez a través de alguna cuenta personal o tal vez en metálico. Eso lo mantuvo al margen de la empresa. No es tan idiota.

Mayfield miró el reloj y dijo:

—Son las cinco y cinco. Hora de dejarlo por hoy. Pídeme una cerveza mientras voy a cambiarle el agua al canario.

La cerveza llegó antes de que Mayfield volviera. Echó un trago en cuanto lo hizo.

—Por mí vale —accedió—. Voy a llamar a Washington esta noche para que lo pongan en marcha.

Le tendió la mano a F. Max, que se la estrechó.

13

Una tarde lluviosa de un martes de mediados de mayo, Bruce estaba en su casa, en la galería, disfrutando del sonido del agua que repiqueteaba sobre el tejado de chapa y la superficie del estanque y leyendo y dormitando alternativamente. Debería haber estado en la librería, pero los días de lluvia había todavía menos movimiento que los normales. Ese sitio, y el negocio, le resultaban cada vez más deprimentes. Noelle había huido de la isla y estaba comprando antigüedades en Nueva Orleans.

Oyó un ruido extraño: el distante sonido de su teléfono barato. Cuando se dio cuenta de lo que era fue a la cocina y lo cogió.

—Hola, Bruce —saludó Dane—. ¿Tienes un momento?

—Claro. ¿Por qué te iba a responder al teléfono si no?

—Está pasando algo. Estoy en casa, en Houston, y a salvo. Ken planea irse por la mañana a un viaje largo, a Río, creo. He recurrido a mis fuentes y he verificado todo lo que he podido. Escucha con atención.

—¿Necesitaré un bolígrafo?

—No. Solo escúchame. Saldrá del aeropuerto Hobby de Houston a las nueve de la mañana en su Falcon 900 y aterrizará en Tyler, Texas, lo justo para recoger a su novia, que irá hasta allí en coche desde Dallas. Después se irán. No estoy segura, pero esto huele a huida. ¿Puedes avisar al FBI?

—Claro. ¿Estás segura de que estás a salvo?

—Ahora yo soy la última de sus preocupaciones. Siente que la cuerda se tensa alrededor de su cuello y está actuando de manera extraña. Avisa a los federales, por favor.

Bruce llamó a Bob Cobb y le dijo que tenían que verse de inmediato en un garito de la playa, uno que no existía antes de Leo. Bob llamó al agente Van Cleve de Jacksonville y le dio el mensaje.

14

A las ocho de la mañana siguiente, el chófer de Ken Reed condujo su SUV hasta la terminal de aviación general del aeropuerto Hobby International, donde el empresario subió a su Falcon 900. Era el único pasajero y el destino era Tyler, Texas. El avión despegó a las nueve y un minuto para hacer un trayecto de media hora. Una vez estuvo en el aire, un pequeño ejército de agentes y técnicos del FBI entraron en el vestíbulo de un insulso edificio de oficinas de veinte pisos de la parte sur del centro de Houston. Acordonaron las cuatro últimas plantas y separaron a todos los empleados en tres salas de reuniones diferentes. Confiscaron todos los móviles y los portátiles y amenazaron con detenciones si alguien hacía el más mínimo ruido. Los empleados estaban aterrados y algunas mujeres lloraban.

En Tyler, un ayudante llevó a toda prisa a la novia de Ken hasta el Falcon y desapareció, dejándolos solos. Los pilotos esperaron a que les dieran permiso para dirigirse a la pista y despegar. Ken intentó llamar a su secretaria, pero no le respondió. Llamó entonces a asistentes y lugartenientes, pero no respondió nadie.

Cometió el error de llamar a su mujer y, cuando Dane cogió el teléfono, le dijo que tenía que irse por un asunto urgente de negocios.

—¿Adónde vas? —preguntó ella, con total normalidad.

—A Washington y después a Nueva York. Estaré fuera unos cuantos días.

—¿Ah, sí? ¿Y viajas solo?

—Me temo que sí.

—Oye, Ken, no sé cómo decirte esto, pero se te acabó el chollo. No vas a llegar a Río, y esa amiguita que llevas contigo está a punto de volver a casa con su mamá. No vas a despegar, y este ha sido tu último viaje en ese avioncito tan mono. Los federales están a punto de confiscarte todos los juguetes, muñecas incluidas. Te veo en el juzgado.

Y colgó con una carcajada.

Ken soltó una maldición y miró por la ventanilla justo cuando tres todoterrenos negros aparcaban junto a su avión, todos con esas molestas luces azules girando en sus salpicaderos.

10

La tormenta

I

La primera semana de junio trajo los primeros días de auténtico calor a la isla, los días se hicieron más largos y llegó el verano. Diez meses después de Leo, la limpieza había terminado y los días estaban llenos de los reconfortantes ruidos de sierras mecánicas, martillos neumáticos, motores diésel y gritos de obreros muy ocupados. Los equipos trabajaban muchas horas, incluso turnos dobles, para reparar y renovar cabañas, restaurantes, centros comerciales, iglesias y muchas casas del interior. La mayoría de los hoteles y moteles de la costa ya estaban abiertos y en funcionamiento, pero a los más grandes, con cientos de habitaciones y muchos más daños, todavía les faltaban meses para poder hacerlo. Las playas estaban limpias y las ensenadas erosionadas habían sido reconstruidas con toneladas de arena. La mayoría de las pasarelas privadas también se habían arreglado y dos muelles nuevos propiedad del ayuntamiento se adentraban en el agua y atraían al habitual grupo de pescadores solitarios.

Junio también supuso el regreso de Nick Sutton, tras sus estudios en Wake Forest, con un título nuevecito de Filología inglesa pero sin perspectivas de un empleo permanente.

Tampoco es que lo estuviera buscando. Su plan, si es que se podía llamar así, era pasar el verano igual que había pasado los tres anteriores, cuidando la casa de sus abuelos mientras vendía unos cuantos libros, leía unos cuantos más y pasaba sus ratos libres bronceándose en la playa. Cuando le presionaba alguien, normalmente Bruce, que le tenía cariño al chico pero estaba preocupado por su falta de iniciativa, Nick decía algo de un máster, para el que podía conseguir una beca, y de escribir durante dos años mientras seguía disfrutando de la vida universitaria. Sobre su primera novela tenía ideas aún más vagas.

Pero no tardó en recordarle a Bruce que él no era el más adecuado para darle consejos sobre su carrera. Bruce tenía veintitrés años y todavía tenía categoría de júnior en Auburn cuando lo dejó todo.

Nick pasaba horas todos los días consumido por los detalles de las tramas y dramas, en constante evolución, que habían empezado con la muerte de su viejo amigo Nelson Kerr. Lo leía todo en internet y recopilaba todas las noticas en carpetas identificadas e indexadas. También guardaba los vídeos de todos los boletines de noticias. Peinaba la red en busca de cualquier noticia, por pequeña que fuera y lo conservaba todo. En los últimos seis meses se había convertido en una verdadera enciclopedia de detalles sobre el caso.

Cada mañana a eso de las diez, cuando se suponía que tenía que fichar en Bay Books y dedicarse a su trabajo en el mostrador principal, entraba como una tromba en el despacho de Bruce para contarle las última noticias. Después de hacerle un informe completo, normalmente decía algo como:

—Y fuiste tú quien lo hizo todo posible, Bruce. Todo ha sido obra tuya.

Bruce ponía objeciones y rebatía que él no había tenido nada que ver con el hecho de que Danielle Noddin, la informante, quisiera contar todo aquello. Ni tampoco con la captura de Karen Sharbonnet, cuyos detalles todavía no se habían hecho públicos.

Pero Nick contraatacaba:

—Vale, ¿y lo de localizar ese fármaco milagroso y acabar con Grattin? Si no hubieras tenido las agallas para contratar a esa empresa de Dulles, nunca lo habríamos sabido. Grattin todavía estaría enchufándoles a esos viejos la E3 y desplumando a los contribuyentes.

Bromeaban y discutían sobre el caso cada mañana, pero a Bruce no le importaba lo más mínimo. Recibir el informe diario de Nick le ahorraba tiempo y molestias. Nick no tardó en dejar caer que iba a escribir un libro al respecto, pero a esas alturas la historia todavía no tenía final.

Para mediados de junio habían acusado, detenido y arrastrado ante la justicia para una vista preliminar a once altos ejecutivos de Grattin. Cuatro seguían en la cárcel con fianzas exorbitantes. Al mismo tiempo, estaban siendo investigados varias docenas de ejecutivos y directivos de empresas afines. Hasta ese momento el caso había demostrado ser una mina para los abogados de Houston.

Ken Reed estaba encerrado en prisión preventiva por el altísimo riesgo de fuga, y se le había negado la fianza. Tres de sus aviones estaban permanentemente en tierra. Su bonito yate permanecía amarrado en un pantalán de la Guardia Costera y habían incautado su flota de coches caros. Dane seguía viviendo en su casa de Houston, que nadie había tocado por el momento, pero otras tres de sus casas fueron precintadas y cerradas. Habían congelado por lo menos seis cuentas en el extranjero.

En un movimiento en apariencia exagerado, el FBI había detenido a cinco docenas de enfermeras, farmacéuticos, directores de residencias e incluso auxiliares de Grattin por administrar la vitamina E3. Esperaban que la mayoría acabara señalando a sus jefes y fueran condenados solo a pagar una multa. Los expertos en temas jurídicos de las noticias de la televisión por cable sugerían que el gobierno estaba haciendo un poco de teatro, una demostración de fuerza para llamar la atención sobre la enormidad del fraude.

Grattin se vio forzada a declararse en quiebra involuntaria y hubo que nombrar a una gestora de emergencia para proteger a sus cuarenta mil pacientes. La empresa no estaba ni mucho menos en bancarrota, como descubrieron muy pronto los nuevos administradores, un bufete de Houston que ahora trabajaba por cien mil dólares al mes. Grattin percibía dinero de sobra y prácticamente no tenía deudas. Para seguir con su tarea, la gestora convenció al juzgado de que hacía falta que siguiera manteniendo en funcionamiento la empresa, lo que para los expertos jurídicos de las noticias por cable parecía un argumento sólido. Todos los jefes estaban en la cárcel o habían salido bajo fianza.

Retiraron la vitamina E3 de la circulación inmediatamente. Las autoridades de quince estados, que parecían haberse despertado de repente, junto con un montón de periodistas, agentes del FBI, la FDA y quién sabe cuántas agencias gubernamentales más, observaron con mucha atención cómo el número de muertes entre los pacientes con demencia grave empezaban a aumentar de repente en las residencias de Grattin, una prueba clara, coincidían todos los expertos de las noticias, de que el fármaco funcionaba. Si no fuera por los horribles efectos secundarios, ¿qué problema habría?

A pesar de la quiebra económica y atraídos por el olor a sangre fresca, los abogados especializados en responsabilidad civil se lanzaron a por Grattin con saña, y pronto empezaron a anunciarse en vallas publicitarias y en los programas matutinos de televisión. De un día para otro se presentaron demandas colectivas en una docena de estados. Los expertos jurídicos de las noticias calculaban que el número de potenciales demandantes podía llegar a los doscientos mil.

David Higginbotham, Karen Sharbonnet y Matthew Dunn fueron acusados en un tribunal federal de Ohio de los asesinatos de Linda Higginbotham y Jason Jordan. David estaba en la cárcel de allí, mientras Sharbonnet y Dunn luchaban para impedir su extradición. La familia de Jason Jordan demandó por asesinato doloso a los tres acusados y pidió veinticinco millones. Según el *Dayton Daily News*, Higginbotham había amasado con el sudor de su frente una fortuna de quince millones. Su abogado, que seguramente se llevaría la mayor parte de ese dinero en concepto de honorarios durante los siguientes diez años, estaba decidido a pelear contra todos esos cargos hasta el fin de los tiempos.

En su lecho de muerte, Rick Patterson había confesado el asesinato del doctor Rami Hayaz, un importante cirujano plástico de Milwaukee que estaba en guerra con unos exsocios por la patente de un aparato médico. El doctor Hayaz fue asesinado al salir de un centro comercial en un aparente intento de robo de coche que salió mal. Le robaron, le dispararon en la cabeza y lo dejaron morir. Su Maserati apareció dos días después en un taller ilegal en una parte muy conflictiva de la ciudad. En cuatro años, la policía no había encontrado ninguna pista viable, y la sustanciosa recompensa tampoco había servido para nada. Pero Rick admitió el asesinato y dijo que fue el primero que cometió con su compañera actual, Karen. El fiscal de Milwaukee ofreció una rueda de prensa y anunció una exhaustiva investigación para hacerle justicia al doctor Hayaz.

Mientras a Karen Sharbonnet se le iban amontonando los problemas legales, ella seguía en aislamiento en una cárcel del área de Los Ángeles cuyo nombre no había trascendido. No hablaba con nadie, ni siquiera con los guardias. Contrató a un buen abogado defensor, una *rara avis* en su campo porque ignoraba a los medios y odiaba las ruedas de prensa. Pero no había forma de contener esa demanda de atención. Su historia era demasiado sensacional como para ignorarla, y su atractivo retrato robot, la única imagen que había de ella, empezó a salir en todas las publicaciones sensacionalistas.

Nick las coleccionaba. No se perdía nada.

Una mañana informó de que Danielle Noddin había pedido el divorcio en Houston. Había contratado a una carísima abogada de Nueva York conocida por su capacidad para darle la vuelta a acuerdos prematrimoniales enrevesados. Había varios informes que sacaban a la luz el dinero que Ken Reed había estado escondiendo en el extranjero antes y durante sus catorce años de matrimonio, y ahora parecía que todas las cartas estaban sobre la mesa. La abogada de Dane tenía intención de conseguir una buena parte de todo eso.

En el aspecto literario, la sensacionalista historia del asesinato de Nelson y su supuesta conexión con *Pulso* hizo que las preventas del libro llegaran a niveles increíbles. Simon & Schuster anunció que adelantaba la publicación al 15 de octubre, justo a tiempo para las vacaciones. También reveló que iba a aumentar la primera tirada de los cien mil ejemplares previstos al medio millón y que no descartaba incrementarla aún más.

2

La decisión se tomó en Washington, en el departamento de Justicia. La cuestión era: de los tres asesinatos que había sobre la mesa, ¿cuál era el mejor caso? Por razones obvias, los tres fiscales querían tener en sus manos primero a Karen

Sharbonnet. El fiscal general les dio media hora a cada uno para presentar su caso.

El fiscal de Ohio oeste fue el primero, y después intervino el del sur de Wisconsin.

El fiscal del distrito norte de Florida presentó los argumentos más persuasivos. No solo tenía pruebas de que ella había estado en el piso de la víctima (una sola huella dactilar), sino que también contaba con un testigo ocular que la vio salir como pudo en medio de la noche y la tormenta en dirección al apartamento. También estaba la llamada telefónica al testigo que había hecho la víctima, lo que verifica la presencia de la mujer en el apartamento a la hora estimada de la muerte.

Los tres casos contaban con las confesiones en el lecho de muerte de Rick Patterson, una prueba que supondría enormes problemas en un juicio, pero al menos en Florida era Sharbonnet quien había cometido el crimen. En Ohio y Wisconsin solo había sido cómplice.

Otro factor era el historial de condenas a muerte en Florida. Su fiscal aportó orgulloso las estadísticas que demostraban sin ninguna duda que los jurados de su estado eran más propensos a sentenciar a la pena máxima que los de Ohio. Y Wisconsin la había abolido en 1853.

Tras una reunión de dos horas, el fiscal general, que tenía asuntos mucho más importantes que atender, dictaminó que el primer juicio sería en Florida.

Al día siguiente, Karen Sharbonnet fue trasladada en un vuelo comercial sin escalas desde Los Ángeles hasta Jacksonville. Se filtraron de alguna forma los detalles de ese viaje clandestino y el aeropuerto de Jacksonville se llenó de reporteros. Los policías que la custodiaban tuvieron que activar el plan B y salir por una puerta lateral, pero una cámara consiguió su imagen. Apenas fueron cinco segundos. Llevaba una gorra de béisbol, grandes gafas de sol y las manos esposadas, e iba rodeada de trajeados hombres corpulentos que la metieron en una furgoneta.

Bruce lo estaba viendo en su despacho, acompañado por Nick, claro. Los expertos jurídicos de las noticias opinaban que el juicio tardaría al menos un año en celebrarse. Los otros acusados, Ken Reed, un hombre al que no conocía, y Matthew Dunn, uno que conocía bien, vendrían después. De todos los cargos a los que se enfrentaba Reed, el de asesinato era el más grave. Un experto predijo que Dunn, el intermediario, haría un trato para salvar su pellejo y señalaría a Reed y Sharbonnet.

—Esto es un huracán, Bruce, y tú está justo en el ojo —comentó Nick.

—Vete a trabajar.

3

Pasaron dos días sin que surgiera nada nuevo. Nick parecía perdido sin novedades que contar, pero se recuperó una tarde, cuando encontró un artículo sobre el Kentucky rural. La policía de Flora, un pequeño pueblo del estado, había cerrado la investigación sobre la muerte de Brittany Bolton dictaminando que se trataba de una simple sobredosis de opiáceos. No habían encontrado testigos viables de su desaparición ni había pruebas de nada turbio. Su familia estaba demasiado afectada para hablar con la prensa.

4

Más o menos una vez al mes, Bruce hablaba por teléfono con Polly McCann, que seguía en California. Ella había estado siguiendo todos los impredecibles acontecimientos de los últimos meses y, aunque la animaban las noticias de que habían identificado a los asesinos de su hermano y tendrían que rendir cuentas ante la justicia, no estaba muy contenta con que se produjera un larguísimo juicio en la costa Este.

Hacía poco se había puesto en contacto con ella un abogado de litigios con una larga carrera en Florida que le había propuesto presentar una demanda por homicidio doloso contra Ken Reed y los demás. Había realizado una investigación impresionante, incluso viajó hasta California para conocer en persona a su abogado y también a su marido y a ella. Él opinaba que Reed todavía tenía los bolsillos bien llenos y podía pagar una importante indemnización, y que la demanda por homicidio doloso tendría prioridad sobre las reclamaciones de responsabilidad civil. Sugirió una cantidad de cincuenta millones para empezar; él se llevaría un veinte por ciento en caso de acuerdo y un treinta por ciento si iban a juicio. La demanda no se pondría en marcha hasta después del juicio penal. Estaba seguro de que si declaraban culpable a Reed, su caso no sería difícil de demostrar.

Él conocía bien el terreno. Su currículum era impresionante y, dejando a un lado el autobombo, Polly y su marido se quedaron bastante impresionados, y decidieron pedirle consejo a Bruce sobre qué hacer.

Él se mostró prudente y dijo que, a pesar del caos en el que se había visto sumida su vida en los últimos meses, sus conocimientos de derecho eran muy limitados y tampoco quería saber más. Pero si un asesino a sueldo, pagado por un multimillonario sinvergüenza, hubiera matado a mi hermano, él querría hacerle tanto daño como fuera posible y sacárselo todo. Accedió a preguntar por el abogado de Florida y comprobar su reputación.

Polly también le anunció que su marido y ella tenían previsto pasar una semana en la isla para celebrar el 4 de Julio.

Necesitaba reunirse con el abogado que se encargaba de la herencia y ocuparse de algunos asuntos. Bruce les ofreció encantado su habitación de invitados del piso de arriba.

5

Una tranquila mañana de viernes de finales de junio, el agente Van Cleve de Jacksonville llamó a Bruce y le pidió que se reuniera con él. Propuso ir hasta la isla a última hora de la tarde y tomar unas cervezas después del trabajo. Quería que Bob Cobb también estuviera, si era posible. Bruce se sorprendió de que lo incluyeran en esa reunión, porque no había sabido prácticamente nada de él durante los últimos meses. Sugirió que se vieran en el Curly's Oyster Bar para aprovechar la hora feliz.

Bob rara vez rechazaba una invitación para tomar una copa al final de la tarde, o incluso antes. Nick se enteró de que iban a reunirse y también quiso ir. No aceptó un no por respuesta. Los tres se sentaron en una mesa en la terraza de Curly's, cerca de la orilla del pantano, y empezaron con una jarra de cerveza. Era viernes, toda la isla estaba cansada tras otra larga semana de reconstrucción, el aire era cálido sin llegar a ser pegajoso y la gente buscaba desconectar un poco.

Bruce había visto antes a Van Cleve brevemente, pero Bob había pasado más tiempo con él. El agente llegó vestido con pantalones cortos y náuticos. Casi pasaba desapercibido entre la gente. Eran las cinco y media y ya había acabado su semana de trabajo.

Bob le presentó a Nick como un amigo de la isla, pero se guardó los comentarios sobre que no tenía oficio ni beneficio. Van Cleve pidió una cerveza y se dedicó a observar la multitud durante unos minutos. Bruce se fijó en que no llevaba alianza. Un camarero se acercó a la mesa y pidieron un cubo de gambas cocidas y otra jarra de cerveza.

El agente federal se puso serio de repente.

—Hay una novedad. Como sabéis, Karen tenía un compañero, un tipo que se apellidaba Patterson al que creía haber matado pero que consiguió sobrevivir unos días y hablar. Nos dio los detalles de tres asesinatos por encargo, entre ellos el de Nelson Kerr. Hay un cuarto que aún seguimos investigando. En unos diez días conseguimos sacarle unas cuantas cosas mientras se iba muriendo poco a poco, literalmente. Ken Reed les pagó más de cuatro millones, que cobraron a través de un intermediario llamado Matthew Dunn, para que se cargaran a Kerr. Vinieron aquí juntos, alquilaron un apartamento cerca del Hilton, vigilaron a Nelson y planearon el asesinato. El huracán fue un golpe de buena suerte. De repente se encontraron con la oportunidad de apretar el gatillo cuando no había absolutamente nadie mirando. Karen entró en el apartamento de Nelson, le asestó unos buenos golpes y lo sacó afuera en medio de la tormenta. El resto ya lo sabéis.

—Perdón —interrumpió Nick—, ¿cuál fue el arma del crimen?

—Uno de sus palos de golf, probablemente uno de los hierros.

Nick sonrió y levantó ambas manos, como si estuviera esperando recibir un aplauso atronador.

—¿Me estoy perdiendo algo? —preguntó Van Cleve.

Bob solo sacudió la cabeza.

—El día siguiente al asesinato —explicó Bruce—, mientras estábamos vigilando el cadáver, los tres empezamos a hablar sobre lo divino, lo humano y la muerte de Nelson. A Nick, aquí presente, que lee demasiadas novelas de misterio, se le ocurrió que la mujer no se alojaba en el Hilton, que probablemente habría venido con alguien más y habría alquilado una casa cerca, que había hecho lo posible por conocer a Nelson y que, gracias a que la conocía, lo convenció de que la dejara entrar en su casa. Y que no llevaría el arma del crimen encima, sino que utilizó algo que tenía Nelson.

—El hierro siete, para ser exactos —puntualizó Nick—. Lo leí en una novela de Scott Turow.

Van Cleve estaba impresionado.

—Vaya, vaya. ¿No estarás buscando trabajo?

—Por supuesto que sí —contestó Bob.

—Contrátelo, por favor —suplicó Bruce—. Acaba de salir de la universidad.

—Y soy barato —aportó Nick—. Pregúntele a Bruce.

Todos rieron a carcajadas y rellenaron los vasos. Llegaron las gambas y el camarero volcó la mitad del cubo sobre el mantel de cuadros, un gesto que era una especie de tradición.

—¿Cómo salieron de la isla? —preguntó Bruce.

—Tal vez nunca lo sepamos —contestó Van Cleve—. El pobre hombre al final murió.

—Y está bien muerto —apuntó Bob.

—Sí, que descanse en paz. Ya no habrá más encargos de asesinatos para él.

—¡Ni para Ingrid! —exclamó Bob alzando la jarra—. Salud.

Rieron de nuevo, bebieron un poco más, escucharon a un grupo de country que ensayaba en un escenario que había al otro lado del local y observaron a las chicas que pasaban.

—¿Cuándo cree que será el juicio? —le preguntó Nick a Van Cleve.

Él negó con la cabeza, frustrado.

—¿Quién sabe? Cosas de abogados y jueces... Podrían pasar un par de años. Puede incluso que consiga un trato y evite el juicio.

—Yo lo espero con ansia —reconoció Nick—. Quiero ver a Bob declarando como testigo, contándole al jurado su maravilloso fin de semana con una cariñosa asesina a sueldo justo antes de que se cargara a uno de sus amigos íntimos. No tiene desperdicio.

Bob sonrió.

—Tendré al jurado comiendo de mi mano —aseguró—. Sus abogados no podrán conmigo.

—No puedes testificar, Bob. Eres un expresidiario —le recordó Bruce.

—¿Y eso quién lo dice?

Bruce miró a Van Cleve, que era el único con un título de Derecho.

—Bueno, lo cierto es que prefieren no subir a exdelincuentes al estrado, por el tema de la credibilidad y todo eso, pero no se hace siempre así.

—Yo tengo más credibilidad que esa loca —protestó Bob—. Quiero verme las caras con ella en el tribunal.

—¿Te llevaron en avión a Los Ángeles para que la vieras en la cárcel? —preguntó Nick—. Tienes que contarnos esa historia, Bob.

—Está bien, pero ve pidiendo otra jarra.

Bruce le hizo un gesto al camarero mientras Bob empezaba a contar su historia con todo detalle. Su capacidad para vocalizar se fue deteriorando a medida que mejoraba su humor, y no tardaron en echarse a reír todos otra vez. Anochecía cuando se acabaron las gambas, pero la fiesta aún no había terminado. Pidieron la carta, y estaban hablando del pescado del día cuando una joven rubia con shorts y camiseta ajustados se acercó a su mesa. Muchas cabezas se giraron, e incluso la música pareció detenerse cuando ella se detuvo junto a Van Cleve, le cogió la mano y le dio un beso en la mejilla.

—Hola, cariño —saludó él y se levantó rápidamente—.

Perdonadme, chicos, pero tengo que irme. Esta es mi amiga Felicia.

Ella miró con una sonrisa perfecta a Bruce, Bob y Nick, los tres demasiado perplejos para ser capaces de decir nada. Solo le devolvieron la sonrisa. Bruce estaba a punto de pedirle que se sentara con ellos cuando Van Cleve dijo:

—Ha sido genial. Gracias por la cerveza. La siguiente la pago yo.

Los dos se fueron, con los ojos de todos los presentes clavados en esos shorts vaqueros ajustados.

—¿Desde cuándo se llevan los federales a las chicas guapas? —preguntó Bob con un suspiro.

—Tiene como veinte años menos que tú.

—Es impresionante —añadió Nick, que todavía la miraba sin apartar los ojos—. Tal vez me contraten en el FBI.

—¡Volved a la realidad, chicos! —exclamó Bruce—. ¿Quién tiene hambre? Pago yo, ya que está claro que no invita Van Cleve. ¿Quién quiere tacos de pescado?

La música comenzó de nuevo y cada vez había más gente. Pidieron otra jarra de cerveza cuando el camarero les llevó un plato de tacos de pescado. Comieron mientras rememoraban, con más humor del que se podía esperar de la situación, las horribles horas tras la tormenta y la escena del patio de Nelson. Rieron al recordar a Hoppy Durden, el único inspector de homicidios de Santa Rosa y especialista en robos de bancos, mirando a Nelson, rascándose la cabeza y después gastando suficiente cinta amarilla de la escena del crimen como para detener un motín. También se acordaron entre risas de que se convirtieron en tres saqueadores en casa de Nelson, de donde se llevaron la carne, las pizzas y la mayor parte del contenido del bar en su BMW descapotable. Y soltaron carcajadas hablando del capitán Butler, de la policía estatal, pavoneándose por la escena del crimen con sus botas de punta, como si estuviera a punto de arrestar al culpable cuando en realidad no descubrió nada útil. Se preguntaron si el FBI le habría informado de que la asesina estaba en la cárcel de Jacksonville. No pararon de reír ni de pedir más cerveza.

Bob y Nick no tenían pareja, y Noelle estaba fuera de la ciudad, así que los tres amigos eran libres de correrse una juerga. Necesitaban volverse locos, pasar toda la noche de fiesta. Habían sido unos meses duros y estaban cansados de arrastrar tan pesada carga.

Como todos los veinteañeros, Nick tenía la costumbre de mirar su teléfono cada diez minutos. A las once y cuarto de la noche el móvil vibró, él lo sacó del bolsillo, sacudió la cabeza y se echó a reír.

—Madre mía...

—¿Qué pasa? —preguntó Bob.

—Llevamos dos semanas en temporada de huracanes y ya le han puesto nombre a uno: Buford.

—¿Buford? —repitió Bob—. Qué nombre más horrible para un huracán.

—¿No dijiste lo mismo de Leo? —replicó Bruce.

Nick les mostró el teléfono para que vieran una masa roja que estaba en algún lugar lejano del Atlántico oriental.

—¿No hay trayectoria prevista? —quiso saber Bruce.

—Es demasiado pronto —respondió Nick.

—¿Dónde está? —preguntó Bob.

—A trescientos veinte kilómetros al oeste de Cabo Verde.

Bruce se quedó paralizado un segundo y después ladeó la cabeza.

—¿No vino Leo justo de allí?

—Sí.

Decidieron pedir otra jarra de cerveza.